À PROPOS DE L'AUTRICE

De son propre aveu, Meriel Fuller est fascinée par l'Histoire et le pouvoir de l'amour. Ses récits passionnants, où les bourrasques de l'Histoire et les tempêtes du cœur ont un rôle égal, se nourrissent de cette double fascination.

La lady insoumise

MERIEL FULLER

La lady insoumise

Traduction française de
MARIE-FRANCE BALAZS-KNOPP

Les Historiques

HARLEQUIN

Collection : LES HISTORIQUES

Titre original :
HER BATTLE-SCARRED KNIGHT

Ce roman a déjà été publié en 2018

HARPERCOLLINS FRANCE
83-85, boulevard Vincent-Auriol, 75646 PARIS CEDEX 13
Service Lectrices — Tél. : 01 45 82 47 47 - www.harlequin.fr
ISBN 978-2-2804-9065-8 — ISSN 1159-5981

Composé et édité par HarperCollins France.
Imprimé en août 2023 par CPI Black Print (Barcelone)
en utilisant 100% d'électricité renouvelable.
Dépôt légal : septembre 2023.

MIXTE
Papier issu de sources responsables
FSC® C159065

Pour limiter l'empreinte environnementale de ses livres, HarperCollins France s'engage à n'utiliser que du papier fabriqué à partir de bois provenant de forêts gérées durablement et de manière responsable.

Chapitre 1

Sefanoc, Wiltshire, Angleterre
Janvier 1193

Une joue appuyée contre le flanc moelleux de la vache, Brianna tâtonna sous le ventre de l'animal pour presser le pis et en extraire le lait chaud.

Dans le silence matinal, le liquide giclait bruyamment contre les parois du seau en bois, fumant dans l'air frais. À l'autre bout de l'étable, elle entendait William, le fermier, parler tout bas à l'une des bêtes. Sans doute la repoussait-il pour pouvoir commencer à traire la suivante, qui attendait son tour.

William était beaucoup plus rapide qu'elle, trayant deux vaches quand elle n'en avait terminé qu'avec une seule. Mais son épouse était malade ce matin, et Brianna avait offert de l'aider lorsqu'il était venu frapper à la porte du manoir, soufflant dans ses doigts pour les réchauffer, une vapeur blanche s'exhalant de sa bouche dans l'obscurité. Ils ne pouvaient pas se permettre de perdre du lait, c'était une source de revenus vitale en ces temps difficiles.

Ainsi qu'il était arrivé dans d'autres manoirs, la plus grande partie de leur argent avait été prélevée par le roi Richard pour financer sa croisade en Terre sainte. Le domaine rapportait fort peu. Brianna possédait juste assez de numéraire pour rémunérer le fermier et sa femme, qui s'occupaient des terres et du bétail, ainsi qu'Alys, qui servait dans la famille depuis que Brianna était enfant.

— Maîtresse ! Milady !

Ce cri vibrant d'inquiétude fit sursauter Brianna, la tirant du rythme soporifique de la traite. Alys se tenait sur le seuil, le visage livide et le corps tremblant de peur.

Brianna se retourna sur son tabouret, ses nattes cuivrées luisant dans la faible lueur qui éclairait l'étable.

— Alys, qu'y a-t-il ?

La servante écarquilla les yeux, qui semblaient encore plus larges dans son visage émacié aux pommettes saillantes.

— Ils sont revenus, maîtresse. Les hommes du comte Jean. Ils vous cherchent.

Brianna sourit.

— Eh bien, ils ne me trouveront pas au manoir, n'est-ce pas, Alys ?

Elle tapota le flanc de la vache et retira le seau à moitié plein de sous les pis roses.

— Je vais mettre cela dans la baratte, William. Le beurre se vend bien au marché.

Le fermier s'appuya à la croupe d'une vache pour se relever.

— Oui, maîtresse. Martha pourra baratter si elle se sent mieux. Sinon, je m'en chargerai moi-même.

Inclinant sa tête couronnée d'une tignasse grisonnante, il désigna le manoir.

— Voulez-vous que j'aille voir ce qui se passe ?

Brianna secoua la tête et se leva, empoignant le baquet où clapotait le lait.

— Oh ! maîtresse, vous n'allez pas y aller vous-même ? bredouilla Alys, haletante. Ils sont plus nombreux cette fois-ci, avec des torches, et ils encerclent le manoir. L'un d'eux frappe de grands coups à la porte !

Elle frissonna.

— Je me suis glissée dehors par la porte de la cuisine pour vous chercher. Et s'ils s'attaquent à la demeure ? Si… S'ils y mettent le feu ?

Brianna lui posa une main sur l'épaule.

— Calme-toi, Alys, il le faut. Ils ne feraient pas une chose pareille. Ce que veut le comte, c'est le manoir et les terres, rappelle-toi. Et ils ne peuvent pas les prendre, parce que je ne les laisserai pas faire.

— Ils sont plus forts que vous, maîtresse.

— Mais je suis plus futée que tous ces abrutis au crâne dur !

— Le comte Jean ne renoncera pas tant qu'il n'aura pas obtenu ce qu'il désire, maîtresse.

Brianna porta une main à son front et sourit.

— Inutile de me le rappeler, Alys. Je n'ai aucune intention de me laisser marier de force à l'un de ces bandits. Je me suis montrée bien claire sur ce point dans les lettres que j'ai envoyées au comte Jean en personne.

Alys se mordit la lèvre.

— Ce comte, c'est le diable incarné, maîtresse. Il ne reculera devant rien pour donner le manoir, ainsi que votre personne, à l'un de ses hommes.

Les yeux bleu azur de Brianna étincelèrent dans la pénombre de l'étable.

— Il n'a pas à donner ce qui n'est pas à lui. Le manoir de Sefanoc appartient à Hugh.

Et comme le visage de la servante reflétait le doute :

— Hugh va bientôt revenir, la rassura Brianna. Tout ira bien dès qu'il sera de retour.

— Mais…

La voix de la vieille femme défaillit.

— Alys, je t'interdis de prendre cet air-là ! Hugh va

revenir. De toute évidence, quelque chose a dû le retarder sur la route.

— Les Somerville sont revenus, eux, lui rappela la domestique. Et aussi les Lacey.

— Et ils se souviennent d'avoir vu Hugh en train d'attendre les bateaux sur la côte de France, rétorqua Brianna, tirant machinalement sur un fil défait qui pendait de sa ceinture. Mon frère sera bientôt là, tu m'entends ? Allons, Alys, aide-nous à finir la traite, veux-tu ?

Un rai de lumière apparut à l'est sur l'horizon, juste au moment où Brianna sortait de l'étable bien chaude, le capuchon de sa courte cape de laine prudemment abaissé pour dissimuler l'éclat de sa chevelure blond-roux. D'un pas léger, elle traversa la cour pavée et prit la direction du manoir. Les mains douloureuses après avoir trait tant de vaches, elle plia et déplia les doigts pour en soulager la raideur. Alys était restée là-bas pour baratter le beurre, Brianna ayant jugé, devant le visage épuisé de l'épouse du fermier, que celle-ci n'était pas en état de faire quoi que ce soit aujourd'hui.

Plutôt que de regagner sa demeure par le plus court chemin, à travers la forêt, elle décida de traverser les champs qui s'étendaient au nord, dans l'espoir que le paysage plat lui permettrait de repérer les hommes du comte Jean s'ils traînaient encore par là. Il s'était écoulé un certain temps depuis qu'Alys avait donné l'alarme, aussi avaient-ils probablement regagné le château du comte à Merleberge, situé non loin de là, afin d'y prendre leur premier repas de la journée.

Tout en foulant l'herbe gelée, Brianna pria pour que la faim et l'ennui aient eu raison d'eux pendant cette longue attente. Des hommes de ce genre, incapables de se discipliner et dépourvus d'endurance, ne pouvaient tenir longtemps avec l'estomac vide.

Elle baissa la tête pour se faufiler par un trou de l'épaisse haie d'aubépines qui séparait deux champs et se mordilla les lèvres, plus inquiète qu'elle n'avait bien voulu le montrer. En dépit du sourire confiant qu'elle avait affiché devant Alys et le fermier, elle se demandait combien de temps elle pourrait tenir contre le puissant frère cadet du roi. Combien de temps s'écoulerait-il encore avant que son propre frère ne rentre des croisades ?

La peur commençait à lui nouer la gorge. Elle la refoula farouchement avant que ses craintes ne tournent à la panique. Elle tiendrait aussi longtemps qu'il le faudrait, se morigéna-t-elle avec sévérité. Il lui fallait protéger et défendre le manoir de Sefanoc. Au nom de Hugh.

D'un geste instinctif, elle porta la main à l'épaisse ceinture qui lui ceignait les hanches, vérifiant la présence du poignard qui pendait là dans son fourreau — la lame destinée à assurer sa sécurité.

La mince couche de glace qui recouvrait le champ par plaques se brisa sous ses pieds et elle s'enfonça dans la boue froide, tandis que l'eau s'infiltrait entre l'épaisse semelle de cuir et le dessus de ses solides bottines. La rivière, bordée de quelques saules dont les branches orange étincelaient dans la lumière du soleil levant, avait débordé à plusieurs reprises cet hiver. Le troupeau avait été rationné en herbe et le fermier forcé de puiser dans leurs précieuses provisions de foin pour compléter l'alimentation du bétail.

Brianna fit halte le temps de promener un regard sur le champ, évaluant l'étendue des dégâts provoqués par l'inondation et la quantité de végétation qu'il restait pour nourrir ses vaches laitières.

— Bonjour, Lady Brianna.

Elle sursauta au son de cette voix. Basse et dangereuse, celle-ci propagea en elle d'insidieuses ondes de peur.

À contrecœur, elle leva les yeux vers le cavalier, qui semblait avoir surgi de nulle part. Derrière lui apparurent deux autres soldats à cheval, dont les surcots portaient les couleurs du comte Jean.

Brianna salua d'un très sec signe de tête celui qui lui avait adressé la parole en premier. Il remua sur sa selle et l'étoffe de sa tunique couleur chamois se tendit sur son ventre proéminent, révélant par les fentes latérales des cuisses grasses enfouies dans des braies de laine brune. Ses cheveux gris d'acier formaient un casque épais et graisseux sur sa tête.

— Quel plaisir inattendu ! reprit-il d'un ton sarcastique.

Il poussa son cheval en avant, de sorte que son pied botté, bien calé dans l'étrier, se retrouva à hauteur de la poitrine de la jeune femme. Les deux autres hommes, l'un ricanant d'un air sombre, l'autre avec un visage poupin d'adolescent, manœuvrèrent leurs montures pour se positionner derrière Brianna.

Cernée. Elle sentit la peur lui étreindre la poitrine. Mais non, elle n'allait pas — elle ne *pouvait* pas — céder à la panique. Ils n'allaient pas lui faire de mal, ils n'oseraient pas ! On les avait envoyés pour l'intimider, la forcer à accepter le plan ridicule du comte Jean. Ils espéraient la faire céder par leurs constantes intimidations, mais cela ne marcherait pas !

Brianna lutta pour garder un ton calme.

— Laissez-moi passer, Lord Fulke. Vous n'avez rien à gagner en agissant ainsi.

Lord Fulke ricana, révélant une rangée de dents cariées noires ou jaunes à l'aspect particulièrement repoussant.

— Au contraire, ma chère damoiselle, nous avons tout à

gagner. Si vous consentiez à cette alliance avec Hubert de Winterbourne, votre vie deviendrait tellement plus facile !

Brianna rejeta la tête en arrière.

— Je vous l'ai déjà dit, Sefanoc ne m'appartient pas, et je n'ai aucun droit de le céder à qui que ce soit.

Croisant les bras pour dissimuler ce qu'elle allait faire, elle referma la main sur la garde de son poignard.

Lord Fulke mit lourdement pied à terre et se campa devant elle. De près, il était à peu près de la même taille que Brianna, mais trapu et large de carrure. Son haleine fétide flotta jusqu'à elle, tandis qu'il rétorquait d'un ton suave :

— Je crois que vous ne comprenez pas vraiment, milady. Il est plus que probable que votre frère soit mort. Il ne reviendra plus de la croisade. Tous nos hommes sont déjà de retour. Et le manoir de Sefanoc a besoin d'un nouveau seigneur, ajouta-t-il en penchant la tête de côté.

— Il faudra me tuer d'abord ! Vous n'avez aucun droit de faire cela. Vous savez fort bien que je suis sous la protection du roi Richard.

— Mais le roi Richard n'est pas là, n'est-ce pas ?

— Il reviendra, ainsi que mon frère ! affirma Brianna avec aplomb. Laissez-moi passer à présent.

D'un geste preste, elle tira la dague de son fourreau, pointant la lame sur le torse de Fulke. Le visage de l'homme se figea de surprise. Les deux soldats postés derrière Brianna se rapprochèrent. L'un d'eux empoigna la jeune femme par les épaules pour la tirer sans ménagement en arrière, tandis que l'autre, d'un coup brutal sur le poignet, l'obligeait à lâcher son arme.

Lord Fulke se racla la gorge et, d'un geste machinal, rajusta sa ceinture sur ses hanches épaisses.

— Décidément, cela fait trop longtemps qu'il n'y a pas d'homme ici pour vous tenir en bride !

Se pourléchant avec un demi-sourire, il laissa courir

son regard sur la mince silhouette de Brianna et l'ovale parfait de son visage.

— Vous êtes entêtée et vous vous comportez de façon inconvenante. Une telle attitude ne saurait être tolérée chez une dame. Nous allons être obligés de vous donner une leçon, je le crains. Vous allez revenir à la raison sans tarder, jeune dame. Nous allons y veiller.

Éperonnant les flancs musclés de son étalon, le comte Giseux de St-Loup s'élança dans l'étroit sentier à ovins qui menait au sommet de la colline, sa haute silhouette penchée sur l'encolure de la bête pour faciliter l'ascension. Son haubert de maille luisait d'un éclat amorti dans le soleil matinal, que masquaient en partie des volutes de nuages blancs.

Parvenu au sommet de l'éminence, Giseux laissa retomber ses rênes et leva les mains pour ôter son heaume de fer conique, dévoilant un visage mince tanné par le soleil, aux yeux gris meurtris par des cernes de fatigue. Puis il ouvrit son sac de selle en cuir et en tira sa bouteille d'eau, dont il ôta le bouchon pour avaler de longues gorgées. L'eau fraîche, au goût agréable, coula dans sa gorge tel un élixir, chassant sa fatigue et le revigorant.

Il s'essuya la bouche sur la doublure en cuir de ses gantelets de métal, puis rangea la gourde et enveloppa d'un long regard le paysage doucement vallonné qui s'étendait en dessous de lui, une main pétrissant d'un geste machinal le haut douloureux de sa cuisse.

De l'endroit surélevé où il se trouvait, il apercevait le château de Merleberge, qui semblait flotter dans l'air avec sa silhouette émergeant du brouillard exhalé par la rivière — un château que le comte Jean s'était approprié en l'absence de son frère aîné, le roi Richard, parti à la croisade. Au loin, la vallée s'abaissait en pente douce, et des collines vertes moutonnaient à l'horizon avant de se fondre dans le bleu du ciel. Même la nudité tourmentée des arbres qui avaient perdu leurs feuilles — aubépines hirsutes ou chênes majestueux — accentuait au lieu de la diminuer la beauté de ce paysage hivernal.

Le regard de Giseux n'était plus habitué à de tels spectacles et cette vue trop charmante le rendait nerveux, irritable même, après les années de croisade — toutes ces terribles journées qu'il avait passées à marcher sans fin dans les sables brûlants, poussant ses hommes à travers des vallées rocheuses inhospitalières, sous l'aiguillon d'une soif incessante.

Mais bizarrement, tandis que tous ses soldats se réjouissaient, soulagés d'être de retour chez eux, il aurait voulu se trouver de nouveau là-bas, dans ces terribles conditions, à se mesurer aux éléments, quand l'effort nécessaire pour rester en vie suffisait à le distraire de pensées plus sombres. L'éclatante lumière de Jérusalem lui manquait — il en avait besoin, il la méritait.

Mais la croisade était finie, terminée. Un accord avait été signé entre Saladin et le roi Richard, chrétiens d'un côté et Sarrasins de l'autre pouvant tous se targuer d'avoir gagné. Mais dans son cœur Giseux trouvait la victoire vaine et inutile. Ils étaient si nombreux, ceux qui avaient laissé leur vie dans l'aventure ! À commencer par ses hommes à lui, dans l'une des dernières attaques sur Narsuf.

Et aussi…

Ses mains se crispèrent sur les rênes, tandis que la rage familière, la culpabilité qui le rongeait nuit et jour, s'élevaient de nouveau en lui. Non, il ne voulait pas y penser maintenant ! Il retrouverait bientôt le traître qui s'était retourné contre eux, les envoyant ainsi à leur perte, il vengerait la mort de ses soldats. Et la sienne, à *elle*. Pour l'instant, il avait une promesse à tenir envers un compagnon chevalier. Il espérait que cela ne lui prendrait pas trop longtemps.

— Alors, vous acceptez ?

De nouveau, Lord Fulke retira la tête de Brianna de l'auge pleine d'eau dans laquelle il l'avait plongée, enfonçant ses doigts boudinés dans la belle chevelure trempée qu'il tordit telle une corde, lui tirant cruellement la peau du crâne.

Les dents serrées, la jeune femme lutta contre la tentation de crier de douleur. Non, elle ne donnerait pas à cet homme la satisfaction de la voir souffrir ! Son bref mariage avec Walter lui avait au moins appris cela. S'arc-boutant des genoux contre l'auge en bois destinée à abreuver le bétail et qu'entourait une surface d'argile piétinée par les animaux, elle s'agrippa au rebord de ses doigts rougis, dans l'attente de l'assaut suivant. Ses grands yeux bleus aux cils collés par l'eau étincelaient de fureur.

— Comment osez-vous me traiter ainsi ? parvint-elle à articuler de ses lèvres bleuies par le froid. Le roi sera mis au courant !

— Le roi ? Nul ne sait où il se trouve, milady, lui rappela Fulke. Et tant que nous l'ignorons, nous agirons comme bon nous semble.

Le cœur de Brianna sombra, tandis que Fulke lui enfonçait une nouvelle fois la tête sous l'eau. Après l'avoir traînée vers l'auge, à l'autre bout du pré, les hommes avaient brisé la glace à la surface. L'eau froide lui engourdit aussitôt le visage, propageant des ondes glacées dans ses yeux, son nez et ses oreilles. Elle retint sa respiration aussi longtemps qu'elle put avant d'exhaler lentement l'air de ses poumons, espérant, priant qu'ils lui relèvent la tête avant que… avant qu'elle ne s'asphyxie pour de bon.

Le désespoir la saisit, tandis que la panique montait en elle. Ils n'allaient tout de même pas la tuer, si ?

Le doute s'insinua dans son esprit, chuchotant, insidieux, la forçant à admettre sa vulnérabilité. Elle s'affaissa un instant, avec une affreuse sensation de brûlure dans la poitrine.

Resserrant son étreinte autour de la nuque de Brianna, Fulke la tira sans douceur vers le haut. Elle ouvrit la bouche toute grande pour respirer avidement, se remplissant les poumons d'air frais.

D'un regard peu amène, Lord Fulke examina son visage dégoulinant et ses nattes trempées.

— Il existe un moyen plus facile, ma chère. Il vous suffit de dire oui… Oui à ce mariage.

— Jamais ! Il faudra plutôt me tuer.

Elle croisa les bras sur sa poitrine, dans un effort pour réprimer le tremblement de son corps. Des gouttes d'eau lui coulaient dans le cou, sous le col de sa cape, mouillant l'étoffe grossière de sa robe.

Lord Fulke retroussa ses lèvres épaisses en un semblant de sourire.

— Espérons que nous n'aurons pas à en arriver là, déclara-t-il d'un ton traînant.

Une indéniable note de menace vibrait dans sa voix.

Brianna sentit la peur lui envahir tout le corps, lui faisant cogner le cœur à tout rompre. Ainsi, ils envisageaient bel et bien de la tuer ! Elle avait besoin de temps, de temps pour réfléchir, pour fomenter un plan ! Mais, à en juger par l'expression menaçante du regard de Fulke, le temps était précisément ce qui ne lui serait pas accordé.

Fermant les yeux, elle fit mine de s'évanouir et s'affaissa contre le bord de l'auge, en tâtonnant derrière elle dans la boue à la recherche d'une arme, n'importe quoi qui puisse l'aider. Sa main rencontra enfin une aspérité. Une pierre, voilà ce qu'il lui fallait ! Elle en effleura la surface rugueuse du bout des doigts avant de refermer la paume sur elle d'un geste preste. Pourvu que cela suffise !

Fulke poussa un juron de contrariété à la vue de la silhouette recroquevillée par terre.

— Nom de nom…

— Elle a eu son compte, vous ne croyez pas, milord ? observa l'un des soldats.

— Ne vous y fiez pas, Stephen. La gamine est rusée, elle l'a déjà prouvé.

Brianna sentit l'haleine fétide de son tortionnaire lui effleurer le visage tandis qu'il se penchait sur elle. Resserrant son étreinte autour du caillou, elle l'abattit sur la tête de Fulke de toute la force dont elle était capable. Hélas, ce ne fut pas suffisant ! La pierre granuleuse glissa de ses doigts gourds.

— Espèce de petite…, rugit l'homme, portant la main à la blessure qui lui entaillait le front.

Du sang coulait de la plaie, étonnamment rouge sur sa peau blême.

— Vous allez me le payer, vous allez voir !

Brianna n'eut pas le temps d'anticiper le geste. Le poing de Fulke vint percuter violemment sa mâchoire et elle s'effondra sur le sol. Pour de vrai, cette fois.

— On l'a eue, marmonna-t-il entre ses dents. Oui, on l'a eue à la fin !

Il se redressa, une expression de triomphe sur le visage, s'attendant à voir ricaner ses deux jeunes sbires. Mais les soldats, bouche ouverte, contemplaient fixement quelque chose, la tête tournée vers le portail béant. Quelque chose… ou quelqu'un. L'un d'eux trébucha en arrière, se cognant la jambe contre l'auge.

Longeant la haie d'aubépines, un énorme destrier noir se ruait vers eux à travers le pré inondé en agitant la tête avec une farouche impatience, sa crinière luisante volant au vent de la course. Des gouttes d'eau jaillissaient de sous ses lourds sabots, dessinant des arcs étincelants dans la faible lumière du soleil levant.

Fulke émit un rire nerveux et s'humecta les lèvres.

Une tunique de laine noire recouvrait la cotte de maille du cavalier. Son bouclier noir était décoré d'un treillis d'argent en relief. Aucun signe extérieur ne révélait son identité, pas d'armoiries familiales sur l'écu, pas de broderie sur la tunique. Son casque de métal brillant gardait ses traits dans l'ombre.

Tirant adroitement sur les rênes, le chevalier inconnu arrêta sa monture près des hommes alignés devant Brianna qui s'efforçaient de masquer avec leurs corps les traces de leur épouvantable tentative d'intimidation. L'air chaud qui s'exhalait des naseaux du destrier dessinait des volutes dans l'air.

La voix sévère du cavalier s'éleva, assourdie, à travers les fentes de son heaume.

— Que diable se passe-t-il ici ?

D'un mouvement souple, presque félin, il sauta à bas de sa monture et s'approcha de Fulke, une main sur la garde de son épée.

— Oh ! rien ! Rien qui puisse vous inquiéter, milord, répondit Fulke.

Il s'inclina obséquieusement avant d'écarter les mains, comme pour convaincre son interlocuteur qu'il ne s'était effectivement rien passé de grave. Puis il voulut reculer, impressionné par la haute taille de l'inconnu, avant de se rendre compte que le corps de Brianna, étendue juste derrière lui, l'empêchait d'aller plus loin.

— Cette servante ignorante et obtuse refuse de faire ce qu'on lui dit, voilà tout. Elle avait besoin d'une petite leçon.

L'étranger jeta un regard vers la silhouette pitoyable de Brianna, affaissée contre l'abreuvoir.

— Il semble qu'elle l'ait reçue, observa-t-il d'un ton sec.

Apparemment, la fille avait sombré dans l'inconscience. Son visage était blême, sa mâchoire marquée d'une ecchymose livide qui s'assombrissait rapidement.

Fulke parut légèrement embarrassé.

— Euh... Nous ferions bien de poursuivre notre route à présent, déclara-t-il en adressant un signe de tête éloquent à ses deux compagnons. Beaucoup de pain sur la planche, ajouta-t-il en frottant l'une contre l'autre ses mains gantées, du geste d'un homme débordé de travail.

Curieux, il se tut un instant pour examiner la sobre tunique de laine du chevalier, en tâchant de distinguer les traits de l'homme à travers les fentes de son heaume.

— Vous êtes... Euh... Vous êtes du pays, peut-être ?

— Non. Je cherche quelqu'un.

Fulke se pétrit les doigts. Il ressentait le besoin de faire amende honorable, afin de détourner l'attention de l'étranger de la silhouette inconsciente gisant derrière lui.

— Qui recherchez-vous, si je puis me permettre ?

— Brianna de Sefanoc. Lady Brianna. On m'a dit qu'elle habitait par ici.

Fulke pâlit et porta machinalement la main à son menton, comme pour s'empêcher de tourner les yeux vers la fille. Pourvu que ses soldats ne pipent mot ! pria-t-il avec ardeur. Si l'on avait vent de leurs actions, si certains apprenaient de quelle façon ils avaient traité une femme de la noblesse, ils seraient sévèrement châtiés. On aurait tôt fait de faire le rapport entre lui, Fulke, et son seigneur et maître le comte Jean, qui n'apprécierait pas du tout de se retrouver sous le feu des regards, surtout en ce moment.

On vivait des temps troublés, tout le pays s'agitait depuis qu'on avait appris que le roi Richard avait été fait prisonnier alors qu'il revenait de la croisade. Seul le comte Jean, frère cadet du roi, se frottait les mains, car si Richard ne reparaissait pas, c'était sûrement à lui que reviendrait la couronne d'Angleterre.

Fulke fronça ses sourcils broussailleux, en faisant mine de réfléchir.

— Le nom ne me dit rien, je ne crois pas avoir jamais entendu parler d'elle, mentit-il avec aplomb.

Il commença à s'esquiver prudemment en direction des chevaux.

— Je vous souhaite bonne chance dans vos recherches. Au revoir, messire, ajouta-t-il en se hissant sur sa monture.

Et, agitant un bras en guise d'adieu, il frappa du talon les flancs de son cheval, qui s'élança au galop derrière les deux autres soldats en projetant des mottes gelées sous ses sabots.

Giseux s'approcha de l'endroit où gisait la jeune femme, qui semblait à demi-morte. S'agenouillant près d'elle, il ôta ses gantelets de maille et plaça deux doigts experts sur le côté de son cou afin de contrôler son pouls. Il battait, Dieu merci. Elle avait le visage si blafard, si vidé de toute couleur, sauf le bleu affreux de ses lèvres, qu'il l'aurait crue morte sans cette pulsation régulière qui palpitait sous ses doigts.

Giseux ôta son heaume, puis son bouclier, maintenu sur son torse par une lanière de cuir, et les posa tous deux sur l'herbe avant de rejeter en arrière le capuchon qui lui protégeait la tête. Les mailles métalliques, reliées pour former un matériau flexible, retombèrent en plis sinueux sur sa nuque, libérant son épaisse chevelure châtain clair.

La fille était couchée sur le dos, vautrée dans la boue incrustée de glace, un bras en travers du corps et l'autre étendu, avec sa petite main blanche aux doigts repliés. Ses cheveux d'une couleur ambrée inhabituelle, rendus plus foncés par l'eau, ondulaient sur son corsage, pareils à des algues. Une paysanne, à en juger par ses habits. Sa robe de laine rugueuse avait été rapiécée à plusieurs endroits à l'aide de morceaux d'étoffe grossièrement coupés. Le vêtement pendait comme un sac autour d'elle, formant des épaisseurs autour de sa taille. Ses bottines de cuir craquelées et maculées de boue dépassaient de sa jupe. Les semelles luisaient, presque complètement usées.

Sans nul doute, il avait interrompu une querelle domestique, conclut Giseux. Quelque bagarre entre un maître et sa servante.

À peine avait-il pensé cela que la blessée ouvrit les yeux.

Chapitre 2

Ce fut aussi soudain qu'inattendu : le cœur de Giseux se mit à cogner contre ses côtes, les sons autour de lui s'estompèrent — le gazouillis incessant d'un rouge-gorge sous un prunellier, le bruit de mâchoires de son destrier, broyant l'herbe gelée de ses robustes dents.

Immenses, les yeux de la fille étincelaient, d'un bleu profond et brillant, aussi lumineux que le ciel de l'aube. Ils l'aspiraient littéralement, l'entraînant dans leurs incroyables profondeurs, et il sentit un vertige s'emparer de lui, lui ôtant toute faculté de penser. Incapable de lutter contre leur pouvoir, il se pencha en avant, subjugué.

En le voyant tomber à genoux devant elle, Brianna laissa échapper un cri — un hurlement de panique, où s'exprimait tout son effroi, la peur qu'elle avait tenté de contrôler pendant tout le temps où Fulke s'était acharné contre elle. Et à présent, voilà qu'il avait envoyé un autre homme pour achever le travail ! La terreur brouilla sa vision lorsqu'elle vit l'immense soldat se pencher vers elle, une lueur prédatrice dans ses prunelles argentées. Nul doute, il allait la tuer !

De larges épaules lui bloquaient la lumière, la plongeant elle-même dans l'ombre. Ses mains grattèrent le bois rugueux de l'auge, cherchant désespérément une prise pour retrouver son équilibre, tandis qu'elle ne cessait de hurler.

Personne ne viendrait donc à son secours ? Ses cris aigus déchiraient l'air tranquille alentour. Ils atteignaient leur paroxysme lorsque des mains puissantes se refermèrent autour de ses épaules.

— Arrêtez ! ordonna une voix grave, qui résonna confusément à son oreille. Vous voulez donc qu'ils reviennent ?

Le souffle tiède de l'homme lui effleura un instant la joue, avant qu'il ne laisse retomber ses mains.

Brianna referma brusquement la bouche, et la douleur qui lui cisaillait le côté gauche de la mâchoire se fit soudain plus lancinante, gagnant toute la joue. Un âcre goût de sang lui piquait la langue. Des larmes lui jaillirent des yeux. Tremblant de tout son corps, elle se redressa avec maladresse, repoussant l'étranger d'un geste des deux bras. Ses doigts éraflèrent l'étoffe de laine noire qui recouvrait l'imposante poitrine, et ses efforts dérisoires ne firent même pas bouger l'homme d'un pouce.

Epuisée, elle laissa retomber ses bras inertes contre ses flancs.

— Je n'en peux plus, murmura-t-elle.

Sa voix n'était plus qu'un filet s'échappant de ses lèvres desséchées et meurtries. Vidée de toute énergie, elle s'affala de nouveau contre l'auge. Son souffle haché projetait de petits nuages de buée blanche dans l'air glacé. Le lacet de cuir qui tenait sa natte s'était défait et l'extrémité de la tresse se dénouait, libérant sa luxuriante chevelure couleur d'ambre qui brillait sur son corselet brun.

— Mais plutôt être jetée en prison ou mourir que de faire ce que vous me demandez !

Le regard gris de l'homme demeurait dardé sur elle, incisif et perçant, comme s'il la transperçait jusqu'à l'âme. Une nouvelle vague de panique déferla en elle. Les poumons dilatés, elle enfonça les talons dans la boue, avec la ferme intention de ramper en arrière s'il faisait mine de s'approcher.

Giseux s'accroupit de nouveau, observant les traînées brillantes laissées par les pleurs sur la joue tuméfiée de la jeune femme, dont la poitrine était secouée de sanglots. De toute évidence, elle le croyait de mèche avec les lascars qui venaient de la brutaliser. Une petite veine battait frénétiquement dans son cou, sous la peau blanche et fragile, juste au creux de la gorge. La peur qu'elle éprouvait à son encontre était palpable, ses ondes émanaient de tout son corps, presque tangibles.

Giseux battit des paupières. La vue de ces larmes lui serrait le cœur, ravivant douloureusement ses souvenirs, mais il refoula avec fermeté la vision tenace. Non, il ne voulait pas se rappeler.

— Du calme, ma fille, ordonna-t-il de sa voix grave et profonde. Là, là…

Maladroites et inhabituelles dans sa bouche, ses paroles de réconfort résonnèrent dans l'air. La bataille pour Jérusalem avait été longue et impitoyable. Elle ne lui avait guère offert l'occasion ou le temps d'exprimer sa compassion envers les autres. À moins que la laideur et la cruauté du combat n'aient éradiqué toute pitié de son cœur ?

La terre dure et gelée lui meurtrissait les genoux. Il essaya de bouger pour soulager les muscles courbaturés de ses mollets, mais tout de suite la fille rua, tel un animal sauvage qui se sent acculé.

Un sourire désolé aux lèvres, il secoua la tête, faisant osciller les mèches de sa chevelure aux reflets d'or — une crinière de lion autour de son visage anguleux.

— Non, non… Je ne vous ferai pas de mal !

Avec un regard incrédule, Brianna s'éloigna de lui en prenant appui sur ses paumes et ses talons enfoncés dans la boue. Où donc était tombée sa dague ? Il fallait absolument qu'elle se défende !

Tandis qu'elle se redressait à grand-peine, tous ses muscles douloureux protestant sous l'effort, sa robe se plaqua sur elle, révélant sa poitrine haute et ronde, que voilait la masse de ses cheveux blond-roux répandus à flots sur son buste.

Elle parvint à mettre une courte distance entre eux, le cœur cognant sous le regard d'acier qui ne la quittait pas, jusqu'au moment où le talon de sa bottine se prit dans l'ourlet de sa jupe, lui interdisant d'aller plus loin.

— Laissez-moi vous aider. Pouvez-vous vous tenir debout ?

Impatient de mettre fin à la scène, Giseux tendit vers elle une main vigoureuse et bronzée pour l'aider à se relever. La jeune femme lui frappa les doigts d'un coup sec, qui résonna dans ce coin de champ isolé entre les haies d'aubépines parsemées de baies écarlates.

— Ne me touchez pas et allez-vous-en ! Laissez-moi tranquille !

Sa voix stridente écorcha les tympans de Giseux.

— Il faut que vous partiez ! répéta-t-elle, à bout de patience.

— Et vous que vous surveilliez un peu vos manières, rétorqua-t-il sèchement.

La colère montait en lui. Le comportement de cette fille lui semblait ridicule, outrancier. Oh ! ce n'était pas tant le coup qu'elle lui avait porté, elle l'avait à peine effleuré ! Ce qui l'irritait, c'était l'obstination de cette petite sotte à ne pas vouloir comprendre qu'il n'était en rien son ennemi. Son intention première, qui était de lui venir en aide, ainsi que l'aurait fait n'importe quel passant, faiblissait à vue d'œil. Il n'avait pas de temps à gaspiller avec quelqu'un qui se conduisait de façon aussi stupide, car à ce rythme son action charitable menaçait de lui prendre la journée. Il aurait été tellement plus simple de passer son chemin ! Mais il ne pouvait pas se résoudre à la laisser ainsi, recroquevillée et pathétique, comme un chaton à moitié noyé qui crachait et feulait dès qu'on s'approchait de lui. C'était contraire au code moral qu'on lui avait enseigné.

— Je ne vais pas vous laisser ici, assise sur le sol gelé. Et je n'ai aucune intention de vous faire du mal.

Le corps raidi dans une attitude hostile, elle lui coula un regard d'un bleu céleste entre ses paupières plissées.

— Comment puis-je le savoir ? Comment puis-je être sûre que ce n'est pas un nouveau piège ?

Les mots s'échappaient de sa bouche en s'entrechoquant tant elle grelottait de froid. Elle croisa les bras sur sa poitrine comme pour essayer d'arrêter les violents frissons qui lui secouaient le corps.

Giseux pinça les lèvres.

— Je n'ai rien à voir avec eux. Vous devez me faire confiance.

— Confiance ? répéta-t-elle.

Un rire discordant et légèrement hystérique s'échappa de sa gorge.

— Vous plaisantez, n'est-ce pas ? De toute évidence, vous êtes l'un des hommes du comte Jean, et on vous a chargé de réparer les dégâts causés par ces imbéciles, c'est cela ?

Brianna tortilla ses pieds et essaya de mouvoir ses orteils gelés, tâchant de puiser en elle la force et le courage de se relever et de s'en aller. Une faiblesse écœurante lui amollissait les jambes. Sans nul doute, cette dernière agression avait été la pire de toutes. Et ce n'était pas fini, semblait-il.

Rassemblant ses dernières réserves d'énergie, elle releva la tête et défia son interlocuteur du regard.

— Je n'irai pas avec vous. Pas question de retourner à Merleberge !

— Je n'ai aucune intention de vous forcer à aller où que ce soit, répliqua-t-il avec un soupçon de dédain.

Brianna l'examina d'un regard méfiant. Le soleil avait tanné ses pommettes hautes, les teintant d'un brun rougeâtre qui évoquait des pays lointains. Il avait une bouche généreuse, la lèvre supérieure, étroite et bien dessinée, contrastant avec celle du dessous, pleine et sensuelle. Ébouriffée par la brise, sa chevelure châtaine striée d'or lui retombait en mèches épaisses sur le front.

— Mais il serait judicieux que je puisse vous conduire quelque part, là où vous serez en sécurité. Et le plus tôt sera le mieux.

Il se redressa d'un mouvement souple et non dénué de grâce. D'un geste instinctif, Brianna leva les mains pour parer une nouvelle attaque. Mais à sa grande surprise il lui tourna le dos pour se diriger vers son cheval. Elle l'observa, soulagée, en notant qu'il boitait un peu — une hésitation presque imperceptible, une fraction de pause, lorsqu'il avançait son pied droit. Sa cotte de maille, aussi luisante que des écailles de poisson, collait à son grand corps comme une seconde peau, révélant l'impressionnante largeur de ses épaules et la puissante musculature de ses longues jambes. L'étoffe fine de son tabard brillait légèrement dans la faible lueur du soleil, retenue sur les hanches par une ceinture de cuir d'où pendait une épée.

— Tenez, prenez ceci, vous êtes gelée.

Elle jeta un coup d'œil vers le paquet d'étoffe qu'il avait entre les mains — une cape bleu marine, au col bordé de fourrure.

— Je vous ai dit de me laisser ! Je ne veux rien de vous, insista-t-elle, en tâchant de raffermir sa voix.

Agrippant vaillamment le rebord de l'auge de ses doigts crispés et glacés, elle se releva à grand-peine. Mais sitôt debout elle fut saisie d'un accès de vertige et vacilla, le cœur au bord des lèvres.

— Allez-vous-en, chuchota-t-elle. Pour l'amour de Dieu, partez !

Elle battit des paupières, épuisée. Au nom du ciel, pourquoi ne s'éloignait-il pas ? Elle voulait se remettre de cette humiliante épreuve à sa façon à elle et à son rythme, loin de cet étranger qui observait tous ses gestes.

L'homme enveloppa d'un regard critique sa silhouette vacillante et un soupçon de sourire joua sur ses lèvres. Elle sentit soudain une main large se refermer sur son épaule.

— Vous devriez peut-être rester assise un moment, non ?

D'un geste furieux, Brianna se dégagea, repoussant ce contact intempestif.

— Bas les pattes ! lança-t-elle d'une voix furibonde. Ne me touchez pas !

Elle se retourna, trébuchant sur une motte, et repéra la lueur de sa dague entre les maigres touffes d'herbe. La tête lui tourna lorsqu'elle se pencha pour la ramasser, mais elle parvint à la glisser dans le fourreau pendu à sa taille. Puis, sans un regard en arrière, elle risqua quelques pas en direction de la ferme, les yeux fixés sur l'horizon embrumé qui oscillait devant elle. Hélas, la perspective de retrouver son foyer froid et désert n'avait rien pour la réconforter.

— Où croyez-vous aller ? tonna soudain l'étranger, d'une voix excédée.

Brianna tressaillit mais ne se retourna pas. Si elle l'ignorait, peut-être finirait-il par s'en aller ? Elle concentra son attention sur le portail, obligeant ses jambes raides et récalcitrantes à avancer, bien consciente que sa démarche manquait d'équilibre et qu'elle flageolait. Si seulement elle pouvait tendre les doigts pour attraper le piquet…

Une main ferme s'empara soudain de son bras, se posant juste à l'endroit où la large échancrure de sa manche s'était retroussée, dévoilant sa peau d'albâtre. Le pouls de Brianna s'emballa à ce contact. Ses jambes se dérobèrent sous elle et elle alla buter contre le piquet de chêne recouvert de plaques de lichen gelé.

L'homme se tenait derrière elle, son épaule épousant la sienne. Elle sentait la chaleur de son corps dans son dos et son souffle dans ses cheveux. « Trop près, beaucoup trop près ! » souffla en elle une voix apeurée. Irritée, elle cligna les paupières, refoulant des larmes de rage devant l'obstination avec laquelle il lui imposait sa présence.

— Vous êtes bien la gamine la plus mal élevée et la plus ingrate que j'aie jamais rencontrée ! commenta-t-il d'un ton exaspéré. Allons, dites-moi où vous habitez et je vais vous y conduire.

La haute taille de Giseux lui permettait une vue plongeante sur la jeune personne, et il en profita pour l'examiner plus en détail — l'arc élégant de ses sourcils, la courbe de sa joue crémeuse, sa peau fine et unie au doux éclat de perle. De près, l'ecchymose pourpre sur sa joue semblait impressionnante. Ce devait être affreusement douloureux, songea-t-il soudain.

La réponse de la jeune femme claqua :

— Non. Je n'en ferai rien.

Giseux sentit la peau glacée de la rebelle se hérisser sous ses doigts. Elle tenta un mouvement brusque pour se dégager et risquer un pas de plus, mais il la maintint fermement.

— Oh ! si, vous allez le faire, la contra-t-il d'un ton calme.

Tout à l'heure, il ne s'était pas rendu compte à quel point elle était petite. Le sommet de sa tête, s'il se penchait un peu plus vers elle, devait lui arriver au menton.

— Vous pouvez à peine faire un pas sans être sur le

point de tomber. Même si votre maison se trouve tout près, il vous faudra un jour entier pour y arriver !

Brianna releva le menton d'un air décidé.

— Mais je finirai bien par l'atteindre, rétorqua-t-elle. Sans votre aide !

Son angoisse croissait à le sentir si près d'elle. Cet homme lui faisait penser à un mur — solide, inamovible, impressionnant…

Brusquement, il retira la main de son bras et elle dut se cramponner au piquet pour ne pas choir. Submergée par la conscience de sa vulnérabilité, elle se mordit la lèvre, humiliée et furieuse de sa propre faiblesse.

Avec un soupir, l'inconnu se croisa les bras sur la poitrine.

— Je ne vous comprends pas. Ces hommes sont peut-être en embuscade dans le champ voisin, à vous attendre. Êtes-vous donc stupide à ce point ?

La bouche pincée en une moue rebelle, Brianna tourna un regard morne vers l'horizon. Que faire ? Cet homme ne lui laissait pas le choix. Il allait lui emboîter le pas jusqu'à ce qu'il la voie enfin en lieu sûr. Alors et alors seulement, elle serait débarrassée de lui.

Mais pas question de lui faire confiance au point de lui fournir le moindre renseignement sur elle !

Elle désigna d'un geste les toits bas de la ferme.

— J'habite par là. Ce n'est pas loin, comme vous voyez.

— Alors allons-y.

L'homme ramassa son bouclier et attacha son heaume et sa cape à la croupe de son destrier avant de saisir les rênes.

Un cri s'éleva soudain du champ voisin. Brianna releva la tête et faillit s'évanouir de soulagement en reconnaissant la silhouette rondouillarde et familière de William. Le fermier trottait le long de la haie, les pans de sa veste de cuir ouverts sur ses hanches, sa figure d'habitude joviale toute rougie par l'effort et les yeux écarquillés d'inquiétude.

— William ! appela-t-elle. Par ici !

Le chevalier observait avec curiosité l'approche du fermier.

Le visage radieux, Brianna relâcha longuement son souffle.

— Inutile de m'accompagner à présent, lui dit-elle. William va me ramener à la maison.

Le regard gris s'étrécit.

— Vous connaissez cet homme ?

Elle hocha la tête.

— C'est mon père.

Le mensonge lui était venu aisément. Elle éprouvait le besoin d'une protection, fût-elle imaginaire.

— Il ferait bien de garder un peu mieux l'œil sur vous, commenta l'étranger.

Il se remit en selle, avec une légèreté et une aisance remarquables pour un homme de sa taille, et rassembla ses rênes.

— Je cherche Brianna de Sefanoc. Sauriez-vous où je peux la trouver, par hasard ?

Le souffle coupé par cette question inattendue, Brianna se raidit, le regard fixé sur la vaste étendue bleue du ciel, parsemé de légers nuages blancs flottant dans la brise. Puis elle lança à son interlocuteur un coup d'œil oblique, doutant d'avoir bien entendu.

— Je vous demande pardon ?

— Brianna de Sefanoc, répéta-t-il avec lenteur et d'un ton légèrement condescendant, comme s'il s'adressait à une demeurée.

Brianna fit la moue.

— Jamais entendu ce nom. Vous feriez mieux de demander à votre ami le comte Jean, ajouta-t-elle d'un ton railleur.

Luttant contre la douloureuse raideur de son corps, elle se dirigea vers William en s'efforçant de rester bien droite.

— Allons-y, dit-elle.

Et, tournant le dos au manoir de Sefanoc, elle reprit la direction de la ferme sans jeter un seul regard en arrière.

— Sainte Mère de Dieu, que vous est-il arrivé, mon enfant ? s'écria Alys en jaillissant de la cuisine.

Elle se précipita dans l'entrée tout en s'essuyant les mains à son tablier, tandis que Brianna, après avoir franchi le seuil en hâte, refermait la porte d'entrée derrière elle et s'adossait au panneau de chêne.

— Ils m'attendaient, Alys, expliqua-t-elle d'un trait, essoufflée. Les hommes du comte Jean. Sur le chemin de la ferme…

Se haussant sur la pointe des pieds, elle tira le verrou du dessus, puis répéta l'opération avec ceux du milieu et du bas.

— Là !

Triomphante, elle se tourna vers Alys.

— Voilà qui devrait les tenir à distance.

Et lui aussi, compléta-t-elle à part elle, au cas où cet étrange inconnu parviendrait à la retrouver.

Dénouant les lacets de cuir qui fermaient le col de sa cape, elle fit glisser le vêtement par-dessus sa tête. Ses nattes luisantes, à demi dénouées, ondulaient jusqu'à sa taille, et elle avait la tête encore mouillée après ses immersions forcées.

Alys lâcha son torchon, qui tomba mollement sur les dalles, et porta les mains à ses joues.

— Votre visage ! cria-t-elle.

Elle s'avança, examinant Brianna dans la pénombre du vestibule faiblement éclairé par la lueur de la torche qui brûlait dans la cuisine, puis elle ouvrit les bras, horrifiée.

— Oh ! ce n'est pas si terrible que ça en a l'air, affirma Brianna en suspendant sa cape à la patère de bois près de la porte.

En réalité, une douleur cuisante lui cisaillait sans répit la mâchoire. Une peur rétrospective l'envahit. Que se serait-il passé tout à l'heure, si cet homme, cet étranger en noir et argent, n'était pas arrivé juste à temps ? Le comte Jean avait-il donné l'ordre à ces individus d'en finir avec elle en l'écartant une bonne fois pour toutes de son chemin, persuadé que Hugh ne reviendrait jamais ? Comme elle n'avait pas d'autre parent encore en vie ni personne pour s'inquiéter d'elle, le comte aurait pu s'emparer sans coup férir des riches pâtures de Sefanoc.

— Asseyez-vous et laissez-moi appliquer quelque chose là-dessus, lui intima Alys. Venez, j'ai allumé du feu dans la grande salle.

La servante poussa la petite porte encastrée dans le panneau lambrissé qui séparait le vestibule du reste.

— Non, nous n'avons pas le temps. Je dois aller chercher mon arc et m'assurer que les fenêtres sont bien fermées dans le solarium.

— Sont-ils à votre poursuite ? interrogea Alys, une note de panique dans la voix.

— C'est possible.

Brianna se tut, tandis qu'un certain regard gris lui revenait à l'esprit.

— Et peut-être même avec des renforts…

Elle doutait cependant. Avait-elle méjugé l'homme qui avait tenté de l'aider ? Encore bouleversée par son agression, elle avait été convaincue d'avoir affaire à un allié du comte Jean, chargé de la persuader de se marier en usant de moyens plus diplomatiques que ceux de Fulke.

Pourtant… Il la connaissait de nom et avait affirmé être à sa recherche. Et si elle s'était trompée ? Elle se rappela sa présence protectrice, lorsqu'il s'était placé à ses côtés, et ce souvenir la fit si bien rougir qu'elle dut plaquer ses paumes froides sur ses joues pour les rafraîchir.

Alys, terrorisée, crispa les mains sur sa poitrine.

— Oh ! mon Dieu, sauvez-nous ! Si seulement Lord Hugh était de retour, ou si du moins… Si nous avions ici un homme pour nous protéger !

Les yeux de Brianna lancèrent des éclairs.

— Nous pouvons parfaitement nous défendre nous-mêmes, Alys. Je ne laisserai pas ces hommes nous molester… À commencer par moi.

Ouvrant d'un coup sec la porte de la grande salle, elle se dirigea vers le solarium situé à l'autre extrémité du manoir. En traversant sa chambre, elle lâcha un soupir. Qu'il était tentant de se blottir sous les fourrures du lit et de dormir, dormir d'un sommeil sans rêves !

Au lieu de cela, elle continua son chemin, les lèvres serrées. Avant de s'octroyer le moindre repos, elle devait s'assurer que le manoir était bien protégé.

Alys l'arrêta en lui touchant le bras.

— Brianna… milady, vous ne pouvez pas continuer ainsi. C'est trop dur pour vous toute seule.

Brianna baissa les yeux. Pourquoi fallait-il qu'Alys fasse constamment allusion à son existence solitaire, à son statut de femme sans mari ? Cette dernière était pourtant bien placée pour savoir que sa maîtresse ne pourrait plus jamais faire confiance à un homme, encore moins vivre avec lui.

— Je préfère demeurer seule, Alys, tu le sais.

Elle inspira à fond, luttant contre l'angoisse qui lui serrait la poitrine. Elle avait beau donner le change, cette attaque l'avait effrayée, lui rappelant un passé qu'elle aurait voulu oublier à tout prix.

Elle se retourna, imprimant à ses traits, du moins l'espérait-elle, une expression de totale assurance.

— Alys, ce mariage désastreux m'a au moins appris une chose — c'est à me défendre toute seule !

Retroussant ses jupes, elle continua résolument son chemin vers le solarium.

Le visage lugubre, Alys hocha la tête d'un air dubitatif. D'ordinaire, Brianna ne parlait jamais de sa courte union avec Walter de Brinslow. Tout ce que sa servante en savait, c'était que la jeune fille aimable et heureuse qui avait quitté Sefanoc pour se marier y était revenue six mois plus tard en femme brisée.

Cinq hivers s'étaient écoulés depuis lors et Brianna était redevenue elle-même, même si ce que cet homme lui avait fait subir avait laissé en elle des cicatrices, décelables dans les ombres qui attristaient son regard, dans certaines manies. Voilà pourquoi elle avait insisté pour que Hugh, avant de partir pour la croisade, lui apprenne à assurer sa propre défense.

Alys observa Brianna, tandis que celle-ci sortait son arc pesant du solarium et se concentrait, les sourcils froncés, essayant de se rappeler comment on utilisait cette arme.

Les deux femmes se leurraient volontairement l'une et l'autre, sachant fort bien que les conseils de Hugh ne suffiraient pas. Ce ne serait jamais assez pour contrer les hommes du comte Jean s'ils s'avisaient de donner l'assaut.

Le mince croissant argenté de la nouvelle lune brillait très bas dans le ciel lorsque Giseux arriva en vue de Sefanoc. Du moins espérait-il qu'il s'agissait bien de Sefanoc. Les indications glanées auprès des habitants de la ville voisine de Merleberge s'étaient révélées assez vagues, les gens étant visiblement réticents à fournir trop d'informations à un étranger. C'était seulement quand il leur avait précisé l'objet de sa visite qu'il les avait vus s'ouvrir, hochant la tête et souriant au nom de Lady Brianna. La sœur de Hugh semblait être considérée comme une sorte d'héroïne dans le coin !

À sa droite, un glapissement de renarde s'éleva, couvrant les bruissements de la forêt. À l'ouest, des silhouettes d'arbres se dressaient sur le fond du ciel strié de bandes rougeâtres. Le jour baissait rapidement. Sous les arbres, la lumière devint si faible qu'il dut mettre pied à terre, guidant son cheval dans le sentier à peine visible. Il sentait la boue froide s'insinuer à travers ses solerets et regretta la hâte avec laquelle il s'était mis en route pour Merleberge, sans même prendre le temps de revêtir des vêtements ordinaires. Son armure était faite pour monter à cheval, pas pour marcher sur de longues distances !

Une odeur de fumée se mêlait à l'air frais du soir et un parfum de bois de pommier fraîchement brûlé flotta jusqu'à ses narines. Signe encourageant, il apercevait devant lui, aux fenêtres du manoir, des lumières dont le reflet éclairait les marches de pierre menant à la grande porte d'entrée du premier étage.

Comme il approchait, quelque chose siffla à son oreille, à un pouce à peine du heaume qui lui protégeait la tête. D'un geste prompt, il tira son épée et se glissa derrière un arbre, tous ses sens en alerte. Près de l'endroit où il s'était tenu, une flèche d'arbalète s'était fichée dans la boue, la plume encore vibrante du choc de l'impact.

Du haut du manoir, une voix de femme, claire et belliqueuse, s'éleva dans l'obscurité.

— Allez-vous-en !

En grimaçant, Giseux s'appuya du dos contre l'arbre, étirant les muscles de ses longues jambes de façon à soulager la douleur qui lui tenaillait le haut de la cuisse. Il ne s'attendait pas à rencontrer de l'hostilité à Sefanoc, et après son altercation avec la paysanne cette attitude agressive lui parut aussi irritante qu'inattendue.

Relevant la visière de son heaume, il passa la tête hors du tronc afin de crier sa réponse vers la demeure :

— Je m'appelle Giseux de St-Loup. On m'a dit que Lady Brianna habitait ici. Il faut que je la voie. C'est au sujet de son frère Hugh.

Sa voix puissante se répercuta dans la forêt, éveillant des échos entre les arbres. À travers les branches au-dessus de sa tête scintillait l'étoile du soir, diamant posé sur le velours sombre du ciel.

Silence.

La colère montait en lui — que se passait-il, bon sang ? Jetant un autre coup d'œil alentour, il distingua une silhouette de femme à l'étage du manoir et comprit soudain, à sa grande surprise, que c'était *elle* qui maniait l'arbalète.

Il sourit pour lui-même. Tiens, tiens, une dame ! Eh bien, elle aurait moins de chance avec le tir suivant. Les femmes n'étaient pas réputées pour leurs prouesses au maniement des armes.

Laissant son cheval près de l'arbre, il s'avança en terrain découvert, couvrant à grandes enjambées l'espace qui séparait la forêt du manoir.

Une autre flèche fendit l'air et vint se ficher à côté de lui, un peu trop près à son goût.

La même voix brusque résonna dans l'air nocturne.

— Je vous avais dit de partir !

Arrêté à mi-chemin entre l'orée du bois et la demeure, Giseux leva la tête vers la fenêtre. Tout ce qu'il put discerner fut la silhouette sombre de la femme et la lueur métallique de l'arbalète qu'elle tenait entre ses bras.

— Et je vous ai répondu que je venais au sujet de Hugh de Sefanoc, rétorqua-t-il lentement, en s'exhortant à la patience. Il se trouve très mal en point et désire voir sa sœur. Aussi je vous conseille d'arrêter ce petit jeu et de me laisser entrer.

Le hululement sinistre d'une chouette résonna derrière lui, ponctuant ses paroles.

— Je ne vous crois pas, cria la femme. C'est encore une ruse.

— Je ne comprends pas de quoi vous parlez, affirma Giseux, clignant les yeux pour tâcher de distinguer le visage de son interlocutrice. Hugh m'avait prévenu, il est vrai. Il pensait que vous seriez sans doute récalcitrante et exigeriez une preuve.

— Eh bien, en avez-vous une ?

Il s'éclaircit la gorge.

— Oui. Il m'a dit ceci : « Rappelez-lui le Grand Chêne Creux. »

Il perçut une exclamation et un son qui ressemblait à un sanglot. La silhouette disparut de la fenêtre en criant un ordre d'une voix impatiente, et quelqu'un tira les verrous de la grande porte. Giseux, qui avait gravi les marches à vive allure, attendait déjà sur le perron quand la porte s'entrouvrit lentement.

Il jeta à peine un regard à la servante qui se tenait derrière le panneau de bois.

— Conduisez-moi à Lady Brianna, intima-t-il d'un ton sec.

Tout en parlant, il retira son heaume et repoussa son capuchon de maille, puis tendit le casque à la domestique.

— Prenez ceci, ordonna-t-il, en laissant glisser son bouclier sur le sol.

Soudain, son attention s'éveilla. Il regarda de nouveau la femme, avec plus d'attention cette fois, scrutant le pâle visage ovale dans la pénombre du vestibule.

Des nattes claires, un regard bleu translucide, une robe en laine de piètre apparence…

— Vous !

Tendant les mains vers elle, il lui agrippa brusquement les épaules.

— Petite peste ! Pourquoi ne m'avez-vous pas dit que vous travailliez pour Lady Brianna ? C'était stupide, vous ne lui avez pas rendu service en la protégeant ainsi.

Dans un coin du vestibule, une autre domestique, plus âgée, tremblait de tout son corps en se tordant nerveusement les mains, le visage crispé de terreur.

— Je ne travaille pas pour Lady Brianna, répliqua doucement la fille.

Ses petites mains se crispèrent sur le heaume, comme si elle y cherchait un appui. L'ecchymose sur sa joue semblait s'être étendue, déployant une effrayante palette de taches rougeâtres et pourpres.

— Vous auriez pu m'épargner une journée entière de chevauchée inutile, fulmina-t-il. Vous rendez-vous compte du temps que j'ai perdu ? Hugh, votre seigneur, est peut-être déjà mort à présent.

Ces paroles dures le soulageaient. C'était délibérément qu'il les proférait, pour effrayer la donzelle et lui faire payer son épuisante journée de vaines recherches.

Une pâleur mortelle altéra le visage de la jeune femme. Craignant qu'elle ne s'évanouisse, il lui serra de nouveau les épaules, mais pour la soutenir cette fois.

— Dites-moi où il est, chuchota-t-elle en plongeant ses beaux yeux bleus dans les siens. Je suis Brianna de Sefanoc. La sœur de Hugh.

Les sourcils froncés, il la scruta d'un regard inquisiteur.

— Vous êtes… Brianna ? répéta-t-il avec lenteur, d'un ton incrédule.

Il l'inspecta d'un long regard, depuis sa chevelure couleur de flamme jusqu'aux pointes de ses chaussures, en passant par le sac rapiécé qui lui tenait lieu de robe.

Brianna s'empourpra sous cet examen. Elle se tortilla pour se dégager et déposa le heaume sur le banc en chêne du vestibule.

— Sans doute ne suis-je pas exactement telle que vous m'imaginiez, observa-t-elle sèchement, en coulant un regard vers lui.

Dans l'espace réduit de la pièce, une énergie mal contenue émanait de l'inconnu, dégageant des ondes vibrantes qu'elle percevait dans son propre corps et qui lui arrachaient des frissons. Contrastant avec la pénombre sépulcrale du lieu, les yeux de l'homme brillaient tels des diamants.

— Ça, vous pouvez le dire, murmura-t-il, comme fasciné malgré lui par le spectacle qui s'offrait à sa vue.

La peau nacrée de la jeune femme captivait son regard. Les doigts le démangeaient de la toucher, pour en éprouver la tentante douceur. Il se renfrogna, irrité contre lui-même. Que lui prenait-il, au nom du ciel ?

— J'ai aidé à traire les vaches ce matin, expliqua-t-elle, non sans embarras. Cela vous explique ma tenue…

— Aider à traire ? s'étonna leur visiteur. Vous n'avez pas de serviteurs pour ce travail ? ajouta-t-il en jetant un regard acéré vers Alys, qui tremblait visiblement de peur dans son coin.

Brianna secoua la tête pour toute réponse. Elle n'avait pas la moindre envie de discuter de ses arrangements domestiques avec un parfait étranger. Sans réfléchir, elle esquissa un geste pour effleurer le bras de ce dernier, puis se ravisa et laissa promptement retomber sa main.

— Parlez-moi de Hugh, s'il vous plaît. Il y a tant de jours que je l'attends et que je m'interroge. Je n'arrive pas encore à croire qu'il est vivant.

Giseux espérait sincèrement que c'était le cas. Ne serait-ce que pour cette jeune femme… La large manche de sa robe s'était retroussée lorsqu'elle avait avancé le bras vers lui, comme pour le toucher. La peau de son poignet, très blanche, semblait aussi fine qu'un parchemin, avec son lacis de veines bleuâtres. Ses ongles rose pâle, semblables à de délicats coquillages, contrastaient avec ses doigts calleux et durcis par le travail.

Il déglutit avec peine, la gorge soudain très sèche.

— Allez-vous me laisser entrer ? s'enquit-il.

Et jetant un coup d'œil amusé vers la dague pendue à la ceinture de Brianna :

— Ou me considérez-vous encore comme un danger potentiel ?

Elle prit une longue inspiration tremblante et il lut l'épuisement dans ses yeux. Du bout de la langue, elle s'humecta nerveusement la lèvre inférieure, aussi pleine et charnue qu'un bouton de rose.

— Eh bien, suis-je dangereux ? répéta-t-il d'une voix basse et rauque.

Brianna sentit une étrange langueur s'immiscer en elle, pareille à une onde de chaleur dans son ventre.

— Non, croassa-t-elle.

Elle se tut, indécise. Elle savait à présent que l'étranger avait été envoyé par Hugh. Sinon, comment aurait-il entendu parler du « Grand Chêne Creux » de leur enfance, leur cachette secrète ?

D'un geste défensif, elle croisa les bras sur son estomac. Il y avait quelque chose chez cet homme qui faisait vibrer tous ses nerfs et la remplissait de… De quoi ? De peur ? Elle n'en était pas certaine, incapable d'identifier la sensation.

— Suivez-moi, intima-t-elle enfin.

Les lèvres serrées, elle prit la torche crachotante que lui tendait Alys, et levant son flambeau, montra le chemin au visiteur.

Giseux la suivit dans la grande salle, tout en observant d'un regard appréciateur le délicieux balancement de ses hanches, qui frottaient doucement contre l'étoffe de sa robe. À la voir dans ces vêtements déchirés et salis par les tâches domestiques, avec sa chevelure cuivrée simplement nattée qui lui tombait jusqu'à la taille, qui aurait pu imaginer qu'elle était la sœur de Hugh ?

À plusieurs reprises, Hugh de Sefanoc s'était vanté du confortable revenu qu'il tirait de ses domaines, de la ferme comme de la forêt. Alors pourquoi sa sœur était-elle vêtue de haillons et travaillait-elle à s'en user les mains, tout en résistant aux violences des hommes du comte Jean ?

Fichant la torche dans un cercle de fer à côté de la gigantesque cheminée de pierre, Brianna lui désigna, d'un geste brusque, un siège à haut dossier. Avec gratitude, Giseux cala son imposante carrure dans le dur fauteuil de bois. En dépit de l'inconfort de son armure, la sensation était délectable après toute une journée passée en selle.

Il jeta un coup d'œil vers le foyer, où brûlait un maigre feu composé de quelques branches mouillées, qui fumaient et rougeoyaient dans l'âtre immense. La chiche chaleur exhalée par les faibles flammes ne produisait guère d'effet dans cet espace démesuré. Giseux sentait sur son visage le froid pénétrant qui irradiait des murs de pierre grise. Au-dessus de lui, le plafond était constitué de grosses pièces de chêne, arches énormes qui enjambaient tout l'espace de la salle. Les hautes croisées étaient closes contre les frimas de l'hiver, même s'il doutait que cela puisse influer beaucoup sur la température intérieure.

— Dites-moi, je vous en prie, dites-moi comment va Hugh, implora Brianna, s'appuyant d'une main au manteau de la cheminée.

Elle aurait voulu poser la tête contre la pierre sculptée et verser des larmes de gratitude. Mais pas question de trahir de nouveau sa faiblesse devant ce sombre étranger ! Pourquoi, oh ! pourquoi avait-il fallu que ce soit *lui* qui lui apporte des nouvelles de Hugh ? Lui, l'homme qui avait été témoin de l'humiliation que lui avaient infligée les hommes du comte Jean, lui qui l'avait approchée de trop près dans ses efforts pour l'aider…

Même à présent, plusieurs heures après, elle sentait encore l'empreinte brûlante de ses doigts. Son cœur manqua un battement.

Giseux s'adossa au fauteuil, étendant devant lui ses longues jambes, dont les orteils touchèrent presque l'ourlet de Brianna. La flamme de la torche jetait des reflets d'or bruni dans la chevelure ardente de la jeune femme. Il ne put retenir un léger sourire en la voyant écarter sa jupe de lui, le nez imperceptiblement froncé dans une mimique réprobatrice.

— Hugh se trouve dans le château de mes parents, près de Winchester, expliqua-t-il. Il est tombé malade pendant que nous attendions les bateaux qui devaient nous ramener en Angleterre. À présent, il va très mal et délire parfois sous l'effet de la fièvre. Mais même ainsi, il ne cesse de vous réclamer.

La gorge nouée par l'émotion, Brianna porta ses deux paumes à son visage pour s'empêcher d'éclater en sanglots. Si seulement elle avait appris cela ce matin, elle serait déjà au chevet de Hugh !

— Pourquoi ne me l'avez-vous pas dit ? lui reprocha-t-elle. Pourquoi ne m'avez-vous pas appris ce matin qui vous étiez et pourquoi vous étiez ici ?

Elle se jeta sur la chaise en face de lui en se perchant sur le bord du siège, ses bottines de cuir éraflées pointant sous l'ourlet de sa jupe.

— Si mes souvenirs sont exacts, c'est bien vous qui avez prétendu n'avoir jamais entendu parler de Brianna de Sefanoc. Si vous n'aviez pas menti à ce sujet, vous seriez déjà avec lui à l'heure où nous parlons.

— Alors qu'attendons-nous ? Partons tout de suite ! s'exclama-t-elle.

Se relevant d'un bond, elle se dirigea en courant vers le solarium.

— Je n'ai besoin que de mon manteau.

La voix profonde de Giseux l'arrêta net.

— Si vous croyez que je vais aller où que ce soit ce soir, vous vous trompez, milady. J'ai besoin de me restaurer et de dormir avant de me remettre en selle.

— Mais Hugh…

— … se trouve entre de bonnes mains, acheva-t-il à sa place.

Il s'abstint d'ajouter que, si Hugh était mort à l'heure où ils parlaient, une nuit de plus ou de moins n'y changerait plus rien.

— Nous nous mettrons en route demain, à la pointe du jour. Ce sera plus sûr et nous pourrons au moins distinguer notre route, ce qui nous permettra de chevaucher plus vite.

Les sourcils froncés, Brianna se retourna à demi, regimbant sous les façons autoritaires de leur visiteur et sa façon de décider de tout.

— C'est possible, milord. Mais je veux aller retrouver mon frère tout de suite.

Pour qui se prenait-il, de lui donner ainsi des ordres ? Elle était accoutumée à en faire à sa tête et à prendre ses propres décisions. Après son mariage avec Walter, elle s'était promis de s'octroyer au moins cela.

— Je vous remercie de m'avoir apporté le message de mon frère, milord, dit-elle d'un ton formel qui ne souffrait pas de discussion. Vous êtes le bienvenu céans, si vous souhaitez vous restaurer et passer la nuit ici. Je vais vous faire apporter de quoi manger.

— Attendez !

Comme elle passait devant sa chaise, il lui emprisonna

la main dans l'un de ses énormes gantelets de métal, dont elle sentit le revers en cuir lui presser la paume.

— Laissez-moi, voulez-vous ?

Elle fit un effort pour s'exprimer avec calme, redoutant la montée de cette onde de peur familière dans sa poitrine, suivie de l'inévitable panique qui s'emparait d'elle chaque fois qu'un homme l'approchait de trop près. Son pouls s'accéléra bel et bien, mais pas de la façon habituelle, nota-t-elle avec étonnement. Elle se rembrunit. Décidément, quelque chose n'allait pas dans ses réactions !

— Puis-je vous demander ce que vous allez faire, là ?

— Je viens de vous le dire, milord : aller chercher de quoi vous restaurer.

Elle tira sur sa main pour se libérer, mais les doigts puissants resserrèrent leur étreinte. Agacée, elle serra les lèvres, détournant les yeux pour échapper au regard pénétrant de l'étranger.

— Vous me racontez des histoires, milady, je le vois sur votre visage. Vous projetez de vous mettre en route, n'est-ce pas ? Avec ou sans ma compagnie…

— Ce n'est pas votre affaire.

— C'est *mon* affaire de vous conduire là-bas saine et sauve, riposta-t-il. Croyez-vous que Hugh me pardonnerait s'il vous arrivait quoi que ce soit de fâcheux pendant le trajet ? Il m'a demandé de vous escorter et je vous escorterai, conclut-il en laissant retomber sa main.

— Alors venez avec moi *maintenant* !

L'espace d'un instant, elle regretta presque la chaleur de ses doigts sur les siens. Au nom du ciel, que se passait-il avec elle ?

— C'est impossible, répliqua fermement Giseux, une pointe d'irritation dans la voix.

Depuis quand les dames se montraient-elles aussi volontaires et impulsives ? En fait, il aurait très bien pu reprendre la route sur-le-champ, s'il l'avait voulu. Il était parfaitement capable de chevaucher des journées entières avec l'estomac vide et fort peu de sommeil, Dieu lui en était témoin. Mais quelque chose dans les façons de Brianna lui donnait envie de résister à cette petite rebelle et de lui rabattre un peu le caquet.

— Très bien, nous partirons demain, céda-t-elle avec mauvaise humeur.

Avant d'opérer une sortie théâtrale en direction de la cuisine…

Resté seul, Giseux se renversa sur son siège et sourit. Il allait avoir une bataille à mener, il le sentait, une bataille qu'il était certain de remporter.

Et bizarrement, cette perspective était loin de lui déplaire…

Chapitre 3

— Oh ! milady, qu'allons-nous bien pouvoir lui donner à manger ?

Alys se tordait les mains tandis qu'elle parcourait d'un regard impuissant les étagères vides de la cuisine.

— Rien du tout, si j'avais le choix, fulmina Brianna.

Elle s'appuya des deux mains à la table bien récurée, en tâchant de rassembler ses pensées en désordre. Puis elle tourna vers Alys un regard d'un bleu étincelant.

— Cet homme est un vrai goujat ! As-tu entendu ce qu'il m'a dit ? Hugh est vivant et il refuse de me conduire près de lui. Il veut attendre… Attendre jusqu'à demain matin. Peux-tu imaginer cela ?

Alys se précipita vers elle et lui secoua la manche.

— Baissez la voix, au nom du ciel, il va vous entendre !

Elle jeta un coup d'œil anxieux vers la porte ouverte de la cuisine.

— Et alors ? Qu'est-ce que cela peut me faire ? rétorqua Brianna.

Elle se redressa et, pivotant sur les talons, se plaça face à la porte, bien décidée à défier l'odieux personnage.

— Maintenant, au moins, il sait ce que je pense !

Alys lui tapota le bras.

— Calmez-vous, milady ! Trouvons-lui plutôt quelque chose à manger. Pourquoi pas le ragoût ?

Brianna réfléchit, songeant au brouet qu'elles avaient fait durer toute la semaine : des cuisses de poulet filandreuses, agrémentées à l'occasion de légumes d'hiver caoutchouteux.

— Non, c'est trop bon pour lui, décida-t-elle.

Fouillant dans un pot en terre, elle en sortit un quignon de pain dur, qu'elle déposa sur un plat en étain.

— Cela devrait suffire.

— C'est un seigneur, milady ! Vous ne pouvez pas le nourrir de pain sec.

— On peut ajouter du fromage, concéda à contrecœur Brianna.

Elle déplia une longue bande de mousseline humide, qui enveloppait un fromage blanc, frais et granuleux.

— Et de l'hydromel, ajouta Alys, plongeant un gobelet d'étain dans une fiasque de liquide ambré, avant de le déposer sur un plateau, à côté de l'assiette. Dois-je lui apporter cela ? proposa-t-elle non sans réticence.

Brianna sourit.

— Non, laisse-moi faire. Et il a intérêt à apprécier le repas !

Alys leva les yeux au ciel.

Poussant la porte d'un coup d'épaule, Brianna se fraya un passage vers la grande salle, le plateau dans les mains. Le mieux, songea-t-elle, était d'inciter Giseux à se retirer pour la nuit dès qu'il aurait fini de manger. Alys avait déjà préparé la chambre d'hôtes, à laquelle on accédait par une volée de marches depuis le vestibule. Une fois qu'il serait endormi, elle aurait le champ libre pour seller son cheval et s'élancer vers Manchester.

Brianna s'avança vers le fauteuil. Les jambes du chevalier luisaient dans leur carapace de métal, les muscles de ses mollets puissants clairement visibles sous les mailles. Il avait ôté ses gantelets, qui gisaient sur le sol. D'un geste brusque, elle déposa le plateau sur le guéridon bancal à côté de lui.

— Milord est servi.

Un regard gris acier la transperça, coupant court à sa bravade.

— Qu'est-ce que ces hommes vous voulaient ce matin ? interrogea le visiteur, sans même jeter un coup d'œil à l'assiette.

— Eh bien… Je…

Elle hésita, puis se dirigea vers les volets, dont elle vérifia la fermeture, fuyant l'examen par trop insistant auquel elle était soumise.

La même voix grave s'éleva dans son dos, lui arrachant un frisson.

— Que vous voulaient-ils ?

Elle tâta les loquets froids, regrettant de ne pouvoir presser son visage brûlant contre les contrevents pour retrouver un semblant de contenance.

— Oh ! les hommes du comte Jean ? fit-elle d'un ton léger.

Pas question de laisser voir à cet homme à quel point ce qu'ils lui avaient infligé l'avait affectée !

Prenant une profonde inspiration, elle revint vers la cheminée et se percha de nouveau sur le siège en face de Giseux.

Le chevalier mordit un morceau de pain, qu'il mâcha lentement et en silence.

Les yeux baissés vers le sol, Brianna remua, mal à l'aise. De toute évidence, il attendait une réponse.

— Le comte Jean veut me faire épouser l'un de ses nobles, afin que Sefanoc tombe sous sa juridiction. Il a envoyé ses soldats pour me persuader.

— En matière de persuasion, leurs méthodes laissent à désirer, commenta-t-il d'un ton caustique.

Il avala une gorgée d'hydromel, se léchant la lèvre pour rattraper une goutte. Brianna effleura du doigt sa propre joue tuméfiée.

— C'est pourquoi il est si important de ramener Hugh à Sefanoc, déclara-t-elle. Quand le comte Jean verra qu'il est en vie, il cessera de me tourmenter.

Giseux croisa les doigts sur son torse.

— C'est une chance que votre frère soit de retour, en ce cas. Sinon, vous auriez peut-être fini par accepter un mariage sous la contrainte.

Elle fixa sur lui un regard maussade.

— *Jamais*. Je vous l'ai déjà dit : je préférerais mourir que de revivre cela.

Il cilla à l'avant-dernier mot, et Brianna, consternée par sa stupide gaffe, porta une main à ses lèvres. Elle s'était trahie par ce seul commentaire, qui dévoilait tout son passé.

Giseux se pencha en avant, les coudes sur les genoux.

— Revivre ?

Brianna se leva d'un bond, les lèvres tremblantes, les joues cramoisies et les paumes moites de sueur.

— Finissez donc votre repas, fit-elle brusquement. Quant à moi, je dois me changer. Veuillez m'excuser, je vous prie.

Giseux la regarda franchir la porte dans un envol de jupes, sa chevelure luisant dans la pénombre. C'était donc cela ! Brianna de Sefanoc avait été mariée précédemment, et cela n'avait pas été un mariage heureux, à en juger par la réponse qu'elle venait de fournir à sa question.

Qu'était-il advenu de son mari ? L'avait-elle expédié d'un coup d'arbalète, ou de la dague suspendue à sa ceinture ? Les lèvres de Giseux s'incurvèrent à cette pensée — elle en était bien capable, la mâtine ! En vérité, il n'avait jamais rencontré une femme aussi farouchement combative, aussi décidée à défendre coûte que coûte ce qui lui était le plus cher. Et elle le payait au prix fort, semblait-il.

Tirant sur le bord de sa robe paysanne encroûtée de boue, Brianna se débattait avec l'étoffe grossière, qu'elle s'efforçait de faire glisser par-dessus sa tête. Pourquoi, au nom du ciel, avait-elle laissé échapper une telle sottise ? Et devant cet homme, qui plus était — un parfait étranger ! Son cœur battait à tout rompre. Elle s'obligea à respirer lentement pour se calmer. Plus vite elle serait loin de ce Giseux, mieux ce serait.

Vêtue de sa chemise et de ses bas de laine, et encore chaussée de ses bottines de cuir, Brianna se dirigea vers le coffre en chêne au pied de son lit. Le couvercle sculpté s'ouvrit avec un craquement et elle fourragea à l'intérieur. Elle ne possédait que deux robes convenables et l'une, elle s'en souvenait, présentait sur le côté une longue déchirure qu'elle avait eu l'intention de raccommoder. La robe en laine verte était présentable, bien qu'un peu usée. Elle l'enfila par-dessus sa tête, respirant l'odeur de la lavande séchée qu'Alys plaçait dans les coffres tous les ans pour parfumer les vêtements. Autour des épaules, le tissu grattait un peu contre sa chemise de lin encore humide des immersions du matin.

Brianna passa la tête dans l'encolure, effleurant dans ce geste la broderie d'argent au motif en relief très élaboré qui ornait le col. C'était l'œuvre de sa mère, sa jolie maman, si douée pour les travaux d'aiguille, qui avait passé tant d'heures à confectionner et orner les vêtements de la famille.

Brianna la revoyait, assise près de la fenêtre sud du solarium, dans le soleil brillant qui faisait étinceler le fil sur ses genoux et accrochait des reflets d'or dans sa chevelure cuivrée.

La jeune femme laissa échapper un long soupir. Si seulement ses parents étaient ici en ce moment, au lieu d'avoir succombé à cette horrible maladie ! Ils seraient fiers d'elle, espérait-elle, fiers de la façon dont elle avait tenu le domaine en l'absence de Hugh, économisant et lésinant sur tout afin qu'il retrouve un pécule digne de ce nom lorsqu'il rentrerait à la maison.

Comment cet étranger pouvait-il être assez insensible pour la retenir loin de son frère, quand elle avait attendu si longtemps son retour ?

Du plat de la main, elle lissa ses jupes pour les défroisser, puis entoura ses hanches minces d'une ceinture en étoffe, qu'elle eut du mal à nouer avec ses doigts raidis. Elle posa ensuite son fourreau à dague et sa cape sur le lit, afin de ne pas éveiller les soupçons de Giseux s'il les voyait sur elle dans la grande salle. Alys et elle allaient bientôt installer leur visiteur dans la chambre d'hôtes et elle pourrait alors s'éclipser discrètement.

Rassemblant ses longues nattes sur la nuque pour former un chignon lâche, elle assujettit la masse flamboyante à l'aide de plusieurs longues épingles avant de se couvrir la tête d'un voile de gaze, qu'elle fixa sur le front avec un cercle d'or, le seul qu'elle n'ait pas vendu.

À pas étouffés, elle se dirigea vers la porte, la traîne de sa robe bruissant sur les larges lattes du parquet d'orme. Elle redressa le dos en actionnant le loquet, préparée à affronter de nouveau son sauveur.

Giseux était étendu dans son fauteuil, son corps imposant éclairé par le faible feu brûlant dans l'âtre. L'un de ses bras était posé sur l'accoudoir, ses longs doigts déliés pendant dans le vide.

Il s'était endormi.

Mue par une étrange curiosité, Brianna s'arrêta net et l'examina. Pour la première fois, elle remarqua les ombres grisâtres sous ses yeux et les fines rides au coin de ses paupières. Une sensation bizarre s'empara d'elle à cette vue. Elle se sentait incapable de bouger, comme fascinée. Le dormeur semblait peu à son aise, avec sa large carrure calée dans ce siège étroit, et Brianna songea soudain qu'elle aurait dû lui proposer des vêtements de son frère. Hugh, dès qu'il arrivait à la maison, avait toujours hâte de se dépouiller de son armure, en se plaignant de son inconfort.

La poitrine du chevalier se soulevait et retombait lentement à un rythme régulier, signe qu'il dormait profondément. L'étoffe de son surcot de laine lui bridait le torse, révélant les contours fermes de ses muscles. Il avait dénoué les lacets en cuir qui fermaient le col de son haubert et la cotte de maille bâillait, découvrant son cou puissant et le creux de sa gorge tannée par le soleil.

Brianna se mordilla la lèvre, tant les doigts lui démangeaient de toucher cette peau bronzée pour en éprouver le grain si parfait. Elle serra ses mains l'une contre l'autre pour chasser la tentation, irritée par les réactions étranges que cet homme suscitait en elle. Avait-elle perdu tout bon sens ? L'agression du matin lui avait-elle embrouillé les idées au point de lui faire oublier son chemin solitaire dans la vie ?

Rappelle-toi Walter, se morigéna-t-elle sévèrement. *Rappelle-toi Walter te contrôlant au point que tu en aurais hurlé de frustration, prise au piège de ce mariage amer et sans amour.* Cela avait été la principale distraction de cet homme que de décider de ce qu'elle devait manger, porter sur elle, faire de sa journée, si bien qu'à un moment de cette affreuse période elle avait vraiment cru qu'elle était en train de perdre toute faculté de penser par elle-même. Et elle n'était pas près de laisser cela se reproduire !

Retournant en hâte dans sa chambre, Brianna prit sa cape et son baudrier. Les détails de son plan se bousculaient dans sa tête. Il lui fallait saisir l'occasion et partir pour Winchester sur-le-champ, pendant que ce Giseux dormait.

En passant devant lui sur la pointe des pieds, elle prit tout à coup conscience de sa témérité et trembla à la seule pensée de le voir se lever brusquement, la prenant ainsi sur le fait. Non, il ne pouvait pas, ne *devait* pas la surprendre !

Le regard fixé sur la porte à l'extrémité de la grande salle, elle s'avança à pas comptés, retroussant sa robe pour ne pas trébucher dessus. Tous les muscles tendus, elle avançait, attentive au plus léger mouvement, au moindre son du côté du fauteuil.

Après ce qui lui parut une éternité, elle souleva enfin le loquet et se glissa dans le vestibule avec la légèreté d'un fantôme, refermant avec soin la porte derrière elle. Puis elle s'adossa au mur et relâcha son souffle, soulagée.

Les yeux écarquillés dans son visage blafard, Alys émergea soudain de l'escalier qui menait à la chambre des invités au-dessus de la cuisine. Elle fronça les sourcils en avisant la tenue de Brianna.

— Milady ? Que se passe-t-il ?

— Chut !

Brianna porta un doigt à ses lèvres et saisit la servante par la main. Elle lui fit franchir la porte d'entrée et l'entraîna dehors, dans l'air glacé de la nuit, lui faisant descendre l'escalier avant de se diriger vers les écuries situées sous l'étage. Une odeur de paille écrasée et un léger remugle d'urine de cheval flottaient dans le bâtiment.

Lorsque Brianna l'eut informée de son plan, Alys porta ses mains nouées par l'arthrose à ses joues.

— Oh ! non, maîtresse, vous ne pouvez pas faire cela !

— C'est le seul moyen, rétorqua vivement Brianna, le cœur cognant à se rompre.

L'image de l'homme imposant endormi là-haut dans le fauteuil rôdait dangereusement à l'arrière-plan de sa conscience.

— Au moins, laissez-moi vous accompagner, maîtresse !

À la lueur de la lune qui filtrait par les arcades, Alys lui parut soudain très vieille, son maigre corps voûté par l'épuisement. Saisie de remords, Brianna posa les deux mains sur ses épaules.

— Non, Alys, je ne peux pas te demander cela. Tu as déjà tant fait pour moi, tu dois te reposer à présent. Va te coucher et dors. Lord Giseux peut prendre soin de lui-même.

— Mais…

— Winchester n'est guère qu'à une vingtaine de miles d'ici et je connais le chemin, affirma Brianna.

Enfin, une partie, rectifia-t-elle à part elle.

Alys promena un regard sur l'écurie vide.

— Mais comment allez-vous voyager ? Nous n'avons plus de chevaux de monte.

Brianna sourit, les agrafes en métal de sa cape luisant dans la pénombre.

— Non, nous n'en avons plus.

Elle pointa le doigt vers l'orée du bois, où le grand destrier de Giseux broutait placidement, ses rênes attachées à une branche basse.

— Mais lui, il en a un !

Ce fut le froid qui finit par le réveiller. Un froid insidieux et pénétrant qui le glaçait jusqu'aux os, si bien qu'après s'être tourné et retourné pour tâcher de se rendormir Giseux rouvrit les yeux à contrecœur.

Un mince rayon de lune glissait à travers les fentes des longs volets de bois, assez pour qu'on puisse distinguer le contour des objets. Le feu avait dû s'éteindre peu de temps auparavant, car les cendres rougeoyaient encore faiblement dans l'âtre.

Giseux exhala un soupir. Le fauteuil étroit avait contraint son corps épuisé à adopter une position inconfortable et il se sentait raide, la main droite engourdie.

Avec une grimace, il ploya les doigts jusqu'à ce que le

sang se remette à circuler dans ses veines avec un douloureux picotement. Chassant les brumes du sommeil, il recouvra promptement ses esprits et se rappela la tâche que Hugh lui avait confiée. Il revit la lueur de détermination dans les yeux de Lady Brianna, l'expression têtue de sa bouche lorsqu'il lui avait signifié qu'ils ne se mettraient pas en route avant le matin.

S'extirpant du fauteuil, il se dirigea à grands pas vers la porte du solarium, qu'il ouvrit à la volée. Dans des circonstances normales, il aurait sans doute frappé, mais jusqu'ici rien n'avait été normal en ce qui concernait Lady Brianna.

Avant même d'avoir jeté un coup d'œil sur le lit et constaté qu'aucune silhouette endormie ne bombait les fourrures, il sut avec certitude qu'elle était partie.

Petite sorcière ! Il avait voulu rendre service à Hugh en lui proposant d'aller à Sefanoc, et voilà que cela se transformait en épreuve !

Se penchant au-dessus du lit, il repoussa les couvertures. Les draps d'une blancheur immaculée, vides de leur propriétaire, semblèrent lui adresser un signal moqueur. Un parfum de lavande écrasée monta vers lui, délicieux et enivrant, lui rappelant les longs étés chauds de Poitiers, et son cœur tressaillit à ce souvenir. Tout cela semblait si loin à présent.

Un léger son de l'autre côté du lit attira soudain son attention.

La domestique, Alys, se dressa sur sa paillasse en serrant les couvertures contre sa maigre poitrine, ses cheveux gris en bataille.

— Elle n'est pas ici, milord.

— Je vois, rétorqua sèchement Giseux, dont le visage se découpait dans la lumière sépulcrale.

De grosses larmes roulèrent sur les joues de la servante.

— Oh ! milord, ne soyez pas trop dur avec elle !

— Et pourquoi non ? Il faut vraiment que cette femme soit stupide pour se mettre ainsi en danger.

— Il y a si longtemps qu'elle n'a pas vu Hugh ! Et quand elle a quelque chose en tête…

La voix d'Alys faiblit sur ces mots, étouffée par un sanglot.

— Oui, j'ai vu, elle est difficile à brider, convint Giseux en grimaçant. Quand est-elle partie ?

— Peu de temps après que vous vous êtes endormi, milord.

— Elle n'a pas beaucoup d'avance en ce cas, grommela Giseux.

Il songea aux braises mourant dans l'âtre et fit un rapide calcul dans sa tête.

— Que monte-t-elle ? Un palefroi ? Elle ne peut guère aller qu'au trot là-dessus. Je la rattraperai aisément.

La servante demeurait obstinément silencieuse, le regard fixé sur lui, ses doigts noueux toujours crispés sur la couverture.

— Elle… Elle a pris votre cheval, milord.

La lune se dessinait par intermittence dans le sombre entrelacs des branches nues, éclairant d'une faible lueur le sous-bois à travers le voile des nuages. La bise soufflait dans les arbres, rappelant à Brianna les vieilles légendes sur la forêt de Sefanoc et ses fantômes.

Ces bois ne recelaient pas de mystère pour elle. Elle avait grandi en ce lieu, ri et joué dans la forêt avec Hugh. Elle ne ressentait aucune crainte en voyant les hautes silhouettes des arbres décharnés se dresser devant elle, les trous d'eau miroitants où se reflétait la lune, pas plus que ne l'effrayaient les bruissements des animaux dans les fourrés. Non, la forêt ne lui faisait pas peur. Ce qu'elle redoutait, c'était d'être rattrapée par Giseux de St-Loup.

Désespérée, elle frappa des talons les flancs rebondis du destrier. Dans sa hâte de partir, elle avait oublié de régler les éperons à la taille de sa jambe et, à présent, ils cognaient inutilement contre les côtes du cheval, leurs cercles de métal poli luisant dans l'obscurité. Même sans éperons, elle se considérait comme une excellente cavalière, mais cet animal refusait tout simplement de se mouvoir plus vite qu'à un petit trot sporadique. En vérité, c'était comme si son maître le contrôlait à distance !

Brusquement, l'étalon s'arrêta, pointant les oreilles comme pour localiser un son. Alors elle entendit aussi — un cri porté par le vent. Elle ne put distinguer les mots, mais elle sut tout de suite que c'était *lui*. Brianna crispa les doigts sur les rênes, le cœur battant à tout rompre.

Au nom du ciel, comment avait-il bien pu la rattraper si vite ?

En réponse à la voix de son maître, le destrier commença à pivoter sur ses sabots. Brianna tira désespérément sur les rênes pour le remettre dans la bonne direction. En vain. Le cheval fit demi-tour sans prévenir dans l'étroit sentier boueux, la jetant presque à terre dans son excitation. Au dernier moment, juste avant qu'il ne s'élance, Brianna réussit à passer une jambe par-dessus le cou de l'animal, puis à se laisser glisser sur le sol dans un envol de jupes.

La tête haute, elle se mit à marcher à grands pas sur le chemin de Winchester, sa cape en laine fermement drapée autour d'elle. Elle aurait pu courir se cacher dans l'obscurité de la forêt, mais à quoi bon ? Il la retrouverait sans aucun doute — ce prédateur au visage anguleux et à l'expression farouche.

Quelques instants plus tard, le martèlement des sabots d'un cheval lancé au galop résonna derrière elle. Son cœur bondit dans sa poitrine et un frisson de peur lui parcourut l'échine.

— Lady Brianna !

Les mots claquèrent dans son dos, presque aussi physiques que des coups. Elle se pencha en avant, la respiration oppressée.

Ne te comporte pas comme une coupable, se morigéna-t-elle. *Affronte-le !*

Se redressant de toute sa taille, elle fit volte-face, les pieds enfoncés dans le tapis de feuilles décomposées qui jonchait le sol.

Giseux ne portait pas de heaume et le vent de la course lui avait ébouriffé les cheveux, qui se dressaient en épis autour de sa tête. Il abaissa vers elle un regard étincelant de courroux. Elle eut beau prendre une attitude décidée, Brianna n'en espéra pas moins qu'une crevasse s'ouvrirait pour les engloutir, lui et son cheval.

— Où croyez-vous aller ? fit-il d'une voix tonnante.

La rudesse du ton la fit tressaillir. Le visage de son poursuivant luisait de sueur. Sans doute avait-il couru pour la rattraper, jusqu'au moment où le destrier, entendant la voix de son maître, avait fait inopinément demi-tour.

— Vous savez très bien où je vais, rétorqua-t-elle.

Peu désireuse de soutenir son regard ni d'admettre qu'elle avait contrevenu à ses ordres, Brianna fixait d'un air insolent le soleret du chevalier, calé dans l'étrier juste à hauteur de sa poitrine à elle, et dont le métal luisait, maculé de boue.

— Je vous avais dit d'attendre demain matin. Alors je vous aurais escortée.

Le ton avait beau rester calme et égal, elle y décela une note d'exaspération. Giseux était visiblement hors de lui. La bise avait forci, agitant les mèches de sa chevelure en désordre, et il semblait encore plus… irrésistible ainsi, s'avoua-t-elle soudain, la gorge nouée.

— Je ne me perdrai pas, je connais le chemin, rétorqua-t-elle avec aigreur.

La tête inclinée sur le côté, elle croisa les bras d'un geste de défi.

Giseux la toisa du regard. Dans la lumière mouvante de la lune, les cheveux cuivrés de Brianna, dont quelques mèches dépassaient de son voile, prenaient des teintes de soie pâle.

— Que vous connaissiez ou non le chemin n'est pas la question. Ce qui importe, c'est que vous êtes une femme et qu'une dame ne sort jamais sans escorte. C'est pure folie d'agir ainsi !

Brianna repoussa son voile blanc derrière son épaule.

— Depuis que Hugh est parti, je n'ai guère eu le choix.

— Jusqu'à maintenant, peut-être. Mais vous saviez que j'allais vous accompagner à Winchester et vous m'avez délibérément défié.

Brianna releva le menton, irritée par cette réprimande.

— Je voulais retrouver Hugh. Cela fait trois années entières que je n'ai pas vu mon frère ! Vous comprenez cela, tout de même ?

Giseux hocha la tête. Oui, il comprenait. Il comprenait son impatience, son désir de se retrouver enfin avec son frère, surtout après le harcèlement qu'elle avait subi de la part des hommes du comte Jean. La scène à laquelle il avait assisté ce matin n'avait pas dû être la seule, il s'en doutait bien.

— D'ailleurs, reprit-elle, qui êtes-vous pour me donner des ordres ? Vous n'êtes ni mon seigneur ni mon maître. Je suis libre de faire ce que je veux et d'aller où bon me semble. C'est moi qui choisis, affirma-t-elle en lui lançant un regard fulminant.

Giseux s'agita sur sa selle. Dans la pénombre de la forêt,

la broderie d'argent qui ornait sa tunique scintillait comme un semis d'étoiles.

— Alors vous faites ce qu'il vous plaît, sans la moindre considération pour les autres, c'est cela ?

Brianna s'insurgea. À l'entendre, elle n'était qu'une enfant gâtée !

— Ce n'est pas vrai !

— À votre avis, qu'aurait ressenti Hugh s'il vous était arrivé quelque chose ?

— Je peux prendre soin de moi-même !

— Ha, ha ! Comme ce matin, n'est-ce pas ? Si je n'étais pas arrivé au bon moment…

Elle haussa les épaules, tâchant de refouler le doute qui s'insinuait en elle.

— Ces hommes sont des lâches. Lord Fulke est un pleutre ! Ils auraient fini par me laisser tranquille, avec ou sans votre intervention.

Giseux secoua la tête.

— Vantardise, milady ! Vous vous mentez à vous-même et vous le savez très bien. Une femme seule court tous les risques, surtout si elle est assez stupide pour croire qu'elle peut vaincre un homme.

Cette fille suscitait en lui un étrange mélange de pitié et d'admiration. Elle lui rappelait un petit animal sauvage, acculé et vulnérable, montrant les dents pour masquer sa faiblesse.

— Mais j'en suis capable ! Hugh m'a appris à me servir d'une arbalète. Et d'une dague !

La voix de la jeune femme était montée d'un ton, teintée de colère, mais aussi d'appréhension. Elle regrettait sa propre inconséquence. Comment pouvait-elle se targuer ainsi de ce savoir si durement acquis ? Et s'il la prenait au mot en la défiant ?

Instinctivement, elle porta la main à la garde de sa dague incrustée de gemmes.

Le regard gris de Giseux suivit son geste et sa bouche s'incurva en une moue de dédain.

— Ce poignard est plus une gêne qu'une aide. On peut aisément vous l'arracher des mains et le retourner contre vous. Si vous voulez mon avis, vous feriez mieux de ne rien avoir du tout.

Le cheval dansa sous lui et Brianna vit saillir les muscles du cavalier tandis que ce dernier serrait les cuisses pour se maintenir en selle.

C'était Hugh qui lui avait donné cette dague avant son départ. C'était également lui qui lui avait appris à s'en servir, même s'il n'avait qu'une vague idée de ce que son mari lui avait fait subir. Elle ne lui avait confié qu'une infime partie de ses épreuves, réticente à évoquer sa vie avec Walter, même avec son frère.

Grâce à ce poignard, dont elle sentait le poids contre sa hanche, elle avait le sentiment d'être en sécurité. Et voilà que cet homme, cet étranger, avait le toupet de sous-estimer le pouvoir de son arme !

— Vous ne savez pas de quoi vous parlez, rétorqua-t-elle avec colère. Vous me connaissez à peine, et pourtant vous me critiquez et me condamnez. Comment osez-vous ?

D'un mouvement souple, Giseux se laissa glisser du haut de son destrier — ce traître de cheval qui avait refusé de galoper pour elle, se traînant comme un escargot tout au long du chemin !

Le chevalier vint se planter devant elle, le visage à quelques centimètres du sien.

— Vous vivez dans un rêve, si vous croyez que vous pouvez vous protéger avec cette arme.

Il s'était avancé si près que ses jambes lui frôlaient les

jupes. D'un geste instinctif, elle recula, resserrant son étreinte sur la garde de sa dague pour tirer la lame du fourreau.

Entraîné par des années de combat, le chevalier tendit le bras à la vitesse de l'éclair et une main musclée se referma sur la sienne, lui broyant les phalanges. Une douleur intense cisailla le poignet de Brianna, qui desserra les doigts malgré elle.

— Ce… Ce n'est pas du jeu.

Les réflexes toujours aussi rapides, Giseux rattrapa le poignard avant qu'il ne touche le sol et pointa la lame luisante à un pouce de la poitrine de Brianna, dont le cœur battait à se rompre.

Pendant un moment qui parut infini, ils restèrent ainsi, tendus et haletants, leurs silhouettes se découpant dans le clair de lune.

— Eh bien, vous voyez. C'était facile, non ? fit-il d'un ton sec.

Il se tenait si près, avec sa carrure impressionnante, qu'elle pouvait sentir son odeur, un mélange grisant d'épices et de feu de bois. Une bouffée d'excitation l'envahit malgré elle. Sidérée par la rapidité de la manœuvre autant que troublée par la proximité de l'homme dans son armure luisante, elle recula jusqu'au moment où son talon buta contre un tronc. Impossible d'aller plus loin !

Au-dessus d'eux, un hibou hulula, poussant son appel lugubre dans l'enchevêtrement des branches.

— Rendez-moi ma dague ! ordonna-t-elle d'une voix tremblante.

Les paumes pressées contre le vénérable chêne, elle se sentit soudain affreusement vulnérable.

— J'aurais dû vous tuer d'un coup d'arbalète quand j'en avais l'occasion !

Il aboya un rire sarcastique, dévoilant des dents très blanches dans son visage bronzé. Puis il lui lança la dague, pointe tournée vers lui afin qu'elle puisse saisir la poignée ornée de pierres.

— Mourir d'une flèche aurait été sans doute un supplice moins dur que de vous escorter, milady.

Brianna darda sur lui un regard hostile, tout en remettant sa dague au fourreau.

— Je ne rentrerai pas à Sefanoc avec vous, déclara-t-elle d'un ton ferme. Je continue ma route vers Winchester, que cela vous plaise ou non. Vous ne pouvez pas m'obliger à revenir avec vous.

Le genou de Giseux frôla sa jupe et elle tressaillit à ce contact.

La réponse, lorsqu'elle vint, fut proférée d'une voix basse et suave :

— Vous vous trompez. Je peux très bien vous obliger à tout ce que je veux.

Et plongeant son regard gris dans le sien :

— Ne vous leurrez pas vous-même en vous imaginant que je ne pourrais pas… moi ou n'importe quel autre homme, du reste. C'est dangereux de penser cela. Vous n'êtes pas en position de force, milady.

— Je me suis bien débrouillée jusqu'à présent. Et je n'ai pas l'intention de revenir sur mes pas avec vous.

Giseux soupira, excédé. Décidément, cette fille était folle. Bien sûr qu'il pouvait l'obliger à regagner Sefanoc ! Il lui suffisait de l'empoigner — elle était si frêle ! — et de la hisser sur son cheval, même si elle criait et se débattait. Elle en était tout de même consciente, non ? Il était deux fois plus grand qu'elle, avec la force musculaire qui allait de pair. Mais, à présent qu'il était bien réveillé, il ne se sentait pas d'humeur à se chamailler plus longtemps avec elle.

Tournant le dos, il se dirigea vers son destrier, dont il resserra la sangle avant de se remettre en selle.

— Montez ! ordonna-t-il, en ôtant son pied pour libérer l'étrier.

Brianna le dévisagea, stupéfaite.

— Qu… Quoi ?

Des images par trop nettes affluèrent en désordre dans son esprit — elle confortablement calée dans les bras de Giseux, le dos contre son torse…

Non, pas question !

— Je ne peux pas, assura-t-elle. Il est bien trop grand pour moi.

Giseux la toisa du haut de sa monture.

— Vous vous en êtes très bien tirée quand vous me l'avez volé, non ?

L'animal trépignait sous lui, faisant bruire les feuilles sèches sous ses sabots.

— Je l'ai *emprunté*, rectifia-t-elle avec hauteur. Non pas qu'il m'ait été très utile, d'ailleurs. Il a refusé d'avancer plus vite qu'au pas.

— Il a été dressé pour n'obéir qu'à moi, expliqua Giseux en lui tendant la main. Allez, montez !

Cela ne se fait pas ! songea Brianna.

Mais que faire ? Elle saisit la main qu'il lui offrait et posa son pied menu dans l'étrier.

Une onde de chaleur lui parcourut les veines tandis qu'il la hissait devant lui avec aisance comme si elle ne pesait pas plus qu'une plume. Sa hanche heurta le bord du sac de selle. Elle passa une jambe par-dessus l'encolure du cheval afin de s'installer à califourchon. Penchée en avant, elle empoigna la crinière de l'animal pour garder l'équilibre.

— Non, pas ainsi. Reculez-vous !

Ce n'était pas une prière mais un ordre.

À travers son voile, elle sentait le souffle tiède de Giseux assis derrière elle. Le tissu léger se plaqua contre sa nuque et elle frissonna. Dieu, qu'il était près !

— À la vitesse où nous allons chevaucher, vous tomberiez, expliqua-t-il. Appuyez-vous contre moi !

Le ton sévère, impérieux, ne souffrait pas de discussion.

Je fais cela pour Hugh, se répéta-t-elle encore et encore, en reculant à contrecœur contre le solide rempart de ce torse masculin. Tous ses nerfs vibrèrent à ce contact.

À travers les couches de vêtements qui lui recouvraient le corps — l'épaisse cape sur ses épaules, la robe en laine verte — elle sentait la poitrine dure de son compagnon contre son dos. Les cuisses musclées de ce dernier lui enserraient les hanches, la pressant plus étroitement, tandis que le grand destrier prenait de la vitesse. Giseux lui passa un bras autour de la taille pour la maintenir dans une étreinte d'acier. Le cheval galopait à présent, projetant des mottes dans son sillage.

Brianna frémit. Jamais elle ne s'était trouvée aussi proche d'un homme, dans une posture aussi intime. Non, pas même avec Walter. Ce qu'elle était en train de faire allait à l'encontre de tout ce qu'elle s'était promis lorsqu'elle avait quitté cet horrible personnage. Elle avait beau faire, les cahots de la route la projetaient sans cesse contre son compagnon, réduisant encore la distance infime qui les séparait.

Submergée par la honte, Brianna plissa très fort les paupières, les joues en feu.

— Tenez-vous ferme ! lui intima Giseux.

Elle semblait si fragile dans ses bras, songea-t-il en serrant le corps mince de Brianna contre son torse. Son apparence contredisait sa force intérieure, le courage inné qui l'habitait. Sans doute en fallait-il beaucoup pour la briser. Ce matin, pourtant, il s'en était fallu de peu, il l'avait bien senti. Il l'avait vue près de céder à la panique, au plus complet désespoir. Quand ces hommes s'en étaient pris à elle, elle s'était battue comme une possédée.

Les cheveux soyeux de sa passagère lui effleuraient la bouche. Giseux serra les lèvres. Quoi qu'elle ait fait, aucune femme ne méritait de subir un traitement aussi rude.

Imperceptiblement, il raffermit son étreinte autour d'elle. Les épaules de Brianna se pressèrent un peu plus contre son torse. Grisé par le doux parfum de lavande qui s'exhalait des cheveux de celle-ci, il sentit son propre corps réagir sur-le-champ à ce contact.

Il grimaça, irrité contre lui-même. Pas question de se laisser séduire ainsi ! Depuis Nadia et ces moments merveilleux qu'il avait connus avec elle, les femmes ne représentaient plus pour lui qu'un soulagement physique. Lorsqu'il les prenait, il ne leur demandait jamais leur nom dans l'obscurité, n'engageait même pas la conversation. Cela lui convenait ainsi, et après ce qui s'était passé, il préférait cela. L'amour, en ce qui le concernait, appartenait aux neiges d'antan.

D'un geste machinal, il frotta le muscle douloureux de sa cuisse, seul souvenir physique qui lui restait de la femme qu'il avait aimée en Orient, la femme qui était morte tandis qu'elle leur venait en aide, à ses compagnons et à lui. Elle avait été de leur côté et avait payé cette loyauté de sa vie. Sa blessure à lui n'était qu'un prix minime en comparaison, une douleur continuelle qui le rongeait, lui rappelant jour après jour sa culpabilité et ses remords.

Cela, et le profond abîme noir qu'était désormais son cœur.

Chapitre 4

Après les profondeurs bruissantes de la forêt et son labyrinthe de sentiers, le décor changea, alternant les vallons et les plaines parsemées de touffes d'herbe pâle qui ondulaient dans le vent.

La lune, dont l'orbe brillant disparaissait par intermittence derrière une dentelle de nuages, baignait le paysage d'une lumière spectrale, accentuant les ombres et transformant en silhouette humaine les branches d'une aubépine solitaire, aussi tordue et voûtée qu'un vieillard.

Giseux se repérait à présent. Il reconnaissait les vastes paysages ouverts de son enfance, ou du moins des premiers temps de son enfance, avant qu'il ne rejoigne la cour de la reine Aliénor à Poitiers, afin d'y parfaire son éducation de chevalier.

Dans la forêt, parmi l'enchevêtrement confus des arbres et des chemins, il s'était fié aux directives de sa compagne, suivant la direction qu'elle lui indiquait en pointant le bras, jusqu'à ce que les arbres deviennent plus clairsemés à l'orée des bois.

Effleurant des talons les flancs de son cheval, il lança l'animal à l'assaut du sentier de moutons escarpé pour gagner le plateau au-dessus, penchant le buste en avant pour accompagner le mouvement. Brianna changea aussitôt de position, le dos cambré pour rompre tout contact physique avec lui. Giseux grimaça. Cette petite mule faisait de son mieux pour rendre ce voyage aussi désagréable que possible, en le traitant en pestiféré et non en homme qui lui rendait service.

Parvenu sur le plateau, il lança le destrier au galop. La selle de cuir crissait sous leur poids. À présent, sa passagère n'avait pas le choix, elle devait s'appuyer de nouveau contre lui si elle ne voulait pas tomber. Giseux lui enserra fermement le buste et la pressa contre lui, non sans sentir chaque muscle de la rebelle protester par une raideur hostile et outragée. Même à travers la couche des vêtements, il sentait son cœur cogner, erratique. En dépit de son assurance affichée, elle avait peur. Cette pensée le déconcerta. Elle n'avait rien à craindre de lui, au nom du ciel !

Le vent sifflait autour d'eux tandis qu'ils chevauchaient, s'engouffrant dans les jupes de Brianna. Une bourrasque souleva son voile et le mince tissu alla se plaquer sur le visage de Giseux, juste devant ses yeux. Tirant brusquement sur ses rênes, il empoigna l'étoffe qui l'aveuglait et réussit à l'écarter, l'arrachant du même coup de la tête de Brianna. Le cercle d'or voltigea dans l'obscurité avant d'atterrir sur l'herbe avec un léger bruit de métal.

— Mon diadème ! s'écria la jeune femme.

Avant que Giseux n'ait eu le temps d'anticiper son geste, elle se laissa glisser à l'aveuglette du cheval, qui n'avançait plus qu'au trot, et se réceptionna à quatre pattes sur le sol inégal. Un peu étourdie, elle s'assit sur les talons dans l'herbe humide, cherchant du regard le métal luisant. Un accès de fatigue la submergea soudain, sapant ses forces.

— Pourquoi n'avez-vous pas attendu ? cria Giseux, la voix étouffée par une nouvelle bourrasque. J'aurais récupéré votre diadème moi-même.

Toujours à genoux, Brianna lissa d'une main ses jupes froissées, malgré les picotements douloureux dans son pied. Elle se sentait plus en sécurité par terre que sur le destrier. La proximité de Giseux, la chaleur de son torse, qu'elle sentait rayonner dans son dos, l'avaient incitée à sauter de la selle sous le premier prétexte venu.

Et pourtant…

Elle se mordit la lèvre, irritée. Voilà que le contact de ce grand corps puissant lui manquait déjà ! Le vent froid s'engouffrait sous sa cape, dont il écartait les deux pans, révélant la doublure brillante.

— Nous perdons du temps, grommela Giseux, irrité par l'incident.

D'un mouvement preste, il mit pied à terre, son surcot noir et argent plaqué sur la poitrine.

— À qui la faute ? C'est vous qui m'avez arraché mon voile, accusa-t-elle en se relevant.

Elle grimaça, tandis que le sang irriguait de nouveau ses orteils engourdis. Remuant le pied, elle tâcha de rassembler ses pensées en déroute. Quand avait-elle *souhaité* se trouver ainsi tout près d'un homme ?

— Je l'ai fait pour éviter un accident, se justifia Giseux. Ah, je les ai !

Il se pencha, ramassant le voile blanc et le bijou, qu'il enfonça sous son surcot.

Brianna tendit la main, ses jupes ballonnées flottant derrière elle. Le vent menaçait de défaire son chignon et elle leva l'autre main pour renfoncer les épingles.

— Donnez-moi mon voile à présent.

Giseux secoua la tête en se dirigeant vers son destrier.

— Non, cela souffle trop fort. L'incident pourrait se reproduire.

Brianna ouvrait déjà la bouche pour protester, mais sans lui en laisser le temps Giseux la souleva par la taille et l'installa en un clin d'œil sur la selle.

— Vous nous retardez en discutant, marmonna-t-il en

se hissant derrière elle. Je croyais que vous aviez hâte de revoir votre frère, non ?

— Bien sûr que j'ai hâte, rétorqua-t-elle en tortillant les hanches pour s'écarter au maximum de lui.

— Alors arrêtez de me chercher querelle et de batailler contre moi, et laissez-moi vous y conduire. Et pour l'amour du ciel, cessez de gigoter ainsi !

Le château de Sambourne se dressait dans la vaste vallée, masse impressionnante de vieilles pierres, enveloppée par les lambeaux de brume qui montaient de la rivière. Une torche à la main, un soldat sortit de la voûte du corps de garde et prit les rênes de Giseux. Puis il hocha la tête, sourit en reconnaissant le chevalier, et s'écarta pour les laisser passer. Brianna battit des paupières, surprise par la pénombre du lieu, tandis que les sabots du cheval résonnaient dans l'espace enclos de murailles.

Giseux s'était déjà laissé glisser sur le sol pavé de la cour intérieure et lui tendait la main.

— Milady ?

L'instinct naturel de Brianna, son plus sûr conseiller, la poussa d'abord à refuser son aide et à mettre pied à terre par ses propres moyens.

— Oh ! je…

Elle se tut, hésitante.

— Eh bien ? la pressa-t-il avec impatience.

Son regard étincelant semblait la défier.

— Acceptez mon assistance, pour une fois. Cela vous rendrait les choses tellement plus faciles !

Elle plaça une main dans la sienne, laissant les grands doigts de Giseux emprisonner les siens, pendant qu'elle passait la jambe par-dessus l'encolure du destrier. De son autre main, il la saisit par la taille et elle bascula contre lui, sa joue frôlant la sienne. Elle frémit au contact de sa peau légèrement râpeuse. L'espace d'un instant, son odeur l'enveloppa, masculine, grisante.

Giseux tira le voile et le diadème des profondeurs de son surcot et les lui tendit.

— Voilà votre bien.

Les doigts encore tremblants, elle ajusta tant bien que mal le joyau sur son front pour maintenir le voile.

— À présent, conduisez-moi jusqu'à mon frère, s'il vous plaît.

Au lieu d'obtempérer, Giseux tendit la main vers elle, comme attiré par la lueur du diadème, qui brillait doucement dans la pénombre. Effleurant la soie du voile, qui bruissa sous ses doigts, il redressa le cercle d'or légèrement de travers.

Prise au dépourvu par son geste, Brianna recula brusquement, le regard agrandi de crainte.

La réaction surprit Giseux, qui fronça les sourcils.

— Bon sang, quel est donc le problème avec vous ?

Elle avait réagi exactement comme s'il s'apprêtait à la frapper !

— Je ne vous veux aucun mal, vous savez. Vous n'avez pas à avoir peur de moi.

Oh si ! songea-t-elle à part elle, en suivant sa haute silhouette dans l'escalier de pierre qui menait à la porte d'entrée. *J'ai peur… Peur de tous les hommes et de ce qu'ils sont capables de faire.* C'était pourquoi elle se dissimulait à leurs regards et fuyait toute manifestation de gentillesse ou d'affection. Ce qui était arrivé dans le passé ne pouvait pas, ne *devait* pas se reproduire !

Par un escalier en colimaçon, Giseux la guida jusqu'à la chambre de Hugh, tout en haut de la tour nord du château. Après avoir gravi trois volées de marches, il poussa une lourde porte de bois, s'écartant pour laisser Brianna passer devant lui.

Dès qu'elle eut franchi le seuil, elle sentit une bouffée de chaleur lui souffleter le visage. D'abord, elle ne vit rien d'autre que le rougeoiement du charbon qui brûlait dans le brasero disposé dans un coin, projetant sa lueur écarlate sur le mur lambrissé de chêne.

Fouillant l'obscurité du regard, elle découvrit le lit et aperçut son frère. La tête de Hugh reposait sur un énorme oreiller, ses cheveux emmêlés collés au crâne. Excepté deux taches rouges sur les pommettes, son visage était blême, sa peau parcheminée. Des croûtes de sang parsemaient ses lèvres sèches et gercées, et des gouttes de sueur luisaient sur son front. Il portait une camisole en coton, dont les manches courtes dévoilaient ses avant-bras et ses mains étendues sur la courtepointe de fourrure, paumes vers l'extérieur. De temps à autre, une tempête de frissons s'emparait de lui et son corps secoué tremblait comme celui d'un possédé.

— Oh ! mon Dieu !

Epouvantée, Brianna porta les mains à son visage. Elle se tourna vers Giseux, quêtant un réconfort de cet homme qu'elle ne connaissait que depuis un jour. Mais le profil du chevalier offrait une expression sévère et son regard demeurait fixé sur Hugh.

Dans un suprême effort, Brianna obligea ses jambes engourdies à se mouvoir jusqu'au lit. Elle prit la main de son frère, dont les doigts sans force restaient repliés vers la paume. La panique monta en elle, menaçant de la submerger. Non, ce n'était pas possible. Hugh ne pouvait pas mourir !

Elle se pencha vers le visage familier et perçut le faible souffle qui s'échappait de ses lèvres. Des ondes brûlantes émanaient de son corps fiévreux. Brianna lui toucha le front et retira brusquement ses doigts mouillés de sueur. Sa main lui cuisait.

— Il fait beaucoup trop chaud ici ! s'exclama-t-elle. Pas étonnant qu'il soit bouillant !

Elle se précipita vers la fenêtre, tâtonnant pour ouvrir les contrevents de bois, dans son impatience à laisser entrer dans la pièce un flot d'air rafraîchissant. Elle actionnait déjà le loquet, quand Giseux l'arrêta en posant une main sur la sienne.

— Non. Il faut que la pièce soit chaude. Il doit transpirer pour évacuer la fièvre.

Par inadvertance, Brianna frôla son bras tendu, et l'espace d'un instant elle éprouva le désir insensé de poser la tête sur son épaule robuste pour y chercher un peu de réconfort. Irritée par sa propre faiblesse, elle s'écarta vivement, retirant sa main de la sienne. De quoi se mêlait-il, bonté divine ? Elle lui en voulait d'être là, si près, de s'immiscer dans ses retrouvailles avec son frère.

— Comment le savez-vous ?

— Ce genre de fièvre est fréquente chez les croisés, on la rencontre souvent en Orient, expliqua-t-il avec patience tout en retournant vers Hugh. J'ai vu de nombreux cas semblables. Gardez-le au chaud, empilez des couvertures sur lui. Il tentera de les rejeter, mais vous devez chaque fois les remonter jusqu'à son menton.

Il souleva une cruche en terre posée sur un guéridon près du lit et versa un liquide ambré dans une tasse. Puis il s'assit sur le bord de la couche et glissa doucement un bras derrière la nuque du malade pour lui soulever la tête.

Les paupières obstinément closes, Hugh n'en avala pas moins quelques gorgées du breuvage, au grand soulagement de Brianna. Avec précaution, Giseux lui reposa la tête sur l'oreiller. Cet acte de simple gentillesse, si inhabituelle chez cet homme de guerre arrogant, surprit tellement la jeune femme qu'elle ne put s'empêcher de le dévisager.

Une odeur agréable mais peu familière flottait à présent dans la pièce.

— Que lui avez-vous donné ?

— Des épices d'Orient, mélangées à de l'eau chaude et du miel. Les Turcs en usent pour soigner leurs diverses fièvres.

Brianna vint se placer devant lui, le devant de sa jupe lui frôlant presque les genoux.

— Je peux m'occuper de lui à présent.

Giseux lui jeta un coup d'œil. Une mèche de cheveux blond-roux s'était échappée de son chignon et bouclait sur son épaule, doucement illuminée par la lueur de la chandelle allumée dans la pièce.

— Très bien, acquiesça-t-il.

La proposition le soulageait. Il lui tardait tellement de se changer ! D'un geste impatient, il passa le doigt dans l'encolure de sa cotte de maille. Il portait cette armure depuis de si nombreuses heures que le métal commençait à lui irriter la peau.

— J'ai l'intention de dormir à présent. Il y a un lit pour vous ici, si vous souhaitez prendre du repos, ajouta-t-il en désignant la paillasse disposée contre le mur du fond.

La couche semblait toute prête, avec des draps bien tirés et tout frais.

— Merci, murmura Brianna.

Elle baissa les yeux, incertaine, ou peut-être réticente à prononcer les mots qu'il fallait.

— Et merci aussi d'être venu me chercher. Je suis désolée…

Sans doute voulait-elle s'excuser de lui avoir tiré dessus, lorsqu'elle l'avait pris pour l'un des hommes du comte Jean venu la persécuter de nouveau.

Giseux secoua la tête, la bouche pincée.

— Oublions cela. C'est du passé.

D'un mouvement brusque, il se leva du lit et se passa la main dans les cheveux.

— Tout ce qui compte, c'est que vous soyez ici pour prendre soin de Hugh.

— Eh bien, l'avez-vous vu ?

Jocelin, comte de Sambourne, gravissait les marches de l'estrade pour rejoindre sa femme à l'heure du petit déjeuner.

S'inclinant vers la tête blonde de son épouse, il lui déposa un léger baiser sur la joue avant de s'installer sur le siège de chêne sculpté à côté d'elle.

À près de cinquante ans, le comte paraissait bien moins que son âge. Son corps mince et musclé recelait encore une abondance d'énergie, aisément décelable dans la façon à la fois athlétique et gracieuse dont il se déplaçait, et dans le regard vif de ses yeux gris clair.

— Il dormait encore quand je suis allée voir, répondit Lady Mary.

Auprès de son mari, elle semblait svelte et délicate, son teint clair contrastant avec les joues rubicondes de son époux. Elle mordilla un petit pain avant d'ajouter :

— Le malheureux semblait complètement épuisé.

— Ce n'est guère étonnant, après avoir chevauché toute la nuit ! Je ne comprends pas pourquoi il n'a pas attendu le lever du jour. L'état de Lord Hugh n'aurait pas empiré aussi vite.

Jocelin découpa un morceau de poulet rôti avec son couteau et le déposa sur son assiette d'étain avec un petit pain tout frais sorti du four.

La grande salle était tranquille à cette heure. Les paysans qui travaillaient dans le domaine déjeunaient beaucoup plus tôt, avant le lever du jour. Quelques domestiques allaient et venaient à l'autre bout de la salle, débarrassant les plats sales et balayant les miettes.

Lady Mary posa une main sur le bras de son époux, et la pierre qui ornait sa bague étincela dans la lumière déversée par les fenêtres du haut.

— Il pensait que Hugh était mourant, Jocelin. Il était urgent qu'il ramène la jeune femme. Oh ! le voici ! s'exclama-t-elle soudain.

Tapotant sa chevelure nattée et roulée en chignon, elle se leva pour accueillir son fils.

Giseux franchit l'entrée voilée d'un rideau et s'arrêta un instant sur le seuil avant de gravir les marches donnant accès à la table d'honneur.

Depuis qu'il était parti vivre à la cour de France dix ans plus tôt, il n'avait rendu que de très occasionnelles visites au château familial. Aussi examina-t-il le lieu avec curiosité. Des tapisseries aux motifs élaborés ornaient les murs de pierre de la vaste salle haute de plafond, leurs vives couleurs conférant à la pièce chaleur et luminosité. Des boucliers étaient intercalés entre elles, gravés de blasons différents pour chacun des hommes de la famille, afin qu'on puisse les identifier aisément dans la bataille.

Sa mère se fraya un chemin vers lui entre les sièges rangés le long des tables et le prit dans ses bras.

— Oh ! mon fils ! Je peux enfin vous accueillir comme il convient.

Elle l'avait à peine entrevu lorsqu'il était arrivé la veille avec Lord Hugh. Giseux avait tout juste pris le temps de porter le malade à peine conscient dans une chambre, avant de se mettre en route pour Sefanoc.

— Laissez-moi vous regarder !

Entrelaçant ses mains à celles de son fils, elle recula d'un pas pour l'examiner de la tête aux pieds, notant la maigreur de ses joues et la largeur de ses épaules. Il avait quelque chose d'autre de changé, songea-t-elle, quelque chose qu'elle n'arrivait pas encore à identifier. Un certain regard, une ombre furtive au fond des yeux, peut-être ?

— Vous n'avez pas assez mangé là-bas ! le gronda-t-elle gentiment. Venez vite vous asseoir.

— Je m'apprêtais à aller voir Hugh, pour savoir comment il va.

Lady Mary secoua la tête.

— C'est inutile. Je suis allée jeter un coup d'œil sur lui quand je suis descendue ce matin. Il dormait paisiblement. Sa respiration semble beaucoup plus aisée.

— Et… Sa sœur ?

Lady Mary arqua un sourcil blond.

— Eh bien, elle dort aussi ! Dans ses vêtements, pauvre petite. J'aurais dû penser à lui donner l'une de mes chemises de nuit.

— Je doute qu'elle s'en soucie, murmura Giseux.

Brianna lui semblait éminemment capable de s'adapter aux situations les plus difficiles. L'absence de chemise de nuit devait être le cadet de ses soucis !

Sa mère lui désigna son propre siège, débarrassant aussitôt son assiette. Giseux cala son grand corps dans le fauteuil, avant de se tourner pour serrer la main de son père.

Un sourire radieux éclaira le visage de ce dernier.

— C'est bon de vous revoir, mon fils ! Cela faisait longtemps.

— Bien longtemps, renchérit Giseux.

Une servante s'approcha de la table avec un encombrant chaudron de porridge fumant. L'estomac dans les talons, Giseux regarda sa mère remplir pour lui un bol de cette épaisse crème, qu'elle sucra avec du miel.

— Merci, fit-il en prenant l'écuelle.

Tandis que son fils enfonçait sa cuillère dans la bouillie

d'avoine, le comte se pencha en avant, les coudes sur la nappe blanche. Ses yeux pétillaient de curiosité.

— Je suis impatient d'entendre tous les détails sur la dernière croisade…, commença-t-il.

Il s'arrêta soudain en voyant sa femme froncer les sourcils.

— Mais bien sûr cela peut attendre que vous soyez tout à fait reposé, acheva-t-il en hâte.

Lady Mary lui adressa un sourire approbateur.

Giseux avala une bouchée de porridge et la savoura avec délectation. Dieu, que c'était succulent !

— Il n'y a pas grand-chose à dire, père, fit-il d'une voix morne. Du moins, rien que vous ne sachiez déjà. La croisade s'est achevée sur un succès mitigé. Saladin a accordé aux chrétiens l'accès à Jérusalem.

— Vous savez que le roi Richard a été capturé pendant son voyage de retour en Angleterre ?

Giseux hocha la tête.

— L'empereur de Germanie demande une énorme rançon pour lui. Il faudra des mois pour réunir l'argent.

Le comte adressa à son fils un léger sourire, qui lui plissa le coin des yeux.

— La reine Aliénor a hâte que vous vous rendiez là-bas pour tenter de négocier une libération plus rapide. C'est beaucoup vous demander, je sais, d'autant plus que vous rentrez à peine.

— Cette femme exige trop de notre fils ! s'exclama Lady Mary, outrée.

— Elle est en droit de demander ce qu'elle veut à ses chevaliers, observa calmement Giseux. En tant que reine d'Angleterre, c'est elle qui gouverne en l'absence de Richard.

— Mais vous ne pouvez pas repartir déjà ! Regardez-vous, vous êtes épuisé.

Giseux plongea dans les profondeurs vertes du regard maternel, brillant d'amour pour lui.

— J'avais déjà reçu l'ordre de la reine, mais je ne vais pas obtempérer tout de suite, rassurez-vous. J'ai d'abord une autre tâche à accomplir.

Son père fronça les sourcils, tout en frottant d'un geste irrité une tache de vin sur la nappe.

— Mais votre premier devoir est d'obéir au roi, Giseux. Et à la reine Aliénor, sa mère. Il en est ainsi depuis que vous êtes parti à Poitiers pour y recevoir l'entraînement qui devait faire de vous l'un de ses chevaliers. Qu'est-ce qui pourrait être plus important que de vous rendre en Germanie, dites-moi ?

Giseux esquiva la question.

— Cela ne devrait pas me prendre longtemps, père. Je serai en route pour le continent avant que vous n'ayez le temps de vous en inquiéter.

— Faites en sorte qu'il en soit bien ainsi, rétorqua sévèrement le comte. Sinon, c'est moi qui devrai subir la colère de la reine Aliénor !

Lady Mary posa une main sur l'avant-bras de son fils.

— Nous avons reçu une lettre. De votre frère, William. Il… Il est revenu à Poitiers.

Sa voix mourut piteusement sur ces mots. Elle tritura un fil sur le devant de sa robe.

— Que dit-il ? interrogea Giseux d'une voix lente.

Cette fois, ce fut son père qui répondit.

— Il nous a parlé de l'embuscade, mon fils. Certains de vos hommes ont été tués, j'en suis désolé, commenta-t-il d'une voix bourrue mais compatissante.

Une vague de culpabilité assaillit Giseux. Il saisit sa coupe d'hydromel et avala quelques gorgées pour essayer de chasser le goût amer dans sa bouche.

— Vous a-t-il raconté comment c'était arrivé ?

— Non, il n'est pas entré dans les détails. Il assure

que vous n'avez pas eu de chance et que vous avez été vous-même blessé.

— La chance n'a rien à voir là-dedans, répliqua Giseux d'un ton morne.

Il racla le fond de porridge et laissa tomber sa cuillère dans le bol vide.

— J'aurais dû mourir avec mes hommes. Tout était ma faute !

Le regard vide de toute expression, il repoussa sa chaise d'un geste brusque.

— Excusez-moi à présent, il faut que j'aille voir comment va Hugh.

Parvenu devant la chambre du malade, Giseux s'arrêta, hésitant. Des souvenirs intempestifs lui envahissaient la mémoire. Il ferma les yeux pour les conjurer. Si seulement ils pouvaient s'évanouir, disparaître ! Pourquoi, oh, pourquoi, William avait-il écrit cette lettre, surtout à leur mère ? Cela aurait été tellement plus facile si personne n'avait su, tellement plus facile d'oublier…

Mais quand il pénétra enfin dans la chaleur confinée de la chambre, après avoir actionné le loquet, les hurlements de ses hommes résonnaient encore à ses oreilles, et l'image de Nadia affalée sur lui tandis qu'il berçait son corps mourant se dessinait au fer rouge dans son esprit.

Des rais de soleil filtraient par les fentes des volets. Le regard de Giseux se porta aussitôt vers la paillasse. Vide, les draps encore impeccablement tirés.

Sa cape écarlate drapée autour d'elle, Brianna était allongée sur le lit à côté de son frère, lovée contre lui. Ses longs cils noirs projetaient leur ombre sur ses joues empourprées et ses lèvres entrouvertes laissaient échapper un souffle régulier. Au moins avait-elle ôté ses bottines encroûtées de boue. Sa robe de laine verte remontait sur ses mollets, découvrant des jambes sveltes et de fines chevilles moulées dans des bas de soie blancs. Elle avait de petits pieds menus, à la voûte haute et cambrée.

Giseux cilla à cette vue. Quelque chose remua en lui, l'agrippant aux entrailles, une sensation primitive et sauvage. Il serra les dents pour contenir l'assaut de désir intempestif qui montait dans son corps.

À cet instant, il sut qu'il ferait mieux de partir, de quitter sur-le-champ la chambre. Mais les contours fascinants de cette mince silhouette aux sinuosités si féminines, son petit pied déchaussé, la courbe séduisante de sa hanche, l'attirèrent irrésistiblement vers le lit.

Ainsi endormie, la jeune femme n'arborait plus cette expression têtue sur son visage, et ses lèvres se retroussaient dans un sourire enchanteur.

Giseux sentit son cœur cogner dans sa poitrine et fronça les sourcils devant cette sensation, si peu familière pour lui. Allons, il était tout de même plus armé que cela contre la tentation, non ? Et la gamine étendue devant lui n'aurait rien dû avoir de tentant. Oh ! elle ne manquait pas d'une certaine beauté, admit-il, mais elle lui avait menti, avait tiré deux flèches sur lui et ouvertement défié ses ordres en s'élançant à cheval dans la nuit sans personne pour la protéger. Elle était volontaire et obstinée, un vrai cauchemar à gérer. À quoi pensait-il donc ? Lui ou plutôt son corps… Il était resté trop longtemps sans catin, c'était là le problème. Beaucoup trop longtemps, bon sang !

Néanmoins, il devait éloigner la dormeuse de son frère. Elle se tenait trop près de lui, respirant le même air que lui, et baignait dans les miasmes de la maladie.

Un instant, il faillit la secouer pour la réveiller et la forcer à parcourir les quelques pas qui la séparaient de la paillasse.

Mais un regard sur les ombres qui lui creusaient le dessous des yeux l'en dissuada. Brianna était visiblement épuisée.

Glissant les mains sous elle, il la souleva avec aisance, un bras dans son dos et l'autre autour de ses hanches, tandis qu'il la calait contre sa poitrine.

Elle grogna doucement, la tête ballante sur son épaule, et le cœur de Giseux manqua un battement. Une pure et fraîche senteur de lavande montait de la peau tiède de la dormeuse, de sa chevelure défaite aux reflets de cuivre.

Le cœur toujours battant, Giseux se dirigea vers le lit bas disposé dans le coin et s'agenouilla sur le plancher d'orme pour déposer la jeune femme sur la couche — avec précaution, mais en hâte. Le mince oreiller de paille crissa sous elle tandis qu'elle remuait la tête, répandant sur la fine taie d'oreiller la moisson ambrée de ses longs cheveux. Elle avait les joues cramoisies. Sans se réveiller, elle tripota le col de sa cape, dont la teinte écarlate rivalisait avec la couleur de son visage. De toute évidence, elle avait beaucoup trop chaud.

Les mains de Giseux se mirent à trembler tandis qu'il tâtonnait pour dénouer le cordon qui fermait le vêtement, en maugréant contre ces attaches peu familières à ses doigts. Deux mamelons de métal en forme de fleur étaient fixés de chaque côté de la cape, réunis par le cordon enserré dans des cercles de métal. Mais où se trouvait le nœud, bon sang ? Du diable s'il le voyait ! Ses doigts semblaient trop épais, trop maladroits pour accomplir cette futile tâche de chambrière.

— Mais qu'est-ce que vous faites ?

Une paire d'yeux d'un bleu azur étincelant le transpercèrent, outragés. Brianna éloigna sa main d'une tape et se redressa dans un sursaut, le regard encore embrumé de sommeil.

— Comment osez-vous ? accusa-t-elle en écartant une mèche de cheveux de sa joue.

Giseux se leva d'un bond et regagna prestement le milieu de la pièce.

— Vous vous êtes endormie avec votre cape sur vous. La chambre est une étuve. Je voulais vous ôter ce vêtement, voilà tout.

Elle riposta, la voix tremblante de colère :

— Vous n'aviez pas le droit ! Pas le droit !

Posant les pieds sur le sol, sur la défensive, elle serra les bras autour d'elle dans un geste de protection.

Giseux la dévisagea, déconcerté une fois de plus par la violence de sa réaction.

— Je ne faisais que vous retirer votre cape, Brianna. Rien d'autre.

Par Dieu, songea-t-il, à la façon dont elle se comportait, on aurait dit qu'il s'apprêtait à la dévêtir complètement !

— Et pourquoi suis-je ici, sur ce lit ? Y suis-je allée moi-même ou…

Elle lui jeta un coup d'œil suspicieux.

— Ou est-ce vous qui m'y avez portée ?

Giseux se renfrogna. Voilà que cette petite chipie lui parlait comme à un adolescent, à présent !

— Écoutez, milady, je vous rendais un service. Votre frère est brûlant de fièvre. Ce dont il souffre est contagieux. Couchée près de lui comme vous étiez, vous pouviez très bien contracter sa maladie.

— C'est à moi de décider, pas à vous !

— Mais vous dormiez !

— Eh bien, vous auriez dû me réveiller. Je n'aime pas l'idée que vous m'ayez portée pendant que je… que je dormais.

Brianna rougit en prononçant ces mots, troublée par l'image qu'ils évoquaient dans son esprit. Elle détestait se sentir vulnérable, à la merci de cet homme — ou de n'importe quel autre. Son corps était en feu, c'était un fait. Mais ce n'était pas seulement la chaleur de la pièce…

D'un geste irrité, elle tira sur les attaches de sa cape, dont elle dénoua les cordons. La lourde étoffe s'affala sur le lit derrière elle.

Cet importun de chevalier la regardait faire sans mot dire. Sans son armure, il lui semblait encore plus imposant que la veille. Les bras croisés sur la laine bleue de sa tunique, il emplissait la pièce de son intimidante présence, énergique et puissante. Des braies de futaine moulaient ses longues jambes musclées, dont les jarretières croisées disparaissaient dans de solides bottes de cuir.

— Allez-vous-en, le rabroua-t-elle d'un ton sec. Je peux m'occuper de Hugh toute seule, ajouta-t-elle, le regard fixé sur l'un des nœuds du plancher ciré.

Qu'attendait-il pour s'en aller, au nom du ciel ! Elle avait hâte d'entendre la porte se refermer derrière lui.

— Parlez-vous à tous les hommes de cette manière ? Ou est-ce un traitement spécial que vous me réservez ?

Elle eut l'impression qu'il s'était encore rapproché d'elle en prononçant ces mots.

— Je leur parle à tous de la même façon… Quand je leur parle.

Giseux l'enveloppa de son regard gris acier aux reflets argentés.

— Que vous est-il arrivé, Brianna ? Que s'est-il passé pour que vous vous comportiez ainsi, fuyant tout contact masculin ? Vous semblez penser que tous les hommes se ressemblent… et qu'ils sont tous mauvais !

Surprise par cette sympathie inattendue, Brianna sentit les larmes lui monter aux yeux. Elle prit une profonde inspiration tremblante, les doigts crispés dans l'étoffe moelleuse de sa cape, dont elle tortilla le cordon autour de son doigt.

— Je ne…

Mais les mots de protestation qu'elle s'apprêtait à prononcer sonnaient décidément faux.

— Hugh est aussi un homme, argua-t-elle enfin. Pourtant, je ne pense pas de lui qu'il est mauvais.

Giseux émit un rire bref.

— Hugh est votre frère, c'est totalement différent. Qu'êtes-vous en train de me dire, Brianna ? Qu'il est le seul homme en qui vous ayez confiance ? Et la romance, l'amour, le mariage ?

Elle tourna vers lui ses grands yeux limpides.

— J'ai déjà eu un mari. Et croyez-moi, c'est une expérience que je n'ai aucune envie de renouveler !

Chapitre 5

Brianna fronça les sourcils, tandis que la porte se refermait derrière Giseux avec un cliquetis de métal.

Déjà, elle regrettait ses paroles. Qu'est ce qui lui avait pris de livrer ainsi ses plus intimes secrets ? Les questions de Giseux avaient pénétré la cuirasse protectrice qu'elle avait érigée autour d'elle, révélant une partie d'elle-même qu'elle n'avait pas la moindre envie de dévoiler. Mais il avait vu tout cela, il avait lu en elle jusqu'au cœur, avec l'incisive sagacité de son regard gris argent !

Côtoyer un homme de si près était une expérience nouvelle pour elle, surtout quand l'homme en question était aussi physiquement attirant que Giseux. Sa présence puissante la troublait et la dominait, semant la confusion dans ses pensées, qui se dispersaient dans des directions inattendues. Elle avait l'impression que chaque nerf de son corps dansait littéralement de… De quoi, au juste ? De plaisir ?

Un chuchotement rompit soudain le silence qui régnait dans la chambre.

— Brianna ?

Le cœur battant, la jeune femme se retourna prestement.

— Hugh ? fit-elle en courant vers le lit, au chevet de son frère.

Hugh avait les yeux ouverts. Bordés de rouge et injectés de sang, certes. Mais il était bel et bien réveillé !

— Hugh, te voici revenu à toi ! Merci, mon Dieu !

Brianna prit les mains de son frère et serra ses doigts chauds et moites dans les siens. Puis elle se pencha vers lui, et repoussant de son front sa chevelure cuivrée emmêlée et encore humide de sueur elle l'étreignit tendrement.

— Je savais bien que Giseux te ramènerait, murmura Hugh.

Il s'exprimait avec lenteur, comme s'il avait de la difficulté à trouver ses mots :

— Je lui ai dit… à quel point… c'était important.

— Je suis venue aussi vite que j'ai pu, murmura Brianna, songeant de nouveau au cheval têtu qui refusait d'obéir à ses ordres. Je vais te ramener à la maison dès que tu t'en sentiras capable. Chez nous, à Sefanoc.

Hugh hocha la tête d'un air absent. Il semblait à peine en état d'entendre ce qu'elle disait. Il la saisit par la manche, dont il tira l'étoffe de ses doigts sans force.

— Brianna, il y a quelque chose que tu dois faire pour moi. Je ne sais pas combien de temps il me reste encore…

Ses yeux bleus, si pareils à ceux de Brianna, bougeaient sans cesse, parcourant la chambre comme s'il n'arrivait pas à concentrer son regard sur un point.

Brianna l'interrompit en lui posant un doigt sur les lèvres.

— Chut ! Je t'interdis de parler ainsi. Tu vas guérir, j'en suis sûre.

Hugh secoua la tête contre l'oreiller. Dans son cou, son pouls battait vite. Trop vite.

— Que veux-tu que je fasse ?

— C'est beaucoup demander, Brianna. J'allais prier Lord Giseux de m'accorder son aide une fois de plus…

— Non, répliqua-t-elle avec un peu trop de véhémence.

Quoi que ce soit, Hugh, je suis certaine que je pourrai accomplir la tâche toute seule.

— C'est un homme généreux, Brianna. Il m'a ramené en Angleterre, alors que nous ne nous connaissions que de vue, pour nous être aperçus pendant la croisade. Je ne savais rien de lui. Mais pendant que nous attendions les bateaux sur la plage il m'a proposé de me ramener à la maison lorsqu'il a appris que Sefanoc se trouvait tout près du domaine de ses parents.

— Alors c'était aimable à lui de venir me chercher, convint Brianna.

Une vague de remords s'empara d'elle lorsqu'elle se rappela son attitude revêche envers Giseux.

— Malgré tout, je suis habituée à me débrouiller seule, à présent. Tu es resté absent si longtemps…

Hugh lui pressa la main si fort qu'elle grimaça.

— Tu as toujours été si indépendante ! Toujours la même Brianna…

Un léger sourire étira les lèvres parcheminées de son frère, mais Brianna avait perçu la critique dans sa voix. Froissée, elle tenta de dégager sa main. Durant sa longue absence, elle avait oublié combien Hugh pouvait parfois se montrer autoritaire. Après la mort de leurs parents, il avait tenté d'exercer sur elle son pouvoir d'aîné, s'attendant à ce qu'elle agisse ainsi qu'il le souhaitait et obéisse à ses ordres. Il lui avait souvent reproché son obstination, mais si gentiment qu'elle n'y avait jamais prêté beaucoup d'attention à l'époque. À présent, il semblait différent…

Hugh resserra son étreinte et lui secoua la main sur la courtepointe, ramenant son attention vers lui.

— Écoute-moi, Brianna. C'est important. Avant de partir pour la croisade, j'ai fréquenté une jeune fille. Elle s'appelait… Elle s'appelle Matilda. Nous étions amoureux l'un de l'autre. Malheureusement, son père n'a pas approuvé notre relation.

Une moue sarcastique lui tordit la bouche.

— Il avait en vue un parti plus riche et plus puissant. Elle et moi étions obligés de nous rencontrer en secret.

Il ferma les yeux un instant, épuisé par l'énergie qu'il lui fallait déployer pour parler.

Hugh, amoureux ? Brianna cilla, stupéfaite. Pourquoi son frère ne lui en avait-il jamais parlé ? Enfants, ils avaient été très proches, partageant tout. Mais après la mort de leurs parents, quand il avait dû endosser la lourde responsabilité de Sefanoc, Hugh avait changé, était devenu plus distant, plus détaché. La plupart du temps, il accordait peu d'attention aux activités quotidiennes de sa sœur et Brianna avait beaucoup regretté l'intimité qu'ils avaient connue jadis, dans leur tout jeune âge. Et maintenant, certains de ces traits de caractère qui s'étaient développés après leur deuil et qu'elle aimait le moins chez lui semblaient exacerbés par la maladie — l'arrogance, le despotisme.

Elle retira un linge de coton de la cuvette posée sur le sol et le tordit pour en extraire l'eau, avant de le poser sur le front brûlant de son frère. Il se trouvait si mal en point ! Dans son état, il était normal qu'il se comporte différemment. Bientôt, il redeviendrait lui-même, elle n'en doutait pas.

— Ah…, exhala-t-il avec satisfaction. Je suis désolé, Brianna. Je sais que cela te choque, mais ce n'est pas tout. Matilda a eu un enfant, un garçon. Mon fils.

Abasourdie par la révélation, Brianna eut du mal à articuler un son.

— Hugh… Pourquoi ne me l'as-tu jamais dit ?

— L'enfant est né juste avant mon départ pour la croisade. Il avait à peine quelques semaines quand j'ai quitté le pays. Pardonne-moi, Brianna. Je me suis dit que moins le secret serait divulgué, moins il y aurait de danger pour eux deux. Et aussi pour toi.

Dans un effort suprême, il parvint à se redresser, son corps faible et ravagé appuyé sur un coude. Une pellicule blanche lui recouvrait les lèvres. Il fixa sur Brianna ses yeux cerclés de rouge.

— Retrouve-les, Brianna, amène-les-moi pour que je puisse épouser Matilda et que l'enfant soit légalement mien selon les lois de ce pays.

— Il deviendra alors ton héritier.

Hugh se laissa retomber sur son oreiller.

— Oui. Sefanoc m'appartient, Brianna, et je souhaite que cela reste ainsi.

Ces mots la blessèrent. Elle se mordit la lèvre, tâchant d'ignorer l'élancement de douleur qui lui poignait le cœur. *Sefanoc m'appartient aussi*, songea-t-elle. *J'y ai tellement travaillé, j'ai tellement lutté pour qu'on ne te le prenne pas !*

Les paupières de Hugh, minces et translucides, clignèrent sur ses yeux rougis.

— Je suis si fatigué, Brianna, si fatigué… Je veux que tu me promettes, là, tout de suite, que tu iras chercher Matilda et l'enfant. Avant que je ne meure.

Les mains légèrement tremblantes, Brianna se pencha pour replacer le linge soigneusement replié sur le bord de la cuvette en terre.

— Tu ne vas pas mourir, Hugh. Je vais faire ce qu'il faut pour cela.

Il rouvrit les yeux, levant sur elle un regard où se lisait une intense prière.

— Promets-moi, Brianna !

— Très bien, je le promets, céda-t-elle.

Néanmoins, un doute s'insinua en elle devant l'expression égarée de son frère, son front luisant de sueur.

— Mais je ne peux pas te laisser ainsi. Je vais te ramener à Sefanoc, où Alys et moi prendrons soin de toi.

Elle imagina l'avenir. Oui, elle s'occuperait de Hugh. Son frère serait de nouveau à la maison, bien vivant, et c'était tout ce qui comptait…

D'un bond, elle se leva du lit et alla ramasser sa cape au pied de la paillasse.

— Il faut que je voie les parents de Giseux afin de leur demander une litière pour te transporter chez nous.

Hugh secoua vivement la tête sur son oreiller.

— Non, Brianna. Il est impératif que tu ailles d'abord chercher Matilda. Je suis entre de bonnes mains ici. Tu dois partir !

Un regard gris argent fusa dans la mémoire de la jeune femme. Non, Hugh et elle ne pouvaient pas rester ici, elle ne voulait pas être redevable à qui que ce soit. Cette famille avait déjà assez fait pour eux deux. Hugh était tout simplement à côté de la réalité. Elle le ramènerait d'abord à Sefanoc, puis elle continuerait sa route pour retrouver cette Matilda.

— Brianna, il y a une chose que tu dois savoir. Ce que je vais t'apprendre va peut-être t'affecter, même si ton mariage est déjà de l'histoire ancienne. Matilda… C'est celle que tu connais. La fille de Walter de Brinslow.

Stupéfaite, la jeune femme lâcha sa cape, qui tomba en tas sur le sol.

Fouettée par un aigre vent de nord-est, Brianna dévala les marches qui menaient à l'extérieur du château. Elle marchait vite et droit devant elle, comme si elle savait où elle allait, mais en réalité elle avait l'esprit obnubilé par ce que son frère venait de lui apprendre et ne voyait rien de ce qui l'entourait.

Une porte apparut devant elle, dans l'épais mur de pierre qui entourait la cour intérieure. Elle tourna la lourde poignée ronde et poussa le battant, qui s'ouvrit sur de vastes jardins. Un merle, surpris par son apparition soudaine, émit un sifflement de frayeur avant de s'envoler sous un buisson de houx aux feuilles luisantes.

Brianna referma la porte et s'appuya un instant contre les planches, le cœur cognant contre ses côtes.

Comment une chose pareille pouvait-elle lui tomber soudain sur la tête ? Hugh l'avait mise dans une situation impossible en lui demandant de retrouver sa bien-aimée — la fille de l'homme qui avait fait de sa vie à elle, Brianna, un enfer sur cette terre !

Des voix s'élevèrent derrière elle, dans la cour intérieure. Brianna examina les alentours d'un regard perçant. Elle voulait être seule, au nom du ciel ! Le jardin avait été agencé de façon très classique, avec une rangée de houx bien taillés bordant une allée pavée menant à deux énormes massifs de rosiers. À l'autre bout, des saules pleureurs ornaient le bord de la rivière, leurs branches nues effleurant la surface lisse de l'eau telle une longue chevelure. Sur la berge, des perce-neige blancs oscillaient à l'ombre d'un buisson d'aubépines grêle. Elle se dirigea vers cet endroit, à la recherche d'un refuge. Avant toute chose, il lui fallait un peu de temps pour réfléchir.

— On dirait qu'elle porte tout le poids du monde sur ses épaules, remarqua Lady Mary, qui observait la jeune femme depuis la fenêtre de son solarium situé au troisième étage de la tour ouest.

Giseux vint se placer à côté de sa mère et suivit des yeux la silhouette solitaire.

— Sans aucun doute, répliqua-t-il d'un ton sec. Il faut dire qu'elle fait son possible pour s'attirer des ennuis.

Le regard vert de sa mère se teinta de reproche.

— Ce n'est tout de même pas sa faute si son frère est tombé malade. C'est pure malchance.

Giseux croisa les bras sur sa tunique en laine bleue et s'appuya de la hanche contre le rebord de la haute croisée en pierre.

— C'est vrai, admit-il. Mais elle est si têtue, toujours à vouloir tout faire à sa façon !

Lady Mary sourit à son fils.

— Elle a un si doux visage ! Je suis sûre qu'elle a ses raisons pour se conduire ainsi.

Giseux haussa les sourcils tout en suivant du regard les mouvements de Brianna, qui traversait les jardins d'un pas décidé.

— Vous êtes trop indulgente, mère. Je ne connais cette petite chipie que depuis un jour et c'est déjà bien assez, croyez-moi.

— Que vous a-t-elle donc fait ?

Sans attendre la réponse, Lady Mary s'éloigna du courant d'air froid qui s'insinuait par la fenêtre et retrouva son siège auprès du feu crépitant. Reprenant son aiguille, elle choisit un fil de laine bleue dans le panier d'osier posé à côté d'elle et plissa les yeux pour l'enfiler dans le minuscule chas d'une aiguille en ivoire.

Giseux regarda sa mère effectuer cette délicate opération avec une habileté consommée avant de se pencher sur l'immense métier à tapisserie disposé devant elle et de recommencer à coudre.

— Elle m'a volé mon cheval, déclara-t-il sans préambule.

Lady Mary s'arrêta net, l'aiguille à mi-chemin du canevas piqueté de petits trous.

— Pardon ?

Arquant les sourcils d'un air interrogateur, elle tourna sa tête blonde vers Giseux.

— Elle m'a volé mon cheval, répéta-t-il, et cela après m'avoir tiré dessus avec une arbalète.

Le rire joyeux de sa mère résonna dans le solarium.

— Oh ! Giseux, c'est si drôle ! Quand je pense à votre réputation, à vos prouesses sur le champ de bataille et à toutes vos années d'entraînement ! Elle a osé tirer sur vous ! Eh bien, elle ne manque pas de cran, cette fille.

Une note d'admiration vibrait dans sa voix.

Giseux haussa les épaules.

— Peut-être. Ou de stupidité !

Il scruta de nouveau les jardins, cherchant la frêle silhouette dans sa mince robe verte. Où avait-elle donc disparu ?

— J'ai remarqué qu'elle ne portait pas de manteau et il fait froid dehors. Voulez-vous lui apporter un des miens ? proposa Lady Mary d'une voix douce, tirant son aiguille avec soin pour effectuer un point, puis un autre.

Elle réfléchissait. Était-ce une illusion de sa part ou les traits durs et l'expression intransigeante de son fils s'adoucissaient-ils chaque fois qu'il parlait de cette fille, en dépit de ses critiques ?

Giseux s'écarta de la fenêtre.

— Si je ne vous connaissais pas mieux, mère, je croirais que vous essayez de me rapprocher de Lady Brianna sous un prétexte.

Un sourire taquin aux lèvres, Lady Mary piqua son aiguille dans le canevas.

— Pourquoi ferais-je une chose pareille, grands dieux ?

Giseux sourit. En fait, il se sentait aussi curieux que sa mère. Qu'est-ce qui avait pu pousser Brianna à filer ainsi vers la rivière ?

Le lourd manteau en velours de Lady Mary était étalé

sur le coffre en chêne près de la cheminée. Il s'en empara avant de quitter la pièce.

Elle reprit son aiguille, comme pour continuer son ouvrage, puis changea d'avis et alla se poster devant la fenêtre, d'où elle regarda son fils s'éloigner à grands pas dans la fraîcheur matinale. Elle esquissa un sourire à cette vue.

Par une trouée dans la haie d'aubépines, un sentier étroit conduisait vers la rive. Brianna s'y fraya un chemin, malgré les épines qui s'accrochaient à son voile, griffant la fragile soie blanche. Le bruit de la rivière devenait plus proche, plus perceptible, et ce clapotis régulier calmait ses nerfs en pelote et ses pensées agitées.

Relevant la tête, elle poussa une exclamation, surprise par la beauté du spectacle qui s'offrait à ses yeux. Un bouquet d'arbres se dressait devant elle sur une portion plate de la berge, et dans cette ombre légère croissaient de vastes étendues de perce-neige d'un blanc laiteux, avec une touche de vert brillant au centre de leurs pétales. Un banc rustique, en bois grossièrement équarri, était disposé sous un robuste frêne.

Tout à l'heure, elle cueillerait un bouquet de ces fleurs superbes et les apporterait dans la chambre de son frère malade, mais pour l'instant elle se dirigea vers le banc et s'assit, levant son visage humide de larmes vers les faibles rayons de soleil filtrant à travers le lacis des branches nues.

Elle se détendit en relâchant lentement son souffle, le dos appuyé contre le tronc rugueux derrière elle. Tous ses muscles étaient douloureux et elle avait mal à la tête, ses nattes trop serrées lui tirant les tempes. Elle eut envie de les dénouer pour sentir l'air frais lui caresser la peau.

Rouvrant les yeux, elle s'assura d'un regard qu'elle se trouvait bien seule. Personne en vue. Le seul son qu'on entendait alentour était l'incessant babillement de l'eau clapotant sur les roches de la rivière et les trilles mélodieux d'un merle solitaire.

Elle ôta son diadème et son voile, qu'elle posa sur le banc recouvert de mousse, puis retira les épingles qui retenaient son chignon sur sa nuque. Ses nattes cuivrées se déroulèrent sur ses épaules. Brianna défit les lacets qui en nouaient les extrémités et passa les doigts dans ses mèches couleur d'ambre, laissant la brise lui rafraîchir la tête.

Encore et encore, elle souleva les tresses à demi dénouées, jouissant de la délicieuse sensation de l'air rafraîchissant sur son crâne. Délivrés du chignon, ses cheveux ondulaient librement, cascadant par-devant jusqu'à ses genoux.

Brianna se radossa contre le frêne et ferma les yeux, oubliant un temps ses soucis pour jouir de l'intense plaisir de l'instant.

Parvenu près du bouquet d'arbres, Giseux s'arrêta, tous les sens en éveil, à la vue de la jeune femme assise seule à l'ombre des arbres, son pâle et exquis visage levé vers la lumière. Elle ressemblait à un ange avec ses yeux clos, ses lèvres roses retroussées dans un léger sourire. Et ses cheveux ! Une splendeur… Abondants et libres, ils coulaient telle une magnifique rivière d'ambre fluide de ses épaules à son giron.

Il sentit une flamme s'allumer en lui à ce spectacle — un besoin farouche de la toucher, de plonger ses mains calleuses dans ce flot de lumineuse beauté et d'en presser contre sa peau la soyeuse abondance.

Il se maudit en silence, luttant pour réprimer le désir intempestif qui montait du tréfonds de son corps. Il avait lu la tristesse dans les yeux de cette fille, le vide douloureux de son cœur. Telle une fleur fragile foulée aux pieds, son âme avait été écrasée, son caractère altéré au point qu'elle en était venue à redouter tous les hommes. Son mariage n'avait pas été une expérience plaisante, lui avait-elle laissé entendre. Sans doute était-ce pour cela qu'elle le repoussait à la moindre occasion, dédaignant toutes ses tentatives pour l'aider, ne croyant qu'en sa propre indépendance, en ses forces dérisoires.

Giseux sentit jaillir en lui le besoin impérieux de la défendre, de la protéger. Mais qui était-il pour lui offrir son aide et prétendre la mettre à l'abri de tout mal, quand il n'avait pas su protéger ses propres hommes, tombés sous ses ordres ?

Quand Nadia, la femme qu'il avait aimée, était morte dans ses bras ?

Longtemps, il contempla la silhouette solitaire, jusqu'au moment où un passage nuageux vint obscurcir le soleil et où il la vit frissonner dans la bise froide. Les feuilles mortes amassées sur le sol amortissaient le bruit de ses pas. Il s'avança vers elle, écrasant sous ses bottes de cuir les perce-neige qui oscillaient au vent.

— Ma mère a pensé que vous risquiez d'avoir froid, fit-il d'une voix légèrement rauque.

Brianna se redressa brusquement et rouvrit les yeux, cherchant autour d'elle de ses prunelles azur pour localiser la provenance de cette voix. Une expression horrifiée sur le visage, elle empoigna ses cheveux défaits, qu'elle tenta tant bien que mal de dissimuler avec ses mains, tandis qu'un rose délicat lui envahissait les joues.

— Oh ! je…

Décontenancée par cette soudaine apparition, elle luttait pour trouver ses mots, cherchant à expliquer sa présence dans ce bosquet.

De près, un léger semis de taches de rousseur parsemait la peau nacrée de ses joues et de son petit nez retroussé, preuve qu'elle avait passé beaucoup de temps à l'extérieur, exposée aux éléments.

Giseux s'éclaircit la gorge, le regard attiré malgré lui par l'éclatante bannière de ces cheveux dénoués.

— Ma mère m'a demandé de vous apporter ceci, expliqua-t-il en lui montrant la cape.

— Comment a-t-elle... Comment avez-vous su que j'étais ici ? bredouilla la jeune femme.

La brise soulevait l'extrémité de ses boucles, qui dansaient autour de son visage, illuminées par les rayons intermittents du soleil.

— Nous vous avons aperçue depuis le solarium de ma mère.

La rougeur s'accentua sur les joues de la jeune femme. Elle remua, mal à l'aise.

— Je me croyais seule.

Brianna se détourna, gênée par l'intensité du regard qu'il fixait sur elle, et déconcertée par ce qu'elle lisait dans la profondeur grise de ses yeux.

— Je... Nous ne pouvons pas rester ici, mon frère et moi. Je veux retourner à la maison et emmener Hugh avec moi. Aujourd'hui, si possible.

Ses cheveux tombaient plus bas que la courbe de ses hanches, observa-t-il, les yeux rivés sur ses boucles chatoyantes.

— C'est impossible.

La sécheresse du ton décontenança Brianna. Elle emplit ses poumons d'une fraîche bouffée d'air matinal, luttant pour garder une contenance.

— Et pourquoi ? Hugh semblait beaucoup mieux ce matin, assez bien pour regagner Sefanoc en litière.

À sa gauche, les extrémités des branches de saule dansaient à la surface de la rivière, faisant tournoyer l'eau au-dessous d'eux.

Giseux secoua la tête.

— J'ai observé plusieurs fois les manifestations de cette maladie. Il est courant d'avoir des périodes de lucidité entre deux accès de fièvre et de délire.

Les épaules de la jeune femme s'affaissèrent. L'espace d'un instant, il éprouva l'envie insensée de la prendre dans ses bras et de l'attirer contre lui pour la réconforter.

— Pourquoi me contrariez-vous sans cesse ? lui reprocha-t-elle dans un demi-sanglot.

— Ce n'est pas délibéré de ma part, croyez-moi. Votre frère n'est pas assez bien pour voyager où que ce soit, à Sefanoc encore moins qu'ailleurs.

— Que voulez-vous dire ?

Il haussa ses sourcils châtains, d'une teinte légèrement plus foncée que celle de ses cheveux.

— Avec tout le respect que je vous dois, milady, Sefanoc n'est guère l'endroit propice pour un convalescent.

Brianna serra les poings contre ses flancs.

— Et pour quelle raison ?

Giseux se rappela le maigre feu dans la grande salle de Sefanoc, l'assiette de pain dur, le fromage rance.

— Pardonnez-moi, mais votre maison est froide et humide, et vous n'avez pratiquement rien à manger. Comment pourriez-vous prendre soin d'un malade dans ces conditions ?

Les yeux de la jeune femme s'assombrirent. Il aurait pu aisément se noyer dans leurs insondables profondeurs lumineuses, dans ce bleu céleste et vibrant.

— Je ferai comme j'ai toujours fait, milord, même si je dois me passer de tout.

La voix de Brianna était montée d'un cran sur ces mots et tremblait dangereusement.

— Oui, il semble que vous vous soyez passée de tout trop longtemps, répliqua Giseux avec calme.

Surprise par la tendresse inattendue du ton, Brianna écarquilla les yeux. Les pleurs menaçant de jaillir, elle cligna plusieurs fois les paupières pour éclaircir sa vue embrumée.

— Il faut que je rentre, murmura-t-elle.

Sa propre réaction devant la gentillesse de Giseux la troublait.

Aveuglée par les larmes qu'elle retenait à grand-peine, elle s'éloigna en courant vers le trou de la haie, heurtant Giseux au passage.

Des doigts robustes la saisirent soudain par la pointe de ses cheveux, l'arrêtant net dans sa course. Un tour après l'autre, Giseux enroula la chevelure défaite autour de sa main, attirant lentement la fuyarde vers lui.

— Restez, murmura-t-il.

Elle faillit protester mais referma la bouche, tout son corps tremblant, subjugué par la note séductrice qui vibrait dans cette voix, dont les accents rauques lui firent courir un délicieux frisson dans le dos. Le souffle de Giseux lui effleurait le sommet de la tête. Dans un frémissement de surprise, elle s'aperçut qu'elle se trouvait près, beaucoup trop près de lui.

— Restez, répéta-t-il d'une voix basse et profonde.

Il lui enlaça la nuque, les doigts enfouis dans les mèches soyeuses de ses cheveux, tandis qu'elle levait les yeux vers lui, le dévisageant pour trouver une explication à son attitude. Une chaleur émanait de ces doigts caressants, éveillant en elle une sensation étrange et grisante, dont elle sentait la vibration jusque dans sa poitrine.

Il pencha la tête, laissant tomber la cape inutile sur le sol. L'espace d'un instant, elle vit plonger vers elle deux prunelles argentées, brûlant d'une dangereuse passion.

— Je… Je…

Elle se tut pour respirer à fond, ne sachant plus où elle

en était, et d'un geste instinctif tenta de le repousser. Il inclina vers elle son visage aux traits anguleux, sa bouche cherchant la sienne. Les doigts de Brianna, hésitants, frôlèrent la poitrine, les épaules de Giseux, et son cœur bondit soudain de joie tandis qu'une soudaine prise de conscience s'emparait d'elle — dans le cercle de ses bras, elle n'éprouvait pas le moindre sentiment de peur.

Une bouche ferme et fraîche effleura la sienne, aussi légère qu'un toucher de papillon, et elle eut envie de crier de plaisir. Une faim inopinée jaillit du tréfonds de son corps, insistante, incessante, un besoin qu'elle n'avait jamais éprouvé, un désir lancinant... De quoi ?

Elle ne voulait pas savoir, ne voulait pas questionner ces étranges flammes qui lui consumaient le corps, ni son souffle court, tout ce chaos farouche de sensations : tout cela était si nouveau pour elle !

Puis ce fut fini.

Giseux s'écarta d'elle, le regard étincelant d'un désir inassouvi. En respirant bruyamment, il se passa une main dans les cheveux, emmêlant ses mèches claires.

Au-dessus d'eux, un couple de buses commença à tournoyer dans l'air à présent plus tiède. Leurs cris plaintifs déchirèrent l'air, portés par le vent.

— Je suis désolé, marmonna-t-il. C'était impardonnable de ma part.

Impardonnable ? Il ne comprenait donc pas ? Elle aurait voulu crier, lui marteler le torse de ses poings en le suppliant de continuer. Giseux s'était trouvé plus près d'elle qu'aucun homme ne l'avait jamais été.

Comment lui dire que le toucher de ses lèvres sur les siennes avait été l'une des plus exquises sensations que son corps ait jamais éprouvées ?

Encore sous le feu de ce baiser, elle croisa les bras sur sa poitrine d'un geste machinal et lui adressa un sourire tremblant. Puis elle reprit la direction du château, l'ourlet de sa longue robe traînant parmi les perce-neige.

Parvenue au seuil du trou ménagé dans la haie, elle se retourna.

Giseux se tenait au milieu du bosquet, le visage sombre, les yeux fixés sur elle.

— Je vous pardonne, dit-elle dans un souffle.

Mais elle ne fut pas certaine qu'il l'avait entendue.

Chapitre 6

— Venez donc vous asseoir près de moi, mon enfant. Je suis désolée de n'avoir pas encore eu l'occasion de lier connaissance avec vous.

D'un mouvement élégant, Lady Mary s'était levée de la table d'honneur où elle siégeait en voyant Brianna pénétrer dans la grande salle.

La mère de Giseux était une vraie beauté — grande, avec une mince silhouette vêtue d'une somptueuse robe de velours rose pâle, dont les manches extravagantes balayaient presque le sol. Ses cheveux d'un blond très clair étaient disposés en multiples nattes, épinglées en une coiffure élaborée sous un voile scintillant de soie crème, que retenait un cercle d'argent. Dans la lumière éblouissante du soleil qui se déversait par les fenêtres orientées au sud, elle semblait rayonner d'une lumière céleste.

— Vous ne vous attendiez sans doute pas à me voir arriver en pleine nuit, répondit Brianna avec un sourire.

Traversant la pièce, elle s'approcha de la comtesse, la traîne de sa robe vert pâle bruissant sur les dalles de pierre froide.

Après s'être enfuie du bosquet, les lèvres encore brûlantes du baiser de Giseux, elle avait trouvé refuge dans la relative sécurité de la chambre de Hugh. Dieu merci, son frère dormait paisiblement et, perchée sur le tabouret près du lit, elle avait réussi à rendre un semblant d'ordre à ses cheveux.

Elle s'était assise ensuite auprès du malade, ne sachant trop que faire. Son cœur se serrait d'effroi à la seule pensée de revoir Walter. Lorsqu'une servante était apparue à la porte, portant son diadème et son voile, et l'informant que Lady Mary la priait de se joindre à elle pour le repas de midi, elle avait accueilli la diversion avec joie. Au moins, cela la distrairait de ses pensées moroses et de ses craintes.

— Je ne sais pas exactement où sont les hommes, fit la comtesse d'un ton enjoué, avec un mouvement gracieux de la tête. Jocelin va bientôt nous rejoindre et Giseux… N'était-il pas avec vous ?

Brianna rougit et se mordilla la lèvre, tout en prenant place auprès de la maîtresse des lieux.

— En effet, il m'a apporté votre cape. Merci beaucoup.

Lady Mary s'inclina.

— Tout le plaisir était pour moi. Quand je vous ai vue sortir précipitamment dans le froid, vêtue seulement d'une robe !

Elle hocha la tête d'un air maternel.

— J'espère qu'elle vous a tenu chaud, au moins.

La rougeur s'accentua sur les pommettes de Brianna, qui tripota la boucle de sa ceinture en se rappelant le manteau glissant sur le sol, pendant qu'elle-même se laissait aller, appuyée contre le grand corps musclé de Giseux.

— Oui, merci, dit-elle d'une voix rauque. Merci aussi pour votre hospitalité et tout ce que vous avez fait pour Hugh.

Lady Mary agita la main, faisant étinceler les lourdes bagues qui ornaient ses longs doigts blancs.

— Je suis heureuse de les voir tous deux à la maison, après tout ce qu'ils ont traversé.

Elle exhala un soupir avant d'ajouter :

— Mais si on écoute Jocelin, Giseux devrait repartir

dès que possible pour la Germanie afin d'y négocier la libération du roi Richard.

Brianna hocha la tête, soulagée que la conversation se détourne enfin de la cape et de ses activités matinales.

— Oui, j'ai entendu dire que le roi avait été capturé, déclara-t-elle.

C'était même l'une des raisons pour lesquelles le comte Jean lui avait rendu la vie tellement impossible. Le frère cadet de Richard s'attendait à devenir roi si son aîné ne revenait pas. L'absence d'amour fraternel entre les deux rejetons royaux était connue de tous.

— Et bien évidemment, la reine Aliénor a choisi son neveu préféré pour accomplir la mission ! déplora Lady Mary.

Une note plaintive tinta dans sa voix, tandis qu'elle ajoutait :

— Elle a tant de chevaliers parmi lesquels elle pourrait choisir ! Mais non, c'est lui qu'elle veut…

— Neveu ?

Lady Mary sourit et adressa un signe d'acquiescement à la servante qui passait derrière les chaises à haut dossier avec un cruchon d'hydromel, afin que celle-ci remplisse son gobelet d'étain.

— C'est exact, ma chère. Jocelin, mon époux, est le frère cadet d'Aliénor. Oh ! de la main gauche, bien sûr !

— Alors Giseux est le cousin du roi Richard ? s'exclama Brianna. Et moi qui ai failli le tuer, hier !

Les mots avaient jailli sans qu'elle ait eu le temps d'y penser. Elle porta les deux mains à sa bouche, consternée.

Lady Mary s'esclaffa de bon cœur, son délicat visage rayonnant de gaieté.

— Oui, c'est ce qu'il m'a raconté. Ne vous en faites pas. Je suis sûre qu'il le méritait.

Les yeux brillant de sympathie, elle s'empara des mains de Brianna.

— J'ai l'impression que vous êtes une jeune femme très indépendante. Je vous admire.

Une indéniable approbation se lisait dans son regard. Brianna sentit des larmes lui picoter les paupières. Il y avait si longtemps que personne ne l'avait louée pour ses actions, pour son assurance si chèrement acquise.

— Ah, les voici !

La comtesse lui lâcha les doigts, et avec l'efficacité de l'habitude fit signe aux serviteurs qui attendaient. Des plats fumants apparurent aussitôt, tandis que Giseux et son père se dirigeaient vers l'estrade, plongés dans une discussion.

Profitant d'une pause dans leur conversation, le comte leva les yeux et, apercevant Brianna, leva la main en guise de salut. Ses cheveux étaient d'un châtain légèrement plus foncé que ceux de son fils et striés de gris, mais en dehors de cela sa ressemblance avec Giseux était frappante : les yeux gris acier, les mâchoires fermes, les traits bien ciselés. Mais alors que Giseux arborait une expression sévère, le comte, lui, sourit à Brianna.

— Ravi que vous vous joigniez à nous ! s'exclama-t-il avec chaleur, en s'installant sur le siège voisin du sien. Votre frère se remet, j'espère ?

— Oui, merci, milord, répondit Brianna. Je dois procéder à des arrangements pour… pour le ramener à la maison, ajouta-t-elle résolument.

Giseux n'avait pas le droit de décider de ce qui était bon ou pas pour Hugh. Alys et elle pouvaient rendre Sefanoc confortable pour le malade, elle en était sûre.

— Nous avons déjà assez abusé de votre hospitalité, reprit-elle.

Du coin de l'œil, elle capta le bleu de la tunique de Giseux, tandis qu'il s'asseyait de l'autre côté de son père. Elle serra les lèvres, le regard fixé sur la nourriture devant elle.

Le comte souleva une cruche en terre et se versa une généreuse rasade d'hydromel.

— C'est absurde, voyons. Hugh doit rester ici jusqu'à ce qu'il aille mieux. J'insiste.

— C'est ce que je lui ai dit, intervint Giseux d'un ton brusque.

Consciente de l'irritation qui vibrait dans la voix de ce dernier, Brianna se redressa.

— En ce cas, puis-je envoyer un message à Sefanoc, milord ? Ma servante va s'inquiéter si elle ne reçoit pas de nouvelles.

Le comte lui tapota la main d'un geste paternel.

— Je peux faire mieux que cela. Giseux m'a dit que Sefanoc est en proie à des menaces de la part du comte Jean et de ses hommes. J'ai pris la liberté d'y envoyer des soldats. Ils protégeront le lieu et assureront la sécurité de vos serviteurs jusqu'à votre retour.

Brianna le regarda, soulagée.

— Je vous en suis très reconnaissante, milord. Mon domaine représente tout pour moi. Mon domaine et mon frère…

D'une main tremblante, elle choisit un petit pain, qu'elle déposa sur son assiette. Même avec la robuste silhouette du comte entre Giseux et elle, le corps en alerte de Brianna, tout trépidant d'une timide anticipation, sentait la présence du chevalier au point qu'elle avait l'impression physique d'une chaleur sur sa hanche. C'était comme si le comte n'existait pas et si c'était Giseux qui se tenait assis là, tout près d'elle !

Oh ! pourquoi ne l'avait-elle pas giflé quand il l'avait embrassée ? Elle aurait dû au moins s'enfuir. Pourquoi était-elle restée, en se délectant aussi ouvertement de son étreinte ?

Tout en empilant une montagne de légumes fumants sur son assiette, le comte s'adressa à sa femme :

— Giseux m'interrogeait justement sur l'un des hommes du comte Jean. Curieux… Un homme avec une cicatrice en forme de serpe sur la joue. Avez-vous déjà rencontré quelqu'un qui réponde à ce signalement ? Comme vous vous rendez chaque semaine au marché de Merleberge, vous l'avez peut-être déjà vu ?

Brianna, qui écoutait, avala si vite qu'un gros morceau de pain resta bloqué dans sa gorge. Elle se mit à tousser.

— Ma chère enfant, vous allez bien ? s'inquiéta Lady Mary. Tenez, avalez un peu d'hydromel.

Elle glissa un gobelet dans la main de Brianna, la pressant de boire. Tandis que le liquide ambré coulait dans son œsophage, délogeant le morceau de pain, Brianna remercia la comtesse d'un faible sourire, lui signifiant ainsi que la crise était passée.

Giseux se pencha en avant, les coudes sur la table, sans quitter Brianna des yeux. Serrant son gobelet sur sa poitrine, elle s'efforça de garder une expression placide.

Le comte se tourna de nouveau vers sa femme.

— Cette description ne vous dit rien, mon ange ?

Lady Mary fronça les sourcils et de légères rides se creusèrent sur son front.

— Non, je m'en souviendrais. S'agit-il d'un noble ?

— Oui, un chevalier. Un croisé.

Giseux vida sa timbale et se leva brusquement, repoussant son siège.

— Je crois que nous devrions plutôt demander à Lady Brianna.

Le regard bleu vif de l'intéressée et celui gris acier de Giseux se heurtèrent.

— Le connaissez-vous, Brianna ?

Contournant la chaise de la jeune femme, il alla se placer derrière elle, agrippant son dossier des deux mains. De là où il se trouvait, il jouissait d'une vue plongeante sur la tête de son interlocutrice, dont les longues boucles avaient été rassemblées à la hâte sous le voile de gaze. Les doigts repliés de Giseux frôlaient le mince tissu, lui donnant presque — presque — l'impression de toucher le satin exquis de ses cheveux. Bon sang, que lui arrivait-il ? Il se contracta, irrité par son manque de sang-froid. Il s'était bel et bien laissé captiver par cette délicate et vulnérable créature, avec son attitude de mule… et ses douces lèvres. Elle mettait sa patience à rude épreuve. Mais, en même temps, elle le fascinait, l'intriguait.

Furieux contre lui-même, il revit la scène du jardin. Comment avait-il pu se laisser aller ainsi, lui qui d'ordinaire ne baissait jamais la garde avec les femmes ? Il avait encore en mémoire le goût de ses lèvres, le suave parfum de sa bouche. Même maintenant, devant ce bras mince moulé de laine verte posé sur la table, il sentait son corps réagir. Elle lui faisait oublier son véritable objectif, sa dernière promesse à Nadia — la promesse de retrouver l'homme qui les avait trahis.

Et de le tuer.

— Je… Je ne suis pas sûre.

Abandonnant sa serviette chiffonnée sur la table, Brianna se leva, hésitante. Tout ce qu'elle voulait, c'était échapper à l'oppressante présence de Giseux, à ses questions. Si elle avouait qu'elle connaissait cet homme, Dieu savait ce qui en découlerait.

La main de Giseux lui agrippa l'épaule au moment où elle tournait les talons pour fuir la tablée.

— Vous savez de qui il s'agit, n'est-ce pas ?

D'un geste irrité, elle tenta de se dégager, les mâchoires serrées.

— C'est… C'est possible. Laissez-moi sortir ! ajouta-t-elle dans un chuchotement furieux, en refusant de regarder son interlocuteur dans les yeux.

La main de Giseux se retira de son épaule et Brianna fit pivoter ses hanches pour se frayer un chemin entre les deux chaises.

Jambes écartées et bras croisés sur la poitrine, il lui barra le chemin.

— Ne jouez pas à ce jeu-là avec moi, Brianna. Vous savez de qui il est question. Alors dites-le-moi !

— Giseux ! Vraiment, vous ne devriez pas…, commença Lady Mary.

La protestation mourut sur ses lèvres lorsqu'elle avisa l'expression dure et inflexible de son fils. Froissant sa serviette entre ses doigts, elle jeta un coup d'œil vers son mari, dans l'espoir qu'il désamorcerait la situation en grondant leur fils pour son attitude cavalière envers Brianna. Mais d'un léger signe de tête, presque imperceptible, le comte lui intima le silence.

— Il s'appelle Almeric de Salis et possède des terres au nord de Merleberge, déclara calmement Brianna. Veuillez me laisser passer à présent.

— Comment l'avez-vous connu ?

Elle haussa les épaules.

— Tout le monde le connaît à Merleberge, c'est là qu'il a vécu toute sa vie. C'est l'un des amis du comte Jean.

— Vous savez à quoi il ressemble ?

— Oui. Il porte la cicatrice que vous avez décrite, là, sur la pommette.

Elle pointa un ongle rose sur le côté de sa propre joue, dessinant une sorte de faucille.

— Conduisez-moi jusqu'à lui.

Elle ouvrit la bouche, horrifiée.

— Qu… Quoi ?

— Vous m'avez parfaitement entendu.

Brianna plissa les lèvres dans une moue belliqueuse.

— Je vous ai dit où il demeure, vous pouvez l'identifier vous-même, grommela-t-elle, parfaitement consciente que les parents de Giseux suivaient leur échange sans dissimuler leur intérêt.

— Je veux être certain qu'il s'agit bien de lui, rétorqua-t-il en se penchant vers elle, les lèvres à quelques centimètres de son visage.

Elle s'empourpra au son de cette voix basse aux intonations rauques et prenantes.

— Voilà une excellente idée ! s'exclama le comte.

Repoussant sa chaise, il vint se placer près de son fils, tout en s'essuyant la bouche avec sa serviette.

— Vous n'avez pas de temps à perdre, Giseux. Pas quand la reine Aliénor est sur votre dos, à vous tarabuster avec ce voyage en Germanie !

Les joues de Brianna virèrent au cramoisi.

— Mais je ne peux pas ! protesta-t-elle. Hugh veut que je…

Comment leur expliquer l'énormité de la tâche que son frère exigeait d'elle ? C'était tout bonnement impossible !

Elle se tut sous le regard étincelant que Giseux fixait sur elle.

— Hugh a besoin de moi, acheva-t-elle avec embarras.

Lady Mary se leva de son siège et s'avança vers elle de son pas fluide et gracieux.

— On s'occupe bien de lui, mon enfant, vous le savez. Dans son état présent, vous ne lui manquerez pas, assura-t-elle, en posant une main rassurante sur son bras.

Submergée par un soudain sentiment d'impuissance, Brianna regarda les trois personnes qui l'entouraient, se pressant autour d'elle. Les parents de Giseux s'étaient montrés si gentils, si généreux en leur offrant ainsi leur hospitalité et leur temps ! Devant leurs visages souriants, elle ne parvenait plus à leur objecter d'autres arguments valables. Ils avaient raison, après tout — ils pouvaient fort bien veiller sur Hugh.

Puis son regard glissa vers Giseux, s'attardant sur la courbe sensuelle de ses lèvres, le scintillement de ses yeux. Et elle se demanda soudain si elle n'avait pas perdu la capacité de veiller sur elle-même.

— Où peut bien se trouver cet Almeric ? interrogea Giseux. En avez-vous la moindre idée ?

Tirant sur ses rênes pour ralentir son destrier, il tourna la tête vers elle, sa chevelure châtaine ébouriffée par la bise de nord-est qui rougissait ses pommettes hautes. Sa cape bleue semi-circulaire flottait au vent, révélant l'étoffe brillante de la doublure, tandis que le destrier immobilisé dansait sous lui.

Un nom… Il avait enfin un nom pour le traître sans visage dont l'image, avec les cris d'agonie de ses hommes et la vision de Nadia s'affaissant sur le sol, avait hanté ses nuits et ses jours. Un traître qui méritait bien ce qui allait lui arriver.

Jusqu'ici, son seul indice pour le retrouver avait été les ultimes paroles de Nadia : « Cherchez l'homme à la cicatrice en forme de faucille, qui porte les couleurs du roi Richard. »

Le doigt délié de la mourante avait tracé la marque du scélérat sur la joue tannée de Giseux, tandis qu'elle gisait, affalée contre la porte située à l'extrémité de l'étroite allée. La porte qui avait été volontairement fermée pour les prendre au piège, lui et ses hommes.

Ils étaient venus là, persuadés que cette entrée leur donnerait accès à la cité de Narsuf et qu'ils pourraient s'infiltrer dans la ville pour mettre fin à son interminable siège. Nadia pensait les aider, ses hommes et lui, en leur fournissant cette information. Mais devant cette porte close elle avait compris qu'elle avait été jouée. Ils avaient été pris comme des rats dans une souricière.

Giseux serra les lèvres d'un air sévère. L'année qui avait suivi la mort de Nadia, la perspective de la vengeance était la seule chose qui l'avait maintenu en vie, la seule qui lui avait donné l'impression d'exister encore, tandis qu'il accomplissait les gestes futiles du quotidien. Et maintenant, la revanche était si proche qu'il en sentait le goût doux-amer dans sa bouche. Justice allait être faite !

Brianna poussa un soupir soulagé quand il tira enfin sur ses rênes. Elle avait l'impression qu'ils chevauchaient depuis des heures, bien que Merleberge ne soit guère à plus de dix miles de Sambourne.

Dans un premier temps, elle s'était réjouie de l'allure rapide que Giseux avait fait prendre à leurs montures, tant elle souhaitait que le voyage s'achève aussi vite que possible. Mais à présent elle sentait tous ses muscles douloureux à force de serrer les flancs arrondis de son palefroi. Elle détestait s'éloigner de Hugh et le remords la taraudait sans répit. En cet instant, elle aurait dû être en route pour aller chercher Matilda, et voilà qu'elle galopait en compagnie d'un chevalier taciturne qu'elle connaissait depuis quelques jours à peine et qui lui donnait des ordres comme à un simple soldat.

Un chevalier qui l'avait embrassée…

— Oh ! il doit être au château, dit-elle.

Son petit palefroi gris se frayait prudemment un chemin sur l'herbe sèche qu'éclairait le pâle soleil d'hiver. Ils descendaient à présent vers la vaste vallée qui abritait le bourg de Merleberge. Un brouillard diaphane flottait à quelques pieds au-dessus de la courbe de la rivière.

Giseux tourna la tête vers elle. Le froid avait rosi les joues de Brianna, avivant aussi l'éclat de ses yeux. Le vent de la course avait fait glisser son capuchon en arrière et son voile de soie flottait autour de sa tête, se détachant sur le fond délavé du ciel. L'ecchymose sur sa joue, dont la couleur commençait à s'estomper, altérait à peine la perfection de sa peau.

— Je vous demande pardon ?

Fasciné par sa beauté, Giseux n'avait pas entendu les dernières paroles de la jeune femme.

Brianna fronça les sourcils.

— Comment allons-nous pénétrer dans le château ? répéta-t-elle en engageant sa monture dans l'étroit sentier qui descendait à flanc de colline.

La pente était orientée au nord, et même à cette heure de l'après-midi, alors que le soleil chauffait depuis des heures, du givre demeurait accroché à l'herbe, semblable à des perles de cristal.

Irrité par sa propre incapacité à se concentrer sur sa mission, Giseux enfonça les talons dans les flancs de sa monture et emboîta le pas à la jeune femme. Où étaient passées la rage, la colère qui l'avaient tenu éveillé nuit après nuit, le remords qui l'avait tenaillé sans relâche ? Tout cela semblait avoir fondu comme neige au soleil.

L'image de Nadia flotta soudain dans son esprit. Ses cheveux sombres et lisses, ses grands yeux bruns, les courbes sensuelles de son corps… *Rappelle-toi*, se morigéna-t-il. *Rappelle-toi pourquoi tout cela.*

Il émit un petit rire.

— N'ayez crainte, ils savent qui je suis. Je ne représente pas une menace pour le comte Jean lui-même.

Après avoir dévalé le sentier, leurs sabots dérapant sur

les pierres, les chevaux atteignirent le terrain boueux qui longeait la rivière. Les deux cavaliers mirent leurs montures au pas, puis les dirigèrent vers le chemin principal qui conduisait aux portes de la ville.

Brianna se pencha sur sa selle et fit gravir à son palefroi la pente escarpée donnant accès à la route.

— J'espère que cela ne prendra pas trop longtemps, déclara-t-elle.

Giseux lui lança un bref regard.

— Ce sera plus rapide avec votre aide. Mais je comprends que vous n'ayez aucune envie d'être ici.

D'un geste machinal, Brianna effleura du doigt sa joue contusionnée.

— Merleberge n'est pas mon endroit préféré, pour des raisons évidentes.

Une main gantée se posa sur son bras.

— Restez à mes côtés, Brianna, et il ne vous arrivera rien, je vous le promets.

La note protectrice qui vibrait dans la voix de Giseux lui réchauffa le cœur.

Ne sois pas sotte. Ces mots ne signifient rien, ne leur accorde pas tant d'importance. Tu lui es utile, c'est tout.

Elle tapota le fourreau de cuir sur sa hanche.

— J'ai ma dague pour me protéger.

Giseux baissa les yeux vers la garde incrustée de gemmes qui dépassait de la cape.

— À votre place, je la jetterais dans la rivière. Pour ce qu'elle nous servira !

Pressant de ses cuisses musclées les flancs de son cheval, il s'engagea sur le pont de pierre qui traversait les douves de la ville. Toute une cohue s'affairait alentour — cavaliers, paysans à pied venus vendre leurs produits, dames vêtues de robes multicolores blotties dans leurs litières couvertes que portaient des serviteurs essoufflés, tandis que les maris chevauchaient patiemment à côté.

Côte à côte, Giseux et Brianna fendaient la foule, dont le flot se refermait ensuite derrière eux. Deux personnes reconnurent Brianna et agitèrent la main en guise de salut, avant de disparaître dans l'ombre du portail.

Il leur fut facile de repérer Lord Almeric.

Du haut de la galerie de bois qui dominait la grande salle du château comtal, Brianna, cachée derrière le rideau de brocart qui pendait du plafond, désigna un groupe d'hommes installé à la table d'honneur.

— Le voici, à la droite du comte Jean.

La présence de Giseux, qui se tenait derrière elle, lui donnait du courage, éveillant même en elle une étrange euphorie.

Inspectant la pièce par-dessus la tête de Brianna, il regarda dans la direction qu'elle lui montrait du doigt et observa la rangée d'aristocrates corpulents et manifestement avinés qui se tenaient derrière la table. Le comte Jean se trouvait au milieu. Giseux reconnut sur-le-champ la moue capricieuse du plus jeune fils de la reine Aliénor, dont les traits étaient dépourvus de cette ferme détermination qui caractérisait ceux du roi Richard.

— Vous le voyez ? chuchota Brianna.

Elle sentait dans son dos le torse de Giseux, dont la chaleur la pénétrait à travers sa cape et la mince étoffe de sa robe.

— Oui, murmura-t-il, je le vois.

Il arrêta son regard sur un petit homme trapu, au ventre saillant sous la tunique, et dont la joue était marquée par une affreuse cicatrice.

Les yeux brillants de curiosité, Brianna se retourna

vers Giseux, heurtant de l'épaule la poitrine musclée de son compagnon.

Elle s'écarta, rougissante.

— Que voulez-vous faire avec lui ?

— Il m'est redevable, répondit simplement Giseux.

Ses yeux scintillaient dans la pénombre, pénétrants, dangereux.

— Que vous doit-il ? Du numéraire ? questionna-t-elle d'un ton faussement enjoué.

Giseux ne lui semblait pas le genre d'homme à se mettre en chasse pour de l'argent.

— Non, Brianna, répondit-il, un muscle tressaillant dans sa joue ferme. Il me doit une vie. Et même plusieurs.

— Comment cela ? interrogea-t-elle dans un souffle.

Il la dévisagea d'un air morne.

— Voulez-vous vraiment le savoir ?

Elle hocha la tête.

— Le comte Jean ne reculera devant rien pour devenir roi, même s'il doit pour cela tuer son propre frère. Il a envoyé Almeric à Jérusalem afin qu'il y tende une embuscade. Et pour cela, il a tué la femme que j'aimais.

Brianna sentit son cœur se glacer à cette révélation. Un étrange regret déferla en elle. Ainsi, il en avait aimé une autre. Il l'aimait encore, à en juger par la profondeur de son émotion et l'amère tristesse, le désespoir qu'on lisait dans ses yeux.

— Qu'allez-vous faire ?

Sa voix défaillit sur ces mots, tandis qu'elle prenait conscience de l'étrange jalousie qui s'était emparée d'elle. Pourquoi ce sentiment ? Cet homme ne lui appartenait pas, au nom du ciel !

Pour toute réponse, Giseux tira un poignard à lame courbe qu'il avait dû cacher dans un fourreau sous sa cape.

Dans la pénombre de la galerie, l'acier luisait d'un éclat menaçant, effrayant.

Elle l'empoigna par sa tunique — comme si elle pouvait le retenir ainsi !

— Non, Giseux, vous ne pouvez pas ! chuchota-t-elle farouchement.

De sa main libre, il lui écrasa les doigts dans une étreinte sauvage.

— Je vengerai la mort de Nadia, Brianna.

Nadia.

La femme qu'il avait aimée avait un nom désormais. Brianna prit une profonde inspiration, luttant pour garder son bon sens et sa raison.

— Je ne vous aurais jamais désigné Almeric si j'avais su ce que vous vous apprêtiez à faire. Vous pensez que vous vous sentirez mieux en commettant un meurtre ? Ce sang vous souillera les mains pour toujours.

Furieuse, elle dégagea sa main.

— C'est le sang de Nadia que j'ai sur les mains.

Il s'exprimait d'une voix si basse, si dépourvue d'expression, qu'elle dut se rapprocher pour entendre ses paroles, inhalant son odeur masculine — un grisant mélange d'épices et de fumée de bois, mêlé à l'air confiné de la galerie.

— Si nous ne nous étions pas aimés, cet homme n'aurait pas pu la mettre en danger, ajouta-t-il en pointant le doigt vers la salle. Et elle serait encore en vie aujourd'hui. Ainsi que plusieurs de mes hommes…

— Si vous commettez cet acte, vous ne pourrez jamais vous en libérer. Il vous hantera pour toujours.

Giseux secoua la tête, le creux d'ombre sous sa bouche soulignant le contour ferme de sa lèvre inférieure.

— Non. Ce sera fini, enfin.

D'un bref regard, il s'assura qu'Almeric était toujours assis là-bas, dans la salle.

— Allez attendre avec les chevaux, Brianna. Je vous retrouverai là-bas.

C'était un ordre, sec et brutal.

Elle tourna les talons et alla se camper à l'extrémité de la galerie, bloquant la seule issue avec son corps mince, une main posée de chaque côté du passage sur le mur de pierre grise. Il ne pouvait pas faire cela, c'était si mal ! Elle ne le laisserait pas !

— Écartez-vous, Brianna, intima-t-il d'une voix rauque et profonde. Ce n'est pas votre affaire.

— C'est moi qui vous ai amené ici. Si vous commettez ce meurtre, je me sentirai aussi coupable que vous.

Elle pointa le menton, dans un geste ostensible de défi.

— Soldat un jour, soldat toujours, n'est-ce pas ? Tuer vous vient tout naturellement.

Le ton était sarcastique. Elle tremblait, submergée par l'émotion, mais n'en tenait pas moins bon, les deux mains agrippées aux pierres du mur.

— Vous condamnez Almeric parce qu'il est un assassin, mais vous vous apprêtez à commettre la même chose de sang-froid. Après cela, comment pourrez-vous vous regarder en face ?

Giseux la fixait sans mot dire. Elle le défiait, si belle, si tentatrice ! Dans la pénombre, sa peau crémeuse luisait comme l'albâtre, ses yeux scintillaient, d'un bleu profond, le suppliant de changer d'avis, de renoncer au seul acte qui lui avait permis de continuer à mener un semblant de vie ces derniers mois. Se regarder en face ? C'était maintenant qu'il en était incapable. Comment lui faire comprendre cela ? Il avait *déjà* du sang sur les mains. Un peu plus ne ferait pas de différence.

De ses bras puissants, il saisit la jeune femme par la taille et la souleva comme une plume avant de la déposer un peu plus loin.

— Ôtez-vous de mon chemin, Brianna. Retournez près des chevaux et attendez-moi à l'extérieur des portes de la ville. Je n'en ai pas pour longtemps.

Des éclats de rire s'élevèrent de la salle au-dessous d'eux, mêlés à un joyeux cliquetis de timbales.

Rassemblant son courage, Brianna se campa devant lui, les mains sur les hanches et le regard étincelant de fureur.

— Je n'ai pas d'ordres à recevoir d'un tueur ! Je fais ce que je veux. Je n'arrive pas à croire que vous m'ayez amenée ici pour vous aider à… à faire cela, cette horrible chose !

Sa voix monta sur les derniers mots, tremblante d'indignation et de révolte.

Il la dévisagea et elle lut un désespoir sauvage dans ses yeux.

— Que voudriez-vous que je fasse ? C'est la seule façon, Brianna. Mon seul moyen de venger Nadia.

— Cela ne la ramènera pas pour autant, rétorqua-t-elle abruptement. Et vous aurez le sang de cet homme sur la conscience.

Il se pencha vers elle, une lueur dangereuse dans son regard gris argent.

— Mais je *veux* avoir son sang sur la conscience, Brianna ! Vous ne comprenez donc pas ? Il mérite la mort.

— Personne ne mérite de mourir, Giseux, rétorqua-t-elle.

Mais il avait déjà disparu.

Une bride dans chacune de ses mains gantées, Brianna marchait d'un pas furieux sur le tapis de feuilles mortes, foulant sous ses pieds les couches de feuillage jaune et roux taché d'écarlate. Son cœur cognait dans sa poitrine et le bruit de son pouls lui martelait les oreilles, rageur. Elle aurait voulu pouvoir frapper quelque chose — ou quelqu'un.

Lui.

Un immense sentiment d'échec l'accablait. Elle n'était pas parvenue à convaincre Giseux, à le faire changer d'avis en le détournant d'un acte qu'il regretterait toute sa vie, elle en était certaine.

Comment avait-elle même osé espérer qu'il l'écouterait ? Il la connaissait à peine. Une fille qu'il avait rencontrée l'avant-veille, la sœur cadette d'un croisé… Pour lui, elle n'était rien ni personne.

Pourtant, dans cette galerie confinée et obscure, elle avait lu l'expression d'angoisse et de détresse dans ses yeux et elle savait que tuer n'était pas la solution.

Du moins aurait-elle essayé !

Après s'être glissée hors du donjon, elle avait enfourché le docile palefroi et chevauché jusqu'à l'orée du bois. Mais, comme elle tenait de son autre main la bride du destrier de Giseux, son bras maintenu derrière elle dans une position inconfortable n'avait pas tardé à lui faire mal. De plus, cet abruti d'étalon traînait de nouveau les pattes, elle l'aurait juré. Il lui avait même montré les dents lorsqu'elle l'avait fait sortir de Merleberge. Car dans un accès de dépit elle avait décidé d'emmener aussi le cheval de Giseux, voulant punir ce dernier. *Qu'il marche !* avait-elle songé avec colère. Si du moins il sortait intact du pugilat qui allait l'opposer à cet Almeric…

Oh ! mais il reviendrait sain et sauf du château, bien entendu ! Il était ce genre d'homme. Invincible, impitoyable. Et… irrésistiblement séduisant.

Séduisant ? se reprit-elle. Avait-elle complètement perdu l'esprit ?

Elle serra les rênes, horrifiée. Depuis quand trouvait-elle cet homme irrésistible ? Un étranger, un soldat fruste et arrogant, qui avait fait irruption dans sa vie morne et cloîtrée, et y avait tout mis sens dessus dessous en un clin d'œil ! Il lui posait des questions auxquelles elle n'avait aucun désir de répondre, la scrutait d'un regard inquisiteur qu'elle ne savait comment interpréter, et il l'entraînait avec lui dans des histoires auxquelles elle n'avait pas la moindre envie d'être mêlée.

Elle détestait cela, elle adorait cela. Elle avait enfin l'impression de vivre, d'exister.

Une grosse goutte de pluie s'écrasa sur son visage. Au-dessus d'elle s'amoncelaient des nuages gris informes, annonciateurs d'une forte averse. Brianna se remit à marcher, accélérant le pas. Sambourne se trouvait devant elle, direction plein est. Elle y parviendrait avant que la nuit ne soit complètement tombée.

Elle remua le bras. La douleur dans l'omoplate s'était atténuée et elle décida donc de monter à cheval de nouveau. Retroussant ses jupes, elle posa le pied dans l'étrier luisant, luttant pour soulever son autre jambe qui pataugeait de manière assez comique dans l'amas spongieux de feuilles. Pas facile de se mettre en selle sans l'aide d'un montoir !

— Si je peux me permettre…

Deux mains fermes se posèrent sur ses hanches pour la soulever de terre. Brianna se hâta d'enfourcher le palefroi, puis plissa les yeux pour tâcher de voir à travers le rideau oblique de la pluie, refusant de reconnaître à quel point elle se sentait soulagée.

— Pourquoi ne m'avez-vous pas attendu ? lui cria Giseux, le visage ruisselant d'eau.

Des gouttelettes de pluie scintillaient à l'extrémité de ses cheveux.

— Je n'attends pas les assassins, rétorqua-t-elle avec mépris, en tirant sa capuche sur son voile déjà trempé.

Des feuilles jaunes en forme d'étoiles voletaient entre eux, poussées par les rafales. L'une d'elles se posa sur l'épaule de Giseux, tache d'or sur l'étoffe bleu sombre de sa cape.

— Ce que vous avez fait est méprisable ! ajouta-t-elle d'un ton claquant.

Pour toute réponse, il saisit le palefroi par la bride et le tira sous un bouquet de mélèzes, à l'abri de la pluie qui les cinglait.

— Et lâchez mon cheval, voulez-vous ?

Sous les arbres, il tombait à peine quelques gouttes. Un silence rempli d'attente semblait planer sur le lieu. Giseux leva la tête vers elle. Son regard transparent étincelait dans la pénombre. Au-dessus de lui, les aiguilles dorées des mélèzes oscillaient sur le gris du ciel, chaque branche ornée d'un petit bouquet de cônes doucement balancés par le vent.

— Je ne l'ai pas tué, Brianna.

Lâchant la bride du palefroi, il se hissa d'un mouvement souple sur son destrier.

— Oh ! vous !

Elle s'apprêtait à l'invectiver de nouveau, quand le sens des mots qu'il venait de prononcer la pénétra soudain, lui coupant la parole.

Elle le dévisagea, le cœur battant.

— Oui, Brianna, reprit-il, scrutant la pluie qui se déversait sur le bois. Je lui ai laissé la vie sauve. Contre tout bon sens, probablement, ajouta-t-il en tournant vers elle son regard brillant.

— Et… Il tient encore debout sur ses jambes ? questionna-t-elle d'un ton d'excuse.

Toute la colère qu'elle avait éprouvée contre lui fondait comme neige au soleil.

Giseux éclata d'un rire sans joie.

— Oh ! oui ! Il n'a même pas soupçonné ma présence.

— Mais pourquoi ? s'enquit-elle, incrédule. Qu'est-ce qui vous a arrêté ?

Vous, songea-t-il. *Vous, Brianna.*

Les mots simples et puissants de cette dernière avaient pénétré dans son âme, atteignant les recoins de son cœur gelé pour le réchauffer, lui insuffler la vie. Le brouillard qui lui obscurcissait les idées s'était dissipé. Il pensait de manière claire de nouveau. Les paroles de Brianna avaient creusé une brèche dans ses idées noires, le forçant à admettre les conséquences de ses actes.

Elle avait raison. Tuer ne ramènerait pas Nadia. Rien ne le pourrait.

Le regard perdu dans la bruine crépusculaire, Giseux haussa les épaules.

— Cet individu ne vaut pas la peine que je souille mon épée pour lui.

— Comment… Comment était-elle, Giseux ?

Les mots l'atteignirent en plein cœur, lui coupant la respiration. Il tourna brusquement la tête vers Brianna, surpris par l'audace de sa question. Sensible à la tension de son cavalier, le destrier se mit à piaffer nerveusement sous lui.

Consciente d'être allée trop loin, Brianna exhala un soupir tremblant. Elle lisait tant de tristesse dans le regard gris tourné vers elle qu'elle en eut le cœur transpercé.

— Je suis désolée, chuchota-t-elle, la gorge serrée par le remords. Cela ne me regarde pas.

Giseux tenta d'invoquer l'image de Nadia, essaya de se rappeler les détails de son visage, de ses cheveux, l'odeur de son corps. Il eut envie de faire ce qu'il ne faisait jamais d'habitude — parler d'elle, la décrire à Brianna.

Mais tout ce qu'il voyait, c'était le doux visage ovale de la jeune femme qui se tenait en face de lui, si vivante, elle, avec ses lèvres semblables à des pétales de rose et les frisons de cheveux cuivrés qui dépassaient de son capuchon.

— Elle était belle, murmura-t-il enfin. Très belle. Comme vous.

Chapitre 7

Avec l'efficacité de l'habitude, Giseux plaça quelques vêtements dans un sac en cuir. Puis il jeta un bref regard alentour, jaugeant d'un coup d'œil les murs lambrissés de la chambre, les plis extravagants des courtines en velours. Quel besoin avait-il d'une telle richesse, de pareils privilèges ? Il se sentait tout aussi bien sous une tente avec de maigres possessions et un cheval pour voyager. Seul.

Du moins en avait-il longtemps été ainsi. Le sentiment d'urgence et d'insatisfaction qui l'habitait depuis son départ de Jérusalem semblait s'être apaisé, il ne savait comment. Le poids sur ses épaules s'était allégé et le froid qui lui glaçait le cœur fondait lentement.

Mais il était temps pour lui de se mettre en route, sur l'ordre de la reine Aliénor en personne, qui lui demandait de retrouver son fils le roi et de négocier sa libération. Quelques jours plus tôt, il se serait réjoui de cette occasion de voyager, de s'oublier lui-même en se consacrant à une tâche difficile. Mais à présent, curieusement, il n'avait plus envie de quitter Sambourne.

Des yeux lumineux, couleur de pervenche, flottèrent un instant dans son esprit. Brianna. Elle s'était montrée si fâchée, si furieuse contre lui à Merleberge, quand elle avait compris ses intentions ! Il revit son petit visage furibond levé vers lui, ses joues écarlates d'indignation.

Les reproches méprisants de la jeune femme l'avaient instantanément vidé de la colère qui alimentait en lui son désir de vengeance. Elle s'était montrée si convaincue, si éloquente ! À présent qu'il y repensait, il s'étonnait de la force toute simple de ses mots et de l'effet qu'ils avaient produit sur lui.

Il fronça les sourcils et sa poitrine se serra, tandis qu'il prenait brusquement conscience d'une réalité nouvelle et incongrue — Brianna allait lui manquer.

On toqua légèrement à la porte.

Giseux se tourna vers le coin de la chambre pour trier les diverses pièces de son armure, déposées en tas sur le sol.

— Entrez ! fit-il d'un ton brusque.

La douce voix de sa mère retentit sur le seuil.

— Giseux ?

Les yeux de la comtesse se portèrent immédiatement vers l'équipement de métal aux reflets argentés — l'épée, le bouclier. Elle esquissa une moue.

Giseux se retourna, repoussant la mèche couleur de sable qui lui retombait sur le front, et accueillit sa mère d'un sourire sans joie.

— Si je dois porter cela, mieux vaut que j'y mette un peu d'ordre avant de…

Il s'interrompit brusquement.

— Qu'y a-t-il, mère ?

Lady Mary traversa la pièce en toute hâte dans un tourbillon de soie vert pâle, son voile délicat flottant derrière elle.

Elle agrippa son fils par le bras.

— C'est Hugh. Il vous demande. Il veut parler avec vous de toute urgence… *Seul à seul*.

Elle avait significativement accentué ces derniers mots, ce qui éveilla aussitôt l'attention de Giseux.

— Vous voulez dire… sans que sa sœur nous entende ?

— Précisément. J'ai réussi à la persuader de prendre le

petit déjeuner avec votre père. Elle était si fatiguée après votre équipée d'hier qu'elle s'est couchée tout de suite en rentrant, sans même avaler un morceau.

Lady Mary jeta un regard inquisiteur à son fils.

— Avez-vous trouvé celui que vous cherchiez… à Merleberge ?

— Oui. Brianna m'a conduit tout droit vers lui.

— C'est une courageuse petite personne, ne trouvez-vous pas ? Se débrouiller pendant toutes ces années, avec pour seule aide une unique servante…

— Elle a du cran, je lui reconnais cela, acquiesça Giseux, qui contourna sa mère avant de s'arrêter sur le seuil de la porte ouverte. Mais elle est aussi vulnérable.

Et fronçant les sourcils :

— Je ne vois pas ce que Hugh peut avoir à me dire à l'insu de sa sœur. Ils semblent si proches, tous les deux.

— Vous feriez mieux d'y aller, à présent.

Mère et fils s'engagèrent ensemble dans le couloir.

— Pouvez-vous descendre dans la grande salle et la… la garder là un moment de plus ? suggéra Giseux.

Lady Mary inclina sa tête blonde.

— Ce sera un plaisir pour moi.

Elle s'arrêta au sommet des marches, une main sur la rampe de fer forgé qui serpentait jusqu'au bas de l'escalier en colimaçon, et se retourna pour regarder son fils. Un léger sourire affleura sur ses lèvres d'un rose délicat.

— C'est une jeune fille charmante. J'adore bavarder avec elle.

En voyant entrer Giseux, Hugh se souleva sur un coude.

— Dieu merci, vous voilà ! Il faut absolument que je vous parle.

— Comment vous sentez-vous, ce matin ?

S'inclinant vers le lit, Giseux posa une main sur le front du malade. Sa peau était assez fraîche et on ne lisait plus cette expression égarée dans ses yeux.

— Beaucoup mieux, de toute évidence, commenta-t-il sans attendre la réponse.

Il tira une chaise au chevet du convalescent et s'assit, le buste penché en avant et les coudes sur les genoux.

— Eh bien, de quoi s'agit-il ?

— Giseux, j'ai arrangé quelque chose…, commença Hugh, incertain. Cela concerne Brianna.

Il hésita, s'assurant d'un regard que la porte était bien fermée. Ses yeux clairs luisaient, du même bleu pervenche que ceux de sa sœur.

— Elle ne va pas aimer, mais croyez-moi, ses intérêts me tiennent à cœur.

— Pourquoi ne pas lui en parler, en ce cas ? interrogea Giseux, qui commençait à se sentir mal à l'aise.

Il baissa les yeux, étudiant les bouts éraflés de ses bottines en cuir.

Embarrassé lui-même, Hugh tirailla le bord de la courtepointe.

— Si elle savait tout, elle refuserait la mission que je lui ai confiée.

— Poursuivez, le pressa Giseux.

— J'ai demandé à Brianna de retrouver ma fiancée et mon fils.

Giseux battit des paupières, à demi surpris seulement. Pendant leur voyage de retour en Angleterre, Hugh s'était brièvement confié à lui au sujet de Matilda et du petit garçon. Brianna, en revanche, ne lui avait pas pipé mot de cette fameuse mission. Mais pourquoi l'aurait-elle fait ? Il n'était guère plus qu'un étranger pour elle !

— J'ignore si je survivrai à cette maladie, reprit Hugh.

Il faut que j'épouse Matilda afin de m'assurer que l'enfant, mon fils, héritera de Sefanoc.

— Et Brianna ?

Hugh déglutit avec peine.

— Le père de Matilda a accepté de m'accorder la main de sa fille — à une condition.

Il se retourna sur le dos et ferma un instant les yeux avant de poursuivre :

— Brianna comprendra le bien-fondé de tout cela, une fois qu'elle se sera faite à cette idée.

— Quelle est cette condition ? questionna Giseux, qui avait du mal à articuler ses mots.

Pour une raison inconnue, l'image de Brianna sans défense, affalée contre l'auge remplie d'eau glacée, lui revint soudain à l'esprit. Qu'est-ce que Hugh s'apprêtait à lui dire, au nom du ciel ?

Le malade tourna vers lui ses yeux rougis, ses lèvres sèches grimaçant un sourire.

— La condition, c'est que Brianna l'épouse, lui. Walter de Brinslow, le père de Matilda, redemande la main de Brianna. Il veut la reprendre, Giseux. Elle a déjà été mariée à lui… et elle s'est enfuie avant la fin de la première année. À cette époque, il ne demandait pas mieux que de la laisser partir. Mais à présent il veut qu'elle revienne.

Giseux se leva brusquement et marcha vers la fenêtre, posant ses poings serrés sur le rebord de pierre pour s'empêcher de retourner vers le lit et secouer Hugh sans ménagement.

Ainsi, c'était là le mariage auquel Brianna avait fait allusion dans cette chambre même, lorsqu'il l'avait questionnée sur son étrange attitude. Il se rappelait tout — la réaction violente de la jeune femme, l'amertume dans sa voix, le tremblement qui s'était emparé de tout son corps.

Et Hugh lui demandait de revivre cette épreuve !

Il fit volte-face, une hanche appuyée au mur et les bras croisés sur la poitrine, heurtant du bout du pied le lit d'appoint, dont le cadre en bois léger se déplaça sur le parquet ciré. L'oreiller de paille avait gardé l'empreinte de la tête de Brianna.

— Elle n'acceptera jamais, Hugh. Vous vous en doutez bien, non ?

— Elle n'a pas besoin d'accepter : elle ignore tout de cette partie du plan. Si elle l'apprenait…

— Elle prendrait ses jambes à son cou, compléta Giseux, esquissant une grimace malgré lui.

Oui, et sa dague jaillirait du fourreau, sans parler de l'arquebuse ! La petite chipie savait se défendre, même si sa force physique n'était pas à la hauteur de sa volonté. Giseux ressentit un brusque sentiment d'admiration pour elle. Il se rappela ses invectives entrecoupées de sanglots, après qu'il l'eut sauvée des soldats du comte Jean, quand elle l'avait pris pour un ennemi. Plutôt mourir que le suivre ! avait-elle juré, le menton pointé dans un geste de défi.

Hugh pinça les lèvres.

— Exactement. C'est pourquoi je voudrais que vous l'accompagniez là-bas.

Il toussa, la respiration difficile.

— C'est impossible, répliqua Giseux d'un ton sec. Il y a un bateau qui part de Southay ce soir.

— Il ne vous faudra guère plus de deux jours pour la livrer à bon port, plaida Hugh. Vous pourriez prendre un autre bateau après-demain.

La livrer ? Était-ce à cela que Brianna se trouvait réduite ? Un paquet inanimé qu'on transporte d'un lieu à un autre ?

Il se pencha vers le lit, ses larges épaules bloquant la lumière de la fenêtre.

— Hugh, c'est votre sœur, pour l'amour du ciel ! cria-t-il

en foudroyant le malade du regard. Comment pouvez-vous lui faire cela ?

Hugh se rétracta sur ses oreillers.

— Asseyez-vous ! croassa-t-il. Je ne savais pas que vous le prendriez ainsi.

Réprimant son sentiment de compassion pour Brianna, Giseux se força à se rasseoir sur la chaise disposée près du lit.

— Elle a déjà traversé tant d'épreuves, Hugh. Vous en êtes conscient, non ? Elle n'a pas eu une vie facile pendant votre absence.

Mais Hugh n'écoutait plus.

— Bon, il va falloir que je trouve quelqu'un d'autre, alors. Cela risque d'être difficile. Elle est si têtue, toujours si sûre d'avoir raison. Notre père a eu tort de lui laisser prendre des décisions trop tôt. Il lui a concédé trop d'indépendance. À présent, elle est ingouvernable, beaucoup trop volontaire. C'est pour cette raison que son mariage a été annulé trop tôt, je suppose, parce qu'elle avait un caractère trop difficile. Walter est fou de vouloir la reprendre. Mais cela le regarde, bien sûr !

— Elle s'est occupée de Sefanoc pour vous, lui rappela Giseux. Elle a géré le domaine et les terres toute seule, sans aucune aide.

— Oh ! elle fera ce que je lui demande. Elle sait combien c'est important pour moi, répliqua Hugh d'un ton pompeux.

Giseux lui jeta un bref regard, surpris par la suffisance hautaine qui vibrait dans la voix du frère de Brianna. Il n'avait connu cet homme que malade. À présent, c'était le vrai caractère de ce dernier qui semblait émerger. Hugh le propriétaire terrien, le seigneur arrogant.

— Brianna vous aime, Hugh. Elle ne s'attend pas à une chose pareille de votre part.

— Elle a besoin d'apprendre à faire ce qu'on lui dit ! rétorqua ce dernier, en croisant les bras sous sa tête.

Une lueur dangereuse dans les yeux, Giseux bondit de sa chaise. Depuis un instant, il percevait le son d'un pas discret qui s'approchait de la chambre.

— Brianna en a assez enduré, explosa-t-il. Laissez-la tranquille !

Hugh leva vers Giseux son visage marbré et laissa couler un regard étréci entre ses paupières.

— Brianna est ma sœur, Giseux, elle est ma propriété. C'est moi qui décide de ce qui lui convient. Elle n'a rien à voir avec vous !

La vision obscurcie par la rage, Giseux ouvrit la porte à la volée.

Brianna se tenait debout dans le couloir, sa chevelure d'ambre illuminée par la lumière que déversait la fenêtre de l'escalier. La main suspendue en l'air, elle s'apprêtait à actionner le loquet pour pénétrer dans la chambre de Hugh.

— Oh ! c'est vous ! murmura-t-elle.

Une légère roseur lui envahit aussitôt les joues. Elle croisa les bras autour de son buste, consciente de la coupe très ajustée de sa robe d'emprunt. Lady Mary avait insisté pour que sa robe vert pâle, la seule qu'elle ait apportée, soit envoyée à la lessive, et elle lui avait prêté à la place l'une de ses propres toilettes, une robe moulante en soie mauve. Le treillis de fleurs argentées qui ornait le décolleté scintillait dans la pénombre.

Elle s'inquiéta du regard farouche de Giseux.

— Que se passe-t-il ?

Il emplissait l'embrasure de la porte avec ses larges épaules moulées dans une tunique de futaine grise, et sa tête ébouriffée frôlait presque le linteau de chêne. Les mots qu'il avait prononcés à Merleberge tintaient encore en elle, quand il lui avait dit qu'elle était belle comme la jeune femme qu'il avait aimée en Orient. Pour une raison inconnue, ce souvenir lui poignait le cœur.

— C'est Hugh ? questionna-t-elle, le souffle court. Il va plus mal ?

Giseux la contempla un instant, fasciné par sa douce présence. Le corsage ajusté de sa robe épousait les contours arrondis de sa poitrine, avec un décolleté juste assez entrebâillé pour révéler le creux d'ombre entre ses seins.

— Hugh va très bien, dit-il enfin.

À part le fait qu'il s'apprête à vous trahir, à vous pousser de nouveau dans un mariage dont vous ne voulez à aucun prix, oui, à part cela, il va bien…

La voix bougonne de Hugh s'éleva dans la chambre.

— Brianna… C'est toi ?

La jeune femme fit signe à Giseux de s'écarter.

— Il m'appelle, je dois y aller.

— Attendez, lui intima-t-il d'une voix rauque.

Il se pencha pour lui parler à l'oreille, inhalant le délicieux parfum qui montait de son cou tiède sous le voile diaphane. La soie légère frémit sous son souffle.

— Allez m'attendre aux écuries dès que vous pourrez. C'est important.

Et plongeant les yeux dans les siens :

— Mais n'en parlez surtout pas à Hugh !

Le château somnolait. Midi avait sonné depuis longtemps, les paysans étaient rentrés de leurs corvées matinales et s'étaient restaurés tout leur content devant les tables à tréteaux disposées pour eux dans la grande salle, sous le regard vigilant du régisseur du comte.

Par cette journée glaciale, les mains et les pieds gelés se réchauffaient vite sous l'action du grand feu qui brûlait dans l'âtre. Les visages rougissaient dans la chaleur tandis que les têtes dodelinaient, vaincues par la fatigue de la besogne commencée dès l'aube. En dépit de la saison, il restait beaucoup de tâches à accomplir au domaine — nourrir le bétail, entretenir les haies, curer les fossés. Sans compter le bûcheronnage dans la forêt, pour alimenter en bois les cheminées du château.

Portant le plateau vide de son frère, Brianna descendit d'un pas léger l'escalier en colimaçon, sa traîne brodée glissant derrière elle sur les degrés bien cirés.

Hugh semblait aller beaucoup mieux, ses joues avaient repris des couleurs. Elle l'avait laissé adossé à plusieurs oreillers de plume, après qu'il eut fini de boire à petits coups le bouillon apporté par l'une des servantes.

Il avait parlé et parlé, évoquant ses projets pour Sefanoc, pour son fils.

Pendant les années où il était demeuré absent, Brianna avait oublié ce que cela faisait d'être commandée par lui. À présent, elle se surprenait à regimber devant son ton autoritaire. Tout le temps qu'il s'était adressé à elle, la bouche pleine de soupe ou de pain, elle avait tambouriné nerveusement sur le côté de sa chaise, résistant à l'impulsion de se lever d'un bond pour aller rejoindre Giseux. L'esprit ailleurs, elle n'arrivait pas à se concentrer sur les paroles de Hugh. Les pensées se bousculaient dans sa tête. Qu'est-ce que Giseux pouvait bien avoir à lui dire ? Son cœur cognait traîtreusement dans sa poitrine.

Lorsque Hugh s'était enfin renversé sur ses oreillers, les paupières alourdies de sommeil, après lui avoir marmonné combien il était important qu'elle se rende au château de Walter et qu'il demanderait au comte de lui fournir deux soldats pour l'escorter, Brianna en avait profité pour débarrasser les assiettes sales et les rapporter en bas.

Dans le vestibule, elle confia le plateau à une domestique qui passait par là. La fille la salua d'une rapide révérence avant de disparaître derrière un épais rideau de brocart, sans doute pour se diriger vers les cuisines.

Après avoir tourné la grosse poignée de fer de la porte d'entrée, Brianna sortit du donjon, croisant les bras autour d'elle pour se protéger du vent d'est glacé. Sa cape était restée en haut dans la chambre. Elle n'avait pas voulu l'endosser pour ne pas éveiller l'attention de Hugh, qui aurait su ainsi qu'elle s'apprêtait à sortir.

Un sentiment de culpabilité s'empara d'elle. Hugh avait toujours été son ami, son seul confident. Mais à présent quelque chose dans ses manières la faisait hésiter. Son frère lui semblait tout à coup différent, presque étranger. De toute évidence, sa maladie altérait son caractère.

La bise s'engouffrait dans ses jupes, glaçant ses mollets enveloppés de bas. Elle traversa la cour intérieure pavée et se dirigea vers l'alignement de granges aux façades ouvertes.

Après les cinglantes rafales du dehors, l'atmosphère des écuries lui parut douce et feutrée, saturée par l'odeur des chevaux et de la paille bruissante. Les croupes rondes et luisantes des puissants destriers dépassaient des stalles en bois, leur tête étant attachée près des mangeoires où ils se délectaient de foin.

Consciente de la force de leurs pattes arrière, Brianna longea prudemment les arrière-trains alignés en rasant la muraille. De la lumière filtrait par une étroite ouverture qui courait tout le long du mur. À travers cette mince fente, elle apercevait une écume de nuages blancs moutonnant dans le bleu du ciel.

— Brianna ?

Baissant les yeux, elle vit Giseux contourner la croupe de son alezan pour s'avancer vers elle, le métal de sa cotte luisant dans la pénombre. Il avait changé de vêtements. Une tunique noire ornée d'un blason où se détachaient les lions d'or du roi Richard lui tombait jusqu'aux genoux. Les pans de devant, écartés sur ses cuisses musclées, révélaient une doublure couleur chamois. Sa ceinture de cuir pendait très bas sur ses hanches étroites, la garde incrustée de son épée scintillant dans la lumière intermittente.

Brianna sentit sa bouche se dessécher à sa vue.

— Vous partez ?

Un étrange regret s'empara de son cœur.

— Je suis obligé, Brianna, j'ai des ordres.

Il s'avança d'un pas et sourit, dévoilant des dents très blanches qui contrastaient avec sa peau bronzée.

D'un mouvement involontaire, Brianna leva les mains, puis rattrapa son geste en faisant mine de repousser une mèche inexistante derrière son oreille.

— Oui, bien sûr, répliqua-t-elle en hâte.

Sa voix résonna trop fort dans le silence paisible de l'écurie. Trop rauque. Un afflux de sang lui colora les joues, trahissant son émotion.

Pourquoi avait-elle pensé qu'il resterait ici, chez lui, avec sa famille ? Il était un chevalier appointé, dont la reine utilisait les services. Malgré tout, l'annonce de son départ lui glaçait le cœur. De crainte, bien sûr. Qui la protégerait à présent ?

Furieuse, elle serra les lèvres, luttant contre cette sensation intempestive. Depuis quand en était-elle arrivée à compter sur cet homme ?

Elle remua les pieds, sentant le froid de la terre battue s'insinuer à travers ses minces semelles.

Giseux plongea son regard gris dans le sien.

— Pourquoi ne m'avez-vous pas dit ce que Hugh exigeait de vous ?

Elle releva la tête d'un geste brusque, le cœur cognant contre ses côtes.

— Je… Eh bien…

Elle se tut, hésitante. En fait, elle avait évité de penser à la tâche qui l'attendait.

— C'est une affaire de famille. Pourquoi vous en aurais-je parlé ?

Giseux ne la quittait pas des yeux.

Parce que je veux savoir, songea-t-il. *Je veux tout savoir de vous.*

— Hugh vous demande d'aller réclamer en son nom la fille de l'homme à qui vous avez été mariée. Je pensais que vous auriez pu mentionner ce petit fait anodin.

Perturbée par ces mots, elle releva ses grands cils noirs. Le cercle d'or qui maintenait son voile étincela dans la pénombre, la faisant ressembler à une fée. Magique, éthérée… Même de l'endroit où il se tenait, à quelques pas d'elle, il sentait l'agitation qui s'était emparée de son corps menu, aux muscles tendus, prêts à la fuite. Une biche aux abois !

Les lèvres serrées, elle croisa étroitement ses bras minces sur sa poitrine.

— Hugh exige trop de vous, murmura-t-il, ému par la vulnérabilité qu'il lisait dans ses yeux.

Cette brèche dans son armure qu'elle essayait de cacher au prix d'une lutte constante, afin que personne ne voie… Mais il la voyait, lui, clairement. Cela lui semblait si évident ! Qu'est-ce que son époux lui avait donc fait pour qu'elle se replie ainsi sur elle-même dès qu'on faisait la moindre allusion à son mariage ?

Brianna redressa les épaules.

— Non, ce n'est pas trop. Je vais le faire, j'ai promis.

Elle secoua vivement la tête, essayant de chasser l'image de la bouche de Walter, énorme et toujours luisante de salive. Pendant toute cette horrible demi-année qu'avait duré leur mariage, il n'était jamais parvenu à l'embrasser. Chaque fois qu'elle sentait approcher d'elle son souffle fétide, elle baissait la tête et ses lèvres humides se posaient sur sa joue ou dans ses cheveux. Mais même cela, c'était trop.

Elle frissonna.

— Cela fait longtemps. Je suis devenue plus forte.

— Pas assez longtemps, à mon avis, rétorqua-t-il d'un ton sec.

Elle eut un mouvement de recul lorsqu'il tendit la main pour lui toucher la joue. L'ecchymose sur sa mâchoire s'était estompée, laissant place à des marbrures bleues et jaunes.

— Vous voyez ? Vous sursautez chaque fois que je m'approche de vous !

— C'est parce que je ne veux pas que vous m'approchiez ! riposta-t-elle d'un ton cinglant.

Mais ses actes démentaient ses paroles, elle s'en rendait compte. Elle n'avait pas reculé, comme retenue malgré elle par une force qui la dépassait. Le souffle court, elle se rappela soudain le doux contact des lèvres de Giseux sur les siennes. Elle sentit la chaleur de son pouce sur sa peau froide, tandis qu'il lui effleurait le bord des lèvres, là où elles étaient le plus sensibles. Puis il laissa retomber sa main.

Comment aurait-elle pu lui avouer qu'elle ne tressaillait pas de crainte à son contact, mais de plaisir et d'excitation à la seule pensée de ce qui allait peut-être suivre ?

— Brianna, je veux que vous restiez ici, avec mes parents. N'allez pas chercher cette Matilda. Nous pouvons envoyer des soldats pour la ramener.

Elle le dévisagea, surprise par la note d'inquiétude qu'elle décelait dans sa voix.

— Mais Hugh me l'a demandé ! Il veut que j'y aille moi-même.

Elle se tordit les mains nerveusement.

— Apparemment, je suis la seule personne avec qui

Matilda acceptera de voyager. Elle me fait confiance, comprenez-vous ?

Giseux secoua la tête.

— Hugh a une autre raison de vous envoyer là-bas, Brianna.

Il prit une profonde inspiration, cherchant les mots qui convenaient, les mots qui la préserveraient du danger.

— Il veut vous voir établie, Brianna. Mariée. Je…

Il ne put aller plus loin. Bouche bée d'horreur, elle fit un pas vers lui, le dévisageant avec méfiance.

— Il a parlé de cela avec *vous* ?

Le corps visiblement tendu, elle serrait les poings contre ses flancs. Il aurait voulu lui saisir les mains l'une après l'autre pour dénouer un à un ces minces doigts rigides. Le voile de soie légère bruissait délicatement sur ses épaules tandis qu'elle secouait la tête. Il vit palpiter son pouls dans le creux satiné de son cou.

— De toute façon, vous vous trompez, reprit-elle. Hugh ne voudrait jamais que je me remarie. Il sait que je ne… Que je n'en ai pas la moindre intention.

Et levant vers lui son regard d'un bleu limpide :

— Hugh veillera sur moi. C'est mon frère après tout.

Giseux se tourna vers son cheval, une épaule pressée contre le flanc de l'animal pour resserrer les sangles. Veiller sur Brianna ? Pour Hugh, cela semblait être le cadet de ses soucis. Il utilisait sa sœur comme monnaie d'échange pour servir ses propres objectifs. Mais comment en persuader Brianna ?

— Hugh veut que vous épousiez de nouveau Walter, Brianna.

Il se retourna juste à temps pour voir le visage de la jeune femme se décomposer, saisi d'une mortelle pâleur.

Elle vacilla.

— Qu'est-ce que vous dites ? chuchota-t-elle en s'agrippant au bord de la stalle. Pourquoi proférez-vous des choses pareilles ?

— Parce que c'est la vérité, Brianna. Pourquoi croyez-vous que Hugh veuille vous envoyer chercher Matilda, vous et vous seule ? Mon père a tout un contingent de soldats qui pourraient fort bien s'en charger. Pourquoi vous le demande-t-il à *vous* spécialement ?

Brianna recula, essayant d'échapper à ces paroles cruelles. Comment osait-il ? Tout à l'heure, elle avait regretté qu'il parte, et voilà qu'il lui tardait de le voir s'en aller.

L'ourlet de sa robe se prit dans une écharde de la cloison et elle se dégagea d'un geste irrité.

— Vous devriez surveiller vos arrières, Brianna, commenta-t-il avec douceur.

En deux enjambées, il la rejoignit, se campant devant elle pour l'empêcher de sortir. Il lut dans ses yeux le rejet sans recours, l'hostilité à peine voilée, et il sut qu'il avait échoué. Pourquoi lui ferait-elle confiance, à lui, un étranger qu'elle avait rencontré à peine deux jours plus tôt, alors qu'elle connaissait son frère depuis toujours ?

— Je surveille toujours mes arrières, rétorqua-t-elle avec aigreur, avant de tourner prestement les talons pour se diriger vers la porte.

Parvenue sur le seuil, elle s'arrêta, son regard bleu fouillant la pénombre.

— Merci pour tout ce que vous avez fait pour Hugh, dit-elle d'une voix saccadée, dont le ton distant le blessa vivement. C'est la dernière fois que nous nous voyons, ajouta-t-elle, aussi… je vous dis adieu.

La silhouette ondoyante vêtue de soie disparut sur ces mots, happée par le vent.

Les bras croisés sur sa large poitrine, Giseux regardait

toujours vers le seuil, l'image de la jeune femme s'attardant un long moment dans son esprit après qu'elle eut disparu.

Non, milady, songea-t-il en se rappelant l'azur étincelant de ses yeux et le courage qui rayonnait de sa frêle personne. *Vous vous trompez. Ce ne sera pas la dernière fois.*

Chapitre 8

Parvenue sur la crête qui dominait la vallée, Brianna tira sur les rênes pour ralentir sa monture. Le dos courbaturé par la longue chevauchée, elle se renversa sur la selle et tendit le bras derrière elle pour fouiller son sac à la recherche d'une bouteille d'eau.

— Est-ce qu'on s'arrête pour la nuit, milady ? s'enquit l'un des deux soldats de son escorte.

L'homme, un nommé John, ralentit à son tour son cheval dont la queue s'ébouriffait, fouettée par le vent.

Clignant les paupières, Brianna considéra un instant le ciel gris et bas, qu'un léger éclat de soleil éclairait faiblement à l'horizon, du côté de l'ouest.

— Non, décida-t-elle. Nous chevaucherons jusqu'à la tombée de la nuit.

Elle détestait la présence de ces deux soldats, répugnant à leur donner des ordres et à décider pour eux aussi bien que pour elle. Mais le comte avait insisté pour lui fournir une escorte, fermement appuyé par Lady Mary. Quant à Hugh, il n'avait visiblement qu'une hâte — la voir partir. Son impatience de la savoir en route vers Matilda avait laissé à Brianna un goût amer dans la bouche.

Plus indulgente après coup, elle essuya les gouttes d'eau sur ses lèvres. Elle excusait Hugh. Son frère avait peur, voilà tout, il avait peur de ne pas survivre à sa maladie, peur que Matilda et son fils ne puissent pas le rejoindre à temps.

Et Giseux ?

Elle renfonça le bouchon de cuir dans la bouteille, rangea celle-ci dans le sac attaché à l'arrière du cheval, et d'un coup de talon remit sa monture au trot, faisant signe aux soldats de la suivre dans l'étroit sentier de moutons qui serpentait jusqu'au bas du versant.

Giseux ? Il avait quitté le château, juste après leur âpre conversation dans l'écurie. Brianna l'avait épié en cachette depuis la fenêtre de Hugh, tandis qu'il prenait congé de son père d'une étreinte virile et embrassait les joues mouillées de sa mère, avant de sauter en selle avec une grâce athlétique. Le corps de Brianna vibrait encore au souvenir de cet homme. Elle revoyait tout — son torse et ses jambes musclés, le regard sagace de ses prunelles grises, sa présence énergique forçant les défenses qu'elle avait si laborieusement érigées autour d'elle. Et elle ne le reverrait jamais. Ne serait plus embrassée par lui…

Rêveuse, elle se mordilla la lèvre supérieure, le buste cambré pour contrer la descente tandis que le palefroi dévalait la pente de la colline.

— Milady ?

La voix du soldat la tira brusquement de ses pensées. Elle s'obligea à se concentrer sur le présent.

— Nous pouvons prendre ce raccourci pour Thornslait, proposa l'un des gardes. Ce sera plus rapide.

Brianna tourna les yeux vers la direction qu'il lui montrait du bras. Ils avaient atteint le fond de la vallée. Un chemin bien tracé menait vers l'ouest, à travers un bois de feuillus. Dubitative, Brianna observa les silhouettes nues des arbres. Elle connaissait un peu cette route. Mais en fait leur destination se trouvait plus au nord.

— Vous êtes sûr ?

— Oh ! oui, milady. Je suis né à Thornslait, je connais le chemin, la rassura le jeune homme.

Le vent violent rabattait ses cheveux blonds sur son front protubérant.

Brianna hocha la tête.

— Vous feriez mieux de partir en tête en ce cas, pour nous montrer le chemin.

Elle repoussa le sentiment de malaise qui s'immisçait en elle. Qu'avait-elle à craindre ? Le comte payait ces hommes pour la protéger, non ? Il les avait choisis lui-même.

Malgré tout, elle porta la main à sa ceinture, tâtant le fourreau de sa dague pour s'assurer que la poignée se trouvait accessible en cas de besoin.

Ils s'engagèrent dans les bois sombres et silencieux. De la mousse recouvrait le sol humide et spongieux, formant des monticules d'un vert très vif entre les troncs gris-brun recouverts de lichen. Des touffes de fougère sèche gisaient çà et là, leurs crosses roussies par le froid attendant le printemps. Un chant d'oiseau troublait parfois le silence. Au crépuscule, la plupart devaient chercher un abri sûr pour la nuit.

Les deux soldats chevauchaient devant elle, les mailles de leur cotte luisant sous leur tunique, tandis que leurs destriers suivaient le sentier qui sinuait entre les arbres. Aucun d'eux ne portait de heaume ni de bouclier. Sans doute pensaient-ils ne guère courir de risques sur ce trajet.

Brianna sentit croître son malaise. Aussi réticente fût-elle à l'idée d'atteindre sa destination et d'affronter son ancien époux, elle se demanda si ces deux-là connaissaient vraiment leur route. Thornslait n'était que la première étape de leur long périple. Ensuite, il leur resterait encore une journée entière de voyage.

Le trio atteignit un endroit où la sombre canopée des branches nues s'ouvrait sur le ciel. Une sinistre lumière grise éclairait la surface d'une mare aux eaux stagnantes. Des touffes d'herbe molle s'inclinaient sur le bord, pareilles à une chevelure pâle.

— Arrêtons-nous ici, proposa soudain le plus âgé des soldats.

Il fit faire volte-face à son cheval et sauta à terre devant Brianna. Le palefroi de la jeune femme releva brusquement la tête, effrayé, s'arrêtant juste à temps pour ne pas heurter la monture du plus jeune soldat, qui mettait également pied à terre.

Brianna fronça les sourcils.

— Non, pas ici ! Nous nous arrêterons au village, comme nous l'avions décidé.

Le soldat plus âgé lui sourit, dévoilant une dentition incomplète.

— Nous préférons ici, milady, rétorqua-t-il d'une voix traînante, en s'avançant pour saisir la bride du palefroi.

Un chaume piquant lui ombrait le menton et sa lèvre supérieure.

— C'est beaucoup plus tranquille, susurra-t-il.

Le plus jeune ricana, incapable de dissimuler son exultation.

Brianna se sentit soudain en danger. Sa voix monta d'un ton.

— Lâchez la bride de mon cheval, voulez-vous ?

Elle tira sur la lanière pour la dégager, mais le soldat tint bon, son visage moqueur levé vers elle.

— Lâchez cela ! répéta-t-elle d'un ton plus ferme.

— Nous ne prenons nos ordres que de Lord Jocelin, argua l'homme avec insolence.

— Et Lord Jocelin n'est pas ici, compléta le plus jeune, qui se glissa de l'autre côté du palefroi.

Brianna se raidit. Prise au piège ! Oh ! Seigneur, c'était donc cela…

Respire. Respire à fond et concentre-toi. Ne cède pas à la panique, ne perds pas la tête.

La position des deux hommes, qui se tenaient en dessous d'elle, lui rendait difficile l'usage de sa dague. Lentement, très lentement, sous la protection de sa longue jupe qui dissimulait ses mouvements, elle retira ses pieds des étriers.

— Lord Jocelin sera mis au courant, fit-elle d'un ton cassant. Votre attitude est inacceptable.

— Mais nous n'avons encore rien fait, ma petite dame, ricana le plus âgé. Heureusement, nous avons toute la nuit devant nous !

Comme il se penchait vers elle, avec l'évidente intention de la tirer à bas de sa monture, Brianna leva promptement le pied et le frappa au menton de la pointe de sa chaussure. Avec un glapissement de douleur, l'homme trébucha en arrière et poussa un juron, relâchant du même coup son étreinte autour de la bride. Sans perdre un instant, Brianna lança un coup de talon à gauche en direction du jeune soldat, mais celui-ci fut trop prompt pour elle et lui saisit le pied avant qu'il n'ait atteint sa cible.

Elle tenta de dégager sa jambe, mais son agresseur ne lâchait pas prise, le visage fendu par un sourire malveillant.

— Inutile de gigoter, vous ne pouvez plus vous échapper, milady. On va vous guérir de vos manières hautaines, vous allez voir !

Brianna s'était toujours sentie trop au large dans ces bottines éculées. Le cuir lâche commençait à bâiller sur sa cheville. Cessant de donner des coups, elle aplatit ses orteils pour que la chaussure glisse aisément de son pied et elle connut un bref moment de plaisir quand le jeune homme tomba à la renverse dans un amas de ronces, le soulier vide entre les mains.

Aussitôt, elle reprit ses rênes et, frappant désespérément des talons les flancs de sa monture, contourna le plus vieux des soldats, qui se relevait péniblement du sol en malaxant son menton ensanglanté.

— Vous allez me payer ça ! cria-t-il, la bouche grimaçante.

Des poches pendaient sous ses yeux injectés de sang.

— Nous connaissons ces bois comme notre poche. N'espérez pas nous échapper !

La panique s'empara de Brianna. Le cœur cognant à se rompre, elle lança son cheval en avant, de plus en plus vite, plongeant entre les arbres. Le regard fixé droit devant elle, elle tâchait de distinguer les contours du sentier dans la lumière déclinante. Le chemin, étroit et à peine distinct, était enserré d'épaisses broussailles, et par endroits disparaissait presque sous les fougères et le lierre rampant.

Comment espérer échapper à ces fous ? La gorge serrée, Brianna laissa échapper un demi-sanglot. Déjà, elle entendait derrière elle le cliquetis d'une gourmette. Les deux hommes se remettaient en selle, ils allaient bientôt s'élancer à sa poursuite.

Le sentier obstrué par la végétation empêchait le palefroi d'avancer plus vite qu'au trot. Le cœur défaillant, Brianna comprit qu'elle allait devoir continuer à pied. À cheval, elle ne pourrait jamais distancer ses poursuivants. Sa seule chance de leur échapper, c'était de se cacher aussi profondément que possible dans les taillis impénétrables, dont les épines s'accrochaient à ses jupes et lui égratignaient les bras.

D'un mouvement preste, elle se laissa glisser de la docile jument, dont elle tapota la croupe pour l'inciter à continuer sans elle. Mais l'animal se contenta de lui jeter un regard étonné avant de se mettre à brouter l'herbe sur le bord du sentier.

Prenant ses jambes à son cou, Brianna se mit à courir, d'abord droit devant elle, en grimaçant de douleur quand un caillou s'enfonça dans son pied gauche, que ne protégeait plus qu'un mince bas de soie. Sa dague lui battait la cuisse au rythme de ses pas. Propulsée par la peur qui accélérait le battement de son sang, elle augmenta l'allure, emplissant ses poumons de longues goulées d'air.

Elle continua encore et encore, jusqu'au moment où elle entendit crier les soldats derrière elle. À en juger par leurs vociférations, ils avaient dû retrouver la jument. Brianna ralentit, fouillant les halliers à la recherche d'une brèche, un espace où elle pourrait se glisser en rampant, afin de s'éloigner du sentier principal. Accroupie, elle se faufila sous le fouillis hérissé d'épines, en prenant garde à ne pas piétiner la végétation sur son passage. Puis elle avança à quatre pattes, les doigts enfoncés dans le sol humide et spongieux qui dégageait une odeur âcre de feuilles pourrissantes.

Elle entendit les hommes fouetter les taillis avec leurs épées et s'obligea à continuer, plus vite, toujours plus vite, tandis qu'une petite voix lui chuchotait, étouffant la peur qui montait en elle : « Continue, ne panique pas… »

Giseux.

Le nom jaillit dans sa tête au moment où elle s'y attendait le moins, évoquant du même coup le pouvoir viril de cet homme, sa force quasi viscérale. La puissance de cette sensation la frappa de plein fouet. Elle désirait sa présence, ici, tout de suite, elle voulait sa formidable énergie, sa protection. Mais il était loin, et le cœur de Brianna se contracta devant le sentiment de sa propre impuissance, de son absolue solitude. Jadis, elle s'était glorifiée de pouvoir veiller sur elle-même sans l'aide de personne. À présent, elle détestait cette idée.

Débouchant en courant d'un épais fourré, elle se retrouva sur une étendue de terre recouverte par un fouillis de feuilles mortes et obscurcie par d'immenses hêtres. Il faisait presque nuit et le croissant argenté de la nouvelle lune se montrait à travers l'entrelacement des branches. Le terrain s'élevait pour former une petite éminence, barrée d'un côté par un arbre tombé, brisé en deux morceaux.

Haletante, Brianna gravit prudemment la pente avant de repérer, à l'endroit où l'arbre s'était fracassé, une sorte de cavité sombre obstruée par du lierre, dont les pousses s'agitaient au vent. Une cachette naturelle !

Avec un sanglot de soulagement, elle pénétra dans le creux en se tortillant, arrachant son voile et son diadème de sa tête, de crainte que leur brillance ne la trahisse. Il ne lui restait plus qu'à se dissimuler là, pour y rassembler ses idées en déroute et attendre que les soldats se lassent. Peu lui importait la longueur de l'attente. Elle était prête à patienter le temps qu'il fallait !

Elle dut somnoler un certain temps, la tête appuyée inconfortablement contre l'écorce grisâtre de la partie inférieure du tronc. Lorsqu'elle revint à elle, les paupières douloureuses et le cou courbaturé, il faisait tout à fait sombre alentour. La soif la tourmentait. Elle déglutit deux fois pour tenter de soulager la sécheresse de sa gorge. Les mains et le visage glacés, les membres raides et courbatus d'être restée si longtemps assise sans bouger, elle remonta ses genoux et noua ses bras autour d'eux, l'oreille aux aguets. Pouvait-elle sortir de sa cachette en toute sécurité ? Elle ne voyait pas grand-chose à travers l'épais rideau de lierre. Seul un rayon de lune éclairait vaguement la nuit.

La meilleure chose à faire, c'était de revenir sur ses pas pour retrouver le sentier, puis le remonter jusqu'au chemin principal, dont son escorte et elle avaient dévié un peu plus tôt. Ensuite, elle pourrait regagner Sefanoc, avant de reprendre la route pour aller chercher Matilda. Peut-être pourrait-elle demander à l'un des valets de ferme de l'accompagner ? Après ce qu'elle venait de vivre, elle ne se sentait plus vraiment le courage de voyager seule.

Avec précaution, pouce après pouce, elle s'extirpa en

rampant de sa cachette et se retrouva enfin à l'air libre, la tête dodelinant de fatigue. Elle se redressa, son pied déchaussé déjà mouillé par l'humidité du tapis de feuilles. Le silence régnait sur le tertre, troublé seulement par le son des branches qui chuchotaient dans la brise, les cris aigus et les bruissements des oiseaux et autres créatures de la nuit.

D'une démarche boitillante, Brianna s'avança en trébuchant, éclairée par la faible lueur de la lune ascendante. En scrutant la pénombre, elle découvrit un sentier qui conduisait vers les halliers où elle avait lutté pour se frayer un passage et son cœur battit d'allégresse.

Ses agresseurs étaient-ils partis en emmenant sa jument, où l'attendaient-ils encore, tapis dans l'ombre ?

Un chêne se dressa soudain devant elle. Brianna tressaillit à la vue du large tronc à l'écorce tourmentée, dont les circonvolutions lui évoquèrent aussitôt un visage ratatiné de vieille femme au faciès de sorcière. Dans son épuisement, elle crut même distinguer la bouche béante et les cavités des yeux.

S'obligeant à détourner le regard, elle drapa sa cape autour d'elle et continua résolument son chemin. La fatigue la rendait stupide, voilà tout. S'il y avait bien une chose qu'elle ne pouvait pas se permettre, c'était ce genre de faiblesse !

Lorsqu'elle atteignit enfin le sentier, celui-ci était désert, Dieu merci. Cachée derrière un tronc, Brianna promena un regard autour d'elle. La terre battue du chemin brillait dans le clair de lune. Rien ne bougeait alentour. Se retrouvant abandonnée, la jument était-elle retournée vers la clairière pour se désaltérer dans la mare ?

À pas silencieux, Brianna retourna prudemment vers le lieu de son agression, les yeux et les oreilles aux aguets au cas où elle verrait ou entendrait les deux soldats. À part la délicate broderie d'argent autour du décolleté de sa robe, qu'elle avait pris soin de recouvrir avec les plis de sa cape, elle savait que nul éclat d'or ou d'argent ne pouvait la trahir. Son voile et son diadème étaient restés cachés dans un creux, près du hêtre abattu.

Soudain, elle s'arrêta. Un soldat se tenait en faction près de la mare, debout à côté de sa monture. Tête nue, l'homme lui tournait le dos. Elle vit luire sa cotte de maille sous sa large cape. Les deux scélérats l'avaient bel et bien attendue !

Le souffle coupé, elle sentit ses jambes flageoler, sans force, tandis que des larmes brûlantes lui inondaient les yeux. Pauvre idiote ! Pourquoi ne s'était-elle pas dirigée vers l'autre extrémité de la forêt, quitte à se retrouver sur des terres inconnues ? Mais non, elle avait voulu retrouver sa jument, afin de regagner Sefanoc plus vite. Et à présent elle allait en payer le prix !

Tournant les talons, elle prit la fuite, aspirant de longues goulées d'air pour courir plus vite. L'homme l'avait-il aperçue ? Elle espérait, priait pour que ce soit le plus âgé des deux, car il ne semblait guère capable de soutenir longtemps ce rythme. Un pas pressé résonnait derrière elle, éveillant les échos de la forêt. Le cœur de Brianna se serra et elle faillit trébucher sous l'effet de la panique. Des pierres coupantes lui meurtrissaient le pied gauche, mais elle serra les dents sans ralentir.

Hélas, le martèlement des pas derrière elle se rapprochait. Son poursuivant se trouvait si près à présent qu'elle entendait sa respiration forte et régulière. Une vague de révolte déferla en elle, mêlée à l'effroi. C'était impossible, cela ne pouvait pas lui arriver !

Un bras se tendit soudain pour lui enserrer la taille et elle s'effondra sur la terre dure. La violence du choc, alliée au poids du corps qui s'était abattu sur son dos et l'écrasait, lui coupa littéralement la respiration. Elle resta là, les lèvres pressées contre le sol, avalant la poussière qui l'étouffait. Elle aurait voulu hurler, mais toute énergie semblait s'être retirée de son corps.

Débats-toi, voyons, lutte !

Mais elle eut beau s'admonester ainsi pour réveiller son courage, rien n'y fit. Elle n'avait plus la force, constata-t-elle avec désespoir.

— Vous êtes blessée ? chuchota une voix rauque et étrangement familière.

La pression sur elle s'allégea et elle sentit une main la retourner doucement sur le dos.

Les yeux obstinément clos, elle porta une main à son front, avec l'impression de rêver.

— Qu… Quoi ?

— Êtes-vous blessée ? Parlez-moi, bon sang !

Brianna rouvrit les paupières.

Non, elle ne rêvait pas. C'était bien Giseux qui se tenait penché sur elle, son visage anguleux altéré par l'inquiétude, sa chevelure claire retombant en désordre sur son front.

— C'est vraiment vous ? murmura-t-elle machinalement, le regard fixé sur la courbe sensuelle de sa bouche.

Les yeux gris argent la dévisageaient, impérieux, possessifs.

D'un geste hésitant, elle leva un bras pour effleurer le rude contour de sa joue et sentit le chaume de sa barbe lui râper la peau.

Il reprit brusquement sa respiration sous ce toucher aussi léger qu'une plume.

— Bien sûr que c'est moi ! Au nom du ciel, que vous est-il arrivé ?

La peau pâle et délicate de Brianna était striée de minces zébrures de sang et sa cape déchirée. Des mèches de cheveux cuivrées, dont la couleur semblait plus pâle à la lueur éthérée de la lune, flottaient autour de sa tête, répandues à même la terre craquelée.

— Je vous croyais parti. Je vous ai vu quitter Sambourne à cheval.

Giseux haussa les épaules.

— J'ai changé d'avis, voilà tout.

Après avoir échoué à la convaincre de rester sous la protection de ses parents à Sambourne, il s'était rendu tout droit au château de Robert de Lacey, un vieil ami qui avait accepté de se rendre en Germanie à sa place pour y défendre la cause du roi Richard. Le besoin de veiller sur cette fille s'était emparé de lui, inexplicable, déroutant, mais impérieux. Après ce que Hugh lui avait raconté, il ne pouvait pas laisser Brianna toute seule. Elle était si fragile, si vulnérable. C'était son devoir de chevalier de la protéger.

— Vous… Vous avez changé d'avis ? répéta-t-elle, incrédule.

Qu'était-il en train de lui dire ? Qu'il était revenu *pour elle* ?

Son esprit embrouillé n'arrivait pas à saisir pleinement le sens de ces paroles. Luttant contre le vertige, elle se redressa sur son séant et se pencha en avant, les paumes sur les genoux.

— Je vous ai pris pour l'un d'eux, bredouilla-t-elle.

Giseux aperçut des traces de larmes sur son visage.

— J'ai attendu longtemps… Je me suis cachée… Par là, balbutia-t-elle, en indiquant du bras une vague direction. À la fin, j'ai pensé qu'ils étaient sans doute partis et je me suis risquée…

Elle secoua la tête, son chignon ébouriffé menaçant de crouler dans sa nuque.

— Pourquoi ne m'avez-vous pas hélée au lieu de me poursuivre comme ça ? Je… J'ai cru que c'était fini pour moi, comprenez-vous ?

Un sanglot lui monta à la gorge, mais elle le refoula en serrant les bras sur sa poitrine.

Giseux se maudit pour sa propre inconséquence.

— Je suis désolé, je n'avais pas l'intention de vous effrayer. Mais se mouvoir en silence présentait des avantages. Vos agresseurs pouvaient encore se trouver dans les parages.

Brianna frissonna.

— J'ai retrouvé votre bottine, ajouta-t-il en lui tendant la chaussure.

Elle glissa ses orteils dans le cuir souple, ignorant la douleur quand la semelle comprima les coupures et les ampoules de son pied. Les yeux brillants de larmes, elle expliqua :

— Elle lui était restée entre les mains. Quand je lui ai donné un coup de pied, ajouta-t-elle, sa voix montant d'un ton à ce souvenir.

Giseux la dévisagea de son regard gris étincelant.

— Que s'est-il passé ?

— Ils s'en sont pris à moi. Ils étaient sur le point de… de…

Elle s'enfouit le visage dans les mains et sentit sourdre les larmes entre ses doigts.

Giseux lui enlaça les épaules et attira sa tête contre lui, le cœur battant d'émotion à la trouver soudain si alanguie, sans résistance. Une douce odeur de lavande montait de ses cheveux, lui titillant les narines. Elle avait traversé tant d'épreuves, songea-t-il. Il l'avait grondée parce qu'elle refusait toute forme d'aide et tenait à mener ses batailles toute seule, sans l'aide de personne. Et pour une fois qu'on la forçait à accepter une protection, voilà ce qui arrivait !

À qui pouvait-elle faire confiance à présent ?

La réponse fusa aussitôt dans les profondeurs de son âme. À lui ! Elle pouvait se fier à lui. Si seulement il arrivait à l'en persuader !

Brianna posa le front contre la laine fine du surcot de Giseux. Elle entendait résonner à son oreille le battement régulier et rassurant de son cœur. Sa tunique sentait le savon, une mixture à base d'eau de rose et de lessive, mêlée à l'odeur musquée de sa peau, une légère fragrance d'épices exotiques. Sa chaleur, son énergie la pénétraient peu à peu, malgré ses sens épuisés. Elle serra les dents, luttant contre la tentation de se blottir davantage contre lui. Elle aurait voulu rester là pour toujours.

— Brianna ?

La voix au timbre voilé résonna au-dessus d'elle.

— Il faut que nous bougions.

À contrecœur, elle releva la tête, les paupières meurtries et gonflées par la fatigue. Le visage de Giseux, avec sa mâchoire anguleuse et le chaume blond sur sa joue, lui parut soudain si près…

— Il va falloir que je continue vers le nord, je suppose, fit-elle d'une voix monocorde.

Les récents événements semblaient l'avoir vidée de toute énergie. D'un geste machinal, elle tritura un fil qui dépassait de sa ceinture.

— Votre père a choisi ces soldats pour me protéger. Et voyez ce qui est arrivé !

— Ces hommes seront retrouvés et châtiés pour ce qu'ils ont fait, affirma-t-il avec force.

Il la regarda, le cœur serré. Jamais il n'aurait dû la laisser seule ! Si belle, si fragile… Une proie idéale ! La lueur de la lune faisait luire sa peau couleur d'albâtre, tissant des reflets d'or dans sa luxuriante chevelure. La tombée de la nuit avait fait chuter la température et il crut la voir trembler sous sa cape.

— Il faut que nous trouvions un abri pour la nuit, déclara-t-il. Il fait trop froid pour dormir dehors.

Il lui toucha le bras, dans l'intention de l'aider à se

lever pour la ramener vers les chevaux, mais elle s'écarta, hésitante, et il laissa retomber sa main.

— Pourquoi êtes-vous venu ? interrogea-t-elle, les sourcils froncés. La dernière fois que je vous ai vu, vous partiez pour la Germanie.

C'était avant que je comprenne que… , songea Giseux à part lui.

Qu'il comprenne quoi ?

Il s'interrompit, le dernier mot en suspens à l'orée de sa conscience. Non, pas cela. Jamais. Était-il devenu complètement fou ?

Surpris par la vague d'émotion qui déferlait en lui, il se releva d'un bond et s'éloigna de la petite silhouette affaissée pour aller chercher les chevaux, qui broutaient patiemment l'herbe rase près de la mare.

Puis il revint vers Brianna, les deux brides dans une main.

— Il fallait bien que quelqu'un vous empêche de vous jeter tête la première dans le piège que votre frère vous a tendu, expliqua-t-il.

La jeune femme esquissa une moue.

— Pourquoi vous obstinez-vous à penser cela ? C'est faux, je vous l'ai déjà dit. Hugh ne me ferait jamais une chose pareille.

— Pas même pour l'amour de sa vie, la fille qu'il rêve de retrouver après ces trois longues années d'absence ?

— Non.

Elle secoua lentement la tête, essayant d'ignorer le doute qui commençait à s'insinuer en elle.

— Et ce n'est pas la peine que vous m'accompagniez, vous savez.

Sa protestation sonnait bien molle, même à ses propres oreilles.

— Je n'ai pas besoin de vous.

Giseux la rejoignit en trois enjambées. Il se pencha

vers elle pour la relever, la rivant à son flanc quand il la sentit vaciller.

— Vous vous trompez, Brianna, lui chuchota-t-il, son souffle tiède contre la joue de la jeune femme. Vous avez grand besoin de moi.

Elle vit son regard argenté luire au-dessus d'elle. Et comprit qu'il avait raison, c'était indéniable.

Chapitre 9

Une rangée de chaumières autour d'une petite place composait le village de Thornslait. Les maisonnettes toutes simples, de forme rectangulaire, étaient constituées d'un mélange de terre et de paille, plaquées sur une structure en bois. Sinuant dans la nuit en volutes noires, de la fumée s'échappait des trous ménagés dans les toits de chaume.

Les paupières papillotantes, Brianna regarda Giseux mettre pied à terre et lui tendre ses rênes, avant de se diriger vers la demeure la plus proche, où il frappa. Un vieillard lui ouvrit la porte, le visage plongé dans l'ombre de l'avant-toit qui protégeait les murs de la pluie et de la neige.

Les deux hommes eurent un bref échange, mais ils se trouvaient trop loin pour qu'elle puisse saisir leurs paroles. Un étrange détachement s'était emparé d'elle. Après s'être si longtemps prise en main toute seule, c'était déconcertant de voir une autre personne procéder à ces arrangements à sa place !

En temps normal, elle aurait insisté pour décider elle-même où elle voulait dormir. Elle n'arrivait pas à croire que cet homme, ce chevalier, puisse avoir changé ses plans à cause d'elle et soit parti à sa recherche. Elle avait envie de se pincer pour s'assurer qu'elle ne rêvait pas !

Giseux tendit à l'homme quelques pièces, dont l'argent étincela dans la pénombre. Puis le vieillard, s'enveloppant dans sa cape usée, saisit un long bâton de marche et se dirigea vers le centre du village.

Inquiète, Brianna le regarda s'éloigner d'une démarche claudicante.

— Giseux ! appela-t-elle dans un chuchotement. Qu'est-ce que vous faites ?

— Je nous assure un toit pour la nuit, expliqua-t-il en revenant vers elle.

Sans lui laisser le temps de discuter, il la saisit par la taille et la déposa à terre.

— Mais lui… Où va-t-il aller ?

Giseux attacha les deux chevaux à un piquet de bois près de la chaumière, débouclant les sangles pour retirer les lourds sacs de selle, qu'il jeta sur le sol à l'abri du toit. Puis il saisit les doigts de Brianna, tout raides de froid, et lui fit franchir la porte.

— Il va dormir sur une paillasse, dans le cottage de sa fille.

— Tout de même, le chasser de sa propre maison ! protesta-t-elle.

Elle jeta un regard d'envie aux flammes dansantes qui crépitaient dans un cercle de pierre dressé au milieu de la salle en terre battue. Un foyer rustique. De la fumée serpentait lentement vers le haut de la pièce, emplissant l'air d'une légère brume, avant de disparaître par le trou du toit.

Giseux se tourna vers elle, ses traits sculpturaux éclairés par la lueur orangée du feu.

— Il n'était que trop heureux de l'aubaine, Brianna. Sa famille et lui ne manqueront de rien pendant de nombreux mois.

Brianna tenta encore de protester.

— Mais…

Elle se tut, trop alanguie pour argumenter encore. La

chaleur du feu filtrait à travers l'étoffe de sa robe. Ses membres glacés commençaient à se réchauffer.

— Arrêtez de vous tracasser, interrompit-il d'un ton ferme. Vous avez besoin de dormir.

Elle promena un regard autour d'elle, à la recherche d'un lit quelconque ou d'une paillasse, mais ne vit rien de tel.

Giseux tendit le bras, les mailles de sa cotte luisant sur ses larges épaules.

— Par là !

Brianna regarda dans la direction indiquée. Une échelle de fortune, construite avec des morceaux de bois disparates, menait à une plate-forme de couchage ménagée sous les chevrons.

Le souvenir d'un certain baiser lui traversa un instant l'esprit.

— Et vous ? Où allez-vous dormir ? s'enquit-elle avec méfiance.

Il sourit.

— Ici, devant le feu.

Il arqua un sourcil, la mettant au défi de protester. Mais, à la grande surprise de Giseux, elle acquiesça d'un hochement de tête et gravit l'échelle avec une agilité non dénuée de grâce, offrant au regard de son compagnon une alléchante vision de mollets clairs moulés dans la soie au-dessus de courtes bottines. Parvenue en haut, elle se jeta sur la couche de paille qui allait lui servir de lit pour la nuit.

Après avoir ôté ses chaussures en grimaçant, elle s'enveloppa dans l'une des couvertures pliées avec soin qui jouxtaient la paillasse, puis pencha la tête par-dessus le bord de la plate-forme.

Giseux était toujours debout, occupé à contempler les flammes dansantes.

— Giseux ? appela-t-elle doucement.

Il leva vers elle un regard où palpitait une dangereuse lueur.

— Merci, murmura-t-elle.

D'abord, elle n'arriva pas à identifier nettement le son. Réticente à s'extirper du confortable et délicieux sommeil où elle avait sombré, la tête sitôt posée sur l'oreiller de paille, elle se retourna pour chasser le bruit, espérant qu'il s'évanouirait. Mais non, cela recommença. Un gémissement rauque, puis un cri. Elle ouvrit les yeux, le cœur battant à se rompre.

Giseux.

C'était Giseux qui criait ainsi.

Couchée sur le dos sur le moelleux amas de paille, elle scruta un instant les pignons au-dessus d'elle, ne sachant que faire. Devait-elle aller vers lui ?

Lentement, très lentement, elle rampa jusqu'au bord de la plate-forme, entraînant la couverture avec elle, et jeta un coup d'œil en bas.

Giseux était allongé sur le dos, tranquille à présent, ses longues jambes étendues vers les braises du feu. Une couverture était enroulée autour de sa poitrine et l'étoffe blanche de sa chemise ressortait sur la laine brune. Il avait gardé les braies qu'il portait sous son armure et ses pieds étaient nus.

Brianna sursauta lorsqu'il cria de nouveau, en agrippant sa cuisse droite à travers la couverture. Ce mouvement décida Brianna, qui sentit s'envoler tous ses doutes. Giseux souffrait, elle devait l'aider !

Elle descendit l'échelle en grimaçant, les pieds meurtris par les barreaux qui pressaient sur ses coupures. Elle avait été si épuisée en se couchant qu'elle avait oublié d'examiner ses blessures.

S'agenouillant près de Giseux, elle s'assit sur les talons, ne sachant que faire, dans l'espoir qu'il se réveillerait tout seul pour s'extirper du cauchemar.

Mais non, il continuait de s'agiter, les paupières serrées, plongé dans un monde invisible et terrifiant. Des traînées de sueur assombrissaient sa chevelure et une incompréhensible souffrance tendait les traits de son visage, auquel les pommettes hautes et tannées par le soleil conféraient une expression farouche, un air de prédateur.

— Giseux ! Réveillez-vous !

Pour toute réponse, il crispa les doigts sur le haut de sa cuisse, les tendons de sa main saillant sous l'effort.

Brianna l'empoigna par les épaules et tenta de le secouer, puis de soulever son torse musculeux, mais en vain. Il était trop lourd.

Désespérée, elle fouillait du regard l'intérieur du cottage, cherchant ce qui pourrait l'aider, quand une étrange idée jaillit soudain dans son esprit.

Le cœur battant à se rompre et le visage empourpré, elle pencha la tête vers lui… et l'embrassa, pressant les lèvres sur cette bouche ferme pour chasser les démons de la nuit qui l'assaillaient.

Aussitôt, une langueur dangereuse s'immisça en elle, lui amollissant tous les membres. Frissonnante, elle tâcha de maintenir son corps à distance du dormeur. Ce n'était qu'un baiser, au nom du ciel, un simple moyen d'alléger la détresse du rêveur. Et un moyen efficace, apparemment. Elle sentait le corps raide et tendu s'immobiliser sous elle, s'apaisant peu à peu.

Les lèvres de Giseux bougèrent sous les siennes, répondant à son baiser. Elle aurait dû s'écarter, songea-t-elle, se laisser retomber sur les talons. Mais son cœur lui tenait un autre langage. Le contact de cette bouche titillait chaque nerf de son corps, éveillant en elle une tentation éperdue, un besoin d'autre chose encore, dont elle ignorait jusqu'au nom. Son pouls battait de plus en plus vite, chassant en elle toute raison. Plus de pensées, juste des sensations… Alors la bouche de Giseux se fit plus exigeante, plus insistante. Il épousa de ses mains la courbe des reins de Brianna pour l'attirer sur sa large poitrine et elle sentit battre son cœur contre le sien.

Il gémit de nouveau, mais de désir cette fois, tandis que sa grande main frôlait la courbe d'une hanche, le haut d'une cuisse, retroussant l'étoffe de la robe de ses doigts aventureux. L'intimité de ce geste tira soudain Brianna de sa torpeur.

Elle s'écarta, le cœur cognant contre ses côtes, et s'agenouilla de nouveau sur la paille, les joues en feu.

— Vous rêviez, expliqua-t-elle sèchement, sur la défensive.

D'une main tremblante, elle repoussa une mèche de ses cheveux derrière son oreille et se frotta les doigts sur sa jupe. Avait-elle perdu l'esprit, bonté divine ? L'embrasser, vraiment ! Il aurait été bien moins dangereux de lui jeter le contenu de sa bouteille d'eau sur la tête ! Comment se tirer de cette situation à présent ?

D'un regard brillant, Giseux enveloppa la mince silhouette agenouillée devant lui, aux formes tentatrices moulées dans la soie lilas.

— Vous… Vous m'embrassiez, murmura-t-il, encore incrédule.

Il s'assit, laissant tomber la couverture dans son giron. L'étoffe mince de sa chemise lui collait au torse, l'encolure en V révélant sa gorge musculeuse et puissante.

— Vous faisiez un cauchemar, expliqua-t-elle en tâchant de contrôler sa respiration. Je… Je n'arrivais pas à vous réveiller. Je suis désolée, c'est… Euh… C'est la seule chose qui me soit venue à l'esprit.

Son visage vira à l'écarlate tandis qu'elle poursuivait, les yeux fixés sur ses mains :

— Bien sûr, j'aurais pu vous jeter de l'eau à la figure.

Un demi-sourire aux lèvres, il tendit la main vers elle pour lui relever le menton et plongea un regard brûlant dans le sien.

— Je me réjouis que vous ne l'ayez pas fait, chuchota-t-il d'une voix rauque.

Brianna plissa le front, ignorant délibérément l'allusion sensuelle contenue dans la remarque.

— Vous poussiez des cris affreux. Ce devait être un cauchemar vraiment horrible.

— En effet, dit-il.

Néanmoins, pour quelque inexplicable raison, les détails du rêve lui semblaient à présent brumeux, atténués par la douce saveur des lèvres de Brianna, le toucher léger des mains de la jeune femme sur ses épaules.

D'un geste machinal, il se frotta la cuisse, pétrissant la chair pour calmer la douleur lancinante qui lui tiraillait les muscles.

— Je suis désolé de vous avoir réveillée, s'excusa-t-il.

— Qu'est-il arrivé à votre jambe ?

Giseux saisit deux branches sur la pile de bois entassée contre le mur et les jeta sur les braises, projetant vers le haut du foyer une gerbe d'étincelles. L'odeur suave du bois de pommier enflammé emplit la chaumière.

— C'est arrivé le jour dont je vous ai déjà parlé… Vous savez, avec Nadia.

Brianna vit son regard s'assombrir. Elle croisa les mains dans son giron, tâchant d'ignorer le petit mouvement de regret qui lui pinça le cœur en l'entendant évoquer le nom de son amante.

— Une flèche m'a transpercé la cuisse. Cela aurait pu être pire.

— Cela vous fait souffrir, de toute évidence, observa-t-elle avec douceur.

Il la regarda, surpris par la tendre sollicitude qui résonnait dans sa voix. Dans la lueur rougeoyante du feu, elle ressemblait à un ange, sa magnifique chevelure sans voile pareille à un halo de flammes autour de sa tête.

Plus jamais, songea-t-il. *Pas avec vous.*

Ce qui s'était passé là-bas, dans la chaleur et la poussière du désert, semblait reculer en sa présence, atténué par son enjouement, sa compassion. À moins que ce ne soit de l'empathie ? Elle semblait avoir beaucoup souffert, elle aussi…

— Presque tous mes hommes ont été tués dans la bataille, Brianna.

Elle secoua la tête.

— Je suis désolée.

Sa robe en soie chatoyait, parcourue de reflets prune à la lumière dansante des flammes. Elle lui pressa les doigts en un geste spontané de réconfort. La grande main musculeuse de Giseux se referma sur la sienne.

— C'était il y a longtemps, murmura-t-il.

Soudain, elle pencha le buste en avant et l'enlaça de ses bras minces pour l'attirer contre elle. Il la sentit s'abandonner contre lui, les seins pressés contre la mince étoffe de sa chemise, et il eut l'impression que son propre corps se liquéfiait à ce contact. L'étincelle de désir qui l'habitait déjà se mua soudain en une fringale incontrôlable.

Il leva les bras pour lui encercler les épaules, la serrant éperdument contre lui. Le parfum de sa chevelure, dont les boucles soyeuses flottaient autour d'elle, illuminées par le feu qui transformait chaque cheveu en un superbe filament d'or, flotta jusqu'à ses narines. Les grands yeux en amande, d'un bleu intense, exprimaient la compassion et non la pitié. Douce, tendre Brianna…

Mais même en cet instant, dans le cercle magique de ses bras, il entendait une petite voix le houspiller.

Tu te sers d'elle, tu profites de sa nature compatissante pour chasser tes démons.

Il ne méritait pas la sympathie de cette délicieuse jeune femme, ni le réconfort qu'elle lui offrait. Et elle, elle ne méritait pas d'être entraînée ainsi dans les sombres abysses de son âme.

Une chaleur ardente s'emparait peu à peu de son corps. Sa respiration s'accélérait.

Soudain, il la repoussa, d'un geste si brusque et si inattendu qu'elle battit des paupières, surprise.

— Allez-vous-en ! ordonna-t-il, le regard brûlant de désir.

Et comme elle le dévisageait, stupéfaite :

— Retournez vous coucher tout de suite, avant que je ne fasse quelque chose que nous regretterions tous les deux !

En sécurité sur sa couche de paille, Brianna s'enroula de nouveau dans la couverture de laine, dont le tissage grossier lui grattait la joue.

Elle aurait dû se sentir reconnaissante envers Giseux. Pour l'avoir arrêtée, rejetée. Elle avait commis une erreur, car même ce qu'elle avait pris pour un acte de réconfort tout simple avait refait jaillir en elle ces étranges flammes d'excitation, réveillé cet émoi dans son ventre. Tout son corps se rebellait, frustré par la rebuffade, le rejet abrupt qu'on lui avait infligé, les nerfs encore frémissants d'anticipation à la perspective de ce qui aurait pu être, puis se contractant devant la froide réalité de la désertion.

Irritée, elle se laissa rouler sur le côté, en bordant étroitement sa cape autour d'elle.

Comment pouvait-elle encore désirer quoi que ce soit d'un homme après ce qu'elle avait vécu avec Walter ?

Cette expérience aurait dû lui apprendre tout ce qu'elle avait besoin de savoir sur la gent masculine, non ? Assez en tout cas pour comprendre qu'elle devait se réjouir de vivre seule, sans personne. En transgressant ainsi ses propres règles de conduite, elle s'avançait sur un terrain instable et dangereux. Elle devait absolument garder ses distances avec Giseux, c'était impératif. Sa vie, sa santé mentale en dépendaient.

Quant à savoir si son cœur était d'accord ou pas, c'était une tout autre question…

Les bras levés au-dessus de la tête, Giseux enfila son haubert, dont les mailles luisantes glissèrent le long de son visage avant de retrouver leur position familière sur ses épaules, son torse et ses cuisses. Puis il héla Brianna d'une voix forte.

Il s'était réveillé tôt, prêtant l'oreille au souffle régulier de la jeune femme au-dessus de lui, avec la sensation d'un étrange vide dans sa tête et dans son cœur.

— Brianna ! cria-t-il de nouveau.

Quelques instants plus tôt, il était sorti en manches de chemise pour seller les chevaux, son souffle exhalant de la buée dans l'air froid du matin.

— Je viens, répondit d'en haut la voix étouffée de la jeune femme.

Il attendit avec impatience, la tête levée, s'attendant à la voir apparaître au sommet de l'échelle. Mais rien ne vint.

— Brianna, qu'est-ce que vous fabriquez, bonté divine ?

Posant un pied sur le premier barreau, il escalada promptement l'échelle et, s'appuyant de la poitrine au rebord en bois, jeta un coup d'œil vers la plate-forme.

Brianna était assise sur le tas de paille, des brins d'herbe sèche accrochés à sa jupe. Les genoux repliés, elle examinait ses pieds nus, dont les orteils roses ressortaient sur le jaune terne de la paillasse. Ses bas froissés gisaient en tas à côté d'elle.

Giseux fronça les sourcils.

— Bon, vous êtes prête. Enfilez vos bottines, vite.

Elle fixa sur lui son regard de saphir, qui luisait dans son petit visage pâle aux pommettes hautes, délicatement ciselées.

— Je ne peux pas.

— Pourquoi donc ?

— Parce que j'ai… J'ai couru pieds nus dans la forêt après avoir perdu ma chaussure. Et à présent, c'est tout enflé, voyez.

Elle tendit son pied pour le lui montrer. La peau délicate de la plante portait des coupures écarlates et de profondes écorchures. Des ecchymoses bleues et pourpres marquaient la chair gonflée, incrustée de poussière noire et de gravillons.

Il la foudroya du regard.

— Petite sotte ! Pourquoi ne m'avez-vous rien dit cette nuit ?

Parce que vous m'embrassiez, songea-t-elle soudain. *Ou plutôt,* je *vous embrassais.*

Ses épaules s'affaissèrent.

— Hier soir, cela ne me faisait pas mal.

— Il faut nettoyer cela ! s'exclama-t-il en se penchant vers elle. Venez, laissez-moi vous aider.

Brianna regarda la main tendue, le cœur traîtreusement en émoi au souvenir de cette même main lui agrippant la hanche, du souffle chaud de Giseux sur sa gorge…

Elle se mordilla la lèvre.

— Je pense que je peux y arriver… toute seule.

— Vous êtes sûre ?

Elle hocha vigoureusement la tête, la bouche pincée

sous son regard inquisiteur. Dieu merci, il redescendit enfin l'échelle, disparaissant à sa vue.

Les yeux levés, Giseux vit une bottine, puis une autre, voltiger du haut de la plate-forme avant d'atterrir au rez-de-chaussée, une seconde après avoir manqué de peu sa tête. Quant à la première, elle se planta dans le foyer éteint, soulevant un nuage de cendre grise.

Brianna se retourna avant de placer son pied valide aussi bas que possible sur l'échelle. Puis, serrant les dents contre la douleur, elle s'obligea à poser l'autre sur le barreau suivant, en agrippant les montants de ses mains moites de sueur. Accrochée par le bois grossier des barreaux, sa robe se retroussa, dévoilant ses jambes.

La jeune femme s'empourpra.

— Arrêtez de me regarder, voulez-vous ? Allez attendre dehors ou faites quelque chose, pour l'amour du ciel !

Giseux croisa les bras sur sa robuste poitrine, plissant dans ce geste la laine noire de son surcot.

— Non, je reste, rétorqua-t-il avec un calme exaspérant.

Une vision rapide de genoux finement ciselés et de cuisses satinées brilla un instant devant ses pupilles, avant de disparaître de nouveau sous un amoncellement de jupes.

Surprenant la lueur d'intérêt dans ses yeux, Brianna sauta sans réfléchir, atterrissant des deux pieds sur le sol. Une douleur fulgurante cisailla son talon endommagé, lui arrachant un petit cri de souffrance. Déséquilibrée, elle vacilla en arrière et atterrit sur le sol, ses jupes bouffant autour d'elle.

— Bon sang ! cria-t-elle en martelant la terre battue de ses paumes. C'est votre faute ! C'est vous qui m'avez énervée. Je pouvais très bien y arriver !

Ignorant ses imprécations, il s'agenouilla pour lui examiner le pied.

— Restez ici pendant que je vais chercher de l'eau, lui intima-t-il.

Il revint quelques instants plus tard avec un bol de terre cuite rempli de liquide froid, laissant la porte entrouverte derrière lui. Un courant d'air frais vint ranimer les cendres dans le foyer encerclé de pierres. Giseux releva promptement la traîne de Brianna afin que l'étoffe ne s'enflamme pas. La soie lilas glissa sur les mollets clairs de la jeune femme, tandis qu'il examinait son pied blessé.

Brianna tenta d'alléger la tension qui s'installait entre eux.

— En général, je préfère me débrouiller seule, expliqua-t-elle d'un ton d'excuse.

Maintenant son talon d'une main ferme, Giseux commença à nettoyer ses plaies avec un linge mouillé qui s'égouttait sur le sol, formant des taches sombres sur la terre battue.

— Vous n'avez pas besoin de me le rappeler, rétorqua-t-il sèchement.

Enserré dans ses grandes mains, le pied meurtri semblait si petit, avec son ossature délicate, sa peau d'un rose pâle contrastant avec ses propres doigts tannés par le soleil ! Les ongles translucides lui rappelaient l'intérieur nacré d'un coquillage.

Brianna toussota.

— Ces dernières années, pendant que mon frère était au loin…

Elle s'interrompit, cherchant les mots justes.

— … Je me suis sentie libre.

Il éclata de rire.

— Libre ? Avec les hommes du comte Jean constamment sur votre dos ?

Elle se renfrogna.

— Non, vous ne comprenez pas. Il n'y avait personne pour me dicter ce que je devais faire. Je pouvais diriger le manoir et la ferme exactement comme je l'entendais.

J'adorais cela, prendre mes propres décisions, jour après jour. Surtout après…

Sa voix mourut soudain.

— Après ? la pressa-t-il.

Il sentit le pied de la jeune femme se raidir dans sa main.

— Après mon mariage, chuchota-t-elle. Walter, mon… mon mari, décidait de tout à ma place, des vêtements que je devais porter, de ce que je mangeais ou faisais. Et si je n'obéissais pas à ses ordres…

Les mains de Giseux s'immobilisèrent, tandis qu'il attendait la suite.

— … Alors il me frappait.

Giseux émit un grognement. Saisi d'un accès de colère, il tordit furieusement le linge mouillé au-dessus de la cuvette. Il n'était pas rare qu'un époux maltraite sa femme de cette façon, mais que cela lui soit arrivé à elle, cette belle et délicate jeune femme au caractère indomptable et aux manières fougueuses, le rendait fou de rage et de dégoût.

— Aucun homme ne devrait traiter ainsi une femme.

Il caressa sa joue satinée du bout du pouce, comme pour effacer sa souffrance.

Brianna haussa les épaules, résistant à la tentation de tourner vers lui son visage, enserré dans la coupe tiède de sa paume.

— Oh ! cela n'a duré que six mois… Il y a des femmes qui endurent de tels mariages durant toute leur vie. J'ai eu de la chance.

Giseux émit un rire sarcastique.

— De la chance ? Il n'y a que vous, Brianna, pour employer un mot pareil !

— Il faut bien que je voie les choses ainsi. Sinon…

Sinon, les souvenirs revenaient en force, tel un noir tourbillon menaçant de l'engloutir.

Il fixa sur elle un regard couleur d'orage, sentant bien qu'elle hésitait à lui livrer toute la vérité sur son mariage.

— Pourquoi l'avez-vous épousé ?

— Je crois que mes parents avaient abandonné tout espoir de me voir trouver un mari, soupira-t-elle. Walter représentait leur dernière chance de me voir établie et heureuse.

Et d'ajouter d'une voix tremblante :

— Ensuite ils sont morts tous les deux, à quelques semaines d'intervalle, si bien que je n'ai jamais pu leur dire ce que…

Elle écarquilla ses yeux d'un bleu céleste, dont la prunelle brillait dans la pénombre du cottage.

— Ils pensaient qu'il se montrerait bon et compréhensif envers moi.

Le regard de Giseux s'assombrit. C'était donc cela. Ses parents avaient arrangé le mariage de Brianna avec Walter pour dompter leur fille, la faire rentrer dans le rang — se conformer aux usages habituels de la société. Dieu merci, ils n'y étaient pas parvenus !

— Je m'étonne que vous ayez accepté cette union, marmonna-t-il, tout en lui frottant la peau d'une épaisse couche de baume astringent.

Cette opération achevée, il enveloppa tout le pied dans un bandage de coton, dont il noua les bouts bien serrés sur le dessus, avec l'efficacité d'une longue pratique.

Brianna prit une profonde inspiration.

— Les filles de la noblesse n'ont guère le choix en ce domaine. Vous devez bien le savoir, non ? Nous faisons ce que nos parents nous ordonnent. J'avais si longtemps refusé le mariage qu'ils commençaient à désespérer de moi, je pense. Il fallait que je me marie… pour eux, pour les rassurer.

Giseux se releva, serrant les poings contre ses flancs.

Pourquoi n'avait-elle pas tenu bon, résisté plus longtemps ? Au moins cette terrible expérience lui aurait-elle été épargnée…

Soudain, il se surprit à regretter de ne pas avoir été là à l'époque. Il aurait pu faire quelque chose pour empêcher ce mariage. Mais comment ?

Depuis l'âge de douze ans, il était un chevalier engagé au service de son pays, bataille après bataille, en des lieux où les femmes ne signifiaient pas grand-chose en dehors de la satisfaction de la chair. Il aurait assisté à l'événement sans pouvoir rien faire. Qu'est-ce que cela aurait changé ?

— Vous ne pouvez pas retourner là-bas, Brianna. Vous ne pouvez pas retourner chez Walter.

Elle leva les yeux, surprise, basculant sur les genoux pour pouvoir se lever plus aisément. Le bandage volumineux lui chauffait le pied.

— Mais je dois y aller ! J'ai promis à Hugh.

— Eh bien, rompez cette promesse.

Il lui saisit le coude pour l'aider à se remettre sur ses pieds, tandis qu'elle vacillait légèrement.

— Je peux aller chercher moi-même Matilda et le petit garçon, ajouta-t-il en fixant sur elle son regard gris aux prunelles étincelantes.

Brianna sentit son cœur fondre devant cette gentillesse inattendue.

— Vous feriez cela ?

— Je vous l'ai dit, Walter veut vous reprendre. Vous êtes l'objet d'un marchandage.

— Non, ne recommencez pas ! s'insurgea-t-elle.

Elle s'écarta, vacillant sur son pied blessé.

— Pourquoi ne voulez-vous pas croire que Hugh prend mes intérêts à cœur ?

— Parce qu'il me l'a *dit*, Brianna ! Il m'a confié son plan. Vous courez droit dans un piège.

Les bras croisés sur sa poitrine, elle se dirigea lentement vers la porte, d'une démarche légèrement claudicante.

— Cela n'a aucun sens, Giseux. Vous proférez des absurdités.

— Et vous, vous êtes stupide de vous obstiner ainsi. Pourquoi inventerais-je cela, voyons ?

— Je vais y aller, Giseux, que cela vous plaise ou non. Je suis parfaitement capable d'affronter Walter, vous savez !

Les oreilles bourdonnantes, elle poussa la porte, qu'elle ouvrit à la volée. L'air froid cingla son visage cramoisi. Elle hésita, dégrisée.

« Tu te comportes de façon stupide, tellement stupide ! » chuchotait en elle une petite voix. Et c'était vrai, Dieu savait ! Elle n'arrêtait pas de repousser Giseux par chacun de ses mots, et pourtant, jusque dans les moindres fibres de son être, elle voulait qu'il reste avec elle, qu'il l'accompagne.

— Vous venez ? fit-elle d'une petite voix, en triturant une écharde sur le panneau de bois.

Un petit nœud de regret lui serrait la poitrine. Aussi, pourquoi fallait-il toujours qu'elle parle sans réfléchir ?

— Après ce que vous venez de me dire ?

Le cœur de la jeune femme se serra un peu plus.

— Je suis désolée, chuchota-t-elle. C'est seulement que je…

Il balaya l'excuse d'un geste, rangeant les bandages qui restaient dans l'un des sacs de selle en cuir et rebouchant le pot d'onguent.

— Oublions cela. Je vous l'ai dit, je viens avec vous de toute façon.

Elle hocha la tête, et l'espace d'un instant il s'imprégna de la beauté céleste de ses yeux, de ses boucles d'ambre et des courbes séduisantes de son corps dans la robe de soie qui moulait ses formes.

S'il avait eu la moindre sagesse, il aurait pris congé

d'elle maintenant, songea-t-il. Avant de se retrouver trop impliqué dans la tragédie familiale de Brianna... Mais il y avait chez cette jeune femme quelque chose qui l'attirait, le fascinait. Quelque chose qui faisait chanter son cœur lorsqu'il se trouvait près d'elle.

Il ne pouvait pas la quitter maintenant, c'était impossible, surtout quand les paroles traîtresses de Hugh résonnaient sans cesse à son oreille.

D'abord, il la conduirait en lieu sûr, saine et sauve. Puis il s'en irait, il reprendrait sa propre vie, quel que soit l'avenir qui l'attendait.

Chapitre 10

Au nord de Thornslait, la campagne s'ouvrait sur une série de hauts plateaux de calcaire aux formes arrondies. En bas, dans les vallées, poussaient des bosquets d'arbres aux feuilles caduques, dont les branches nues, peuplées de nids de corbeaux, se détachaient sur le bleu transparent du ciel. De temps à autre, des freux s'élevaient dans l'air en traçant des cercles, leurs ailes noires accrochant la faible lumière du soleil. Plus haut, sur les rudes étendues de lande continuellement battues par le vent vif et pénétrant, les arbres se raréfiaient — petits chênes sessiles et aubépines rabougries accrochés au sol couvert de touffes avec leurs racines saillantes.

Les pans de sa cape flottant au vent, Giseux galopait en tête sur son destrier à la croupe luisante de sueur, dont les sabots faisaient voler des mottes de terre.

Il éperonna l'animal, l'incitant à accélérer l'allure, plus vite, encore plus vite, sur ce terrain sans aspérités. Brianna avait du mal à suivre son rythme effréné. En dépit de ses efforts, elle perdait du terrain, et la distance entre eux ne cessait de se creuser. La faim lui tenaillait l'estomac. Thornslait s'éveillait à peine lorsqu'ils avaient quitté le village aux premières lueurs de l'aube — pas de feux allumés, aucune perspective de repas.

Elle relâcha ses rênes, ralentissant sa monture pour la

mettre au pas. Une bise aigre lui fouettait la nuque et elle releva le grand capuchon de sa cape pour se couvrir la tête.

Au bout d'un moment, Giseux tourna la tête, tira brutalement sur ses rênes et fit tourner bride à son cheval afin de revenir vers elle à vive allure.

Il la scruta d'un regard interrogateur, ses épaules massives se découpant sur le bleu pâle du ciel.

— Pourquoi avez-vous ralenti ? cria-t-il pour se faire entendre par-dessus le sifflement du vent. Nous devons poursuivre notre route !

Les joues rougies par les rafales, Brianna s'exhorta à la patience.

— Giseux, j'ai faim et soif. Nous chevauchons depuis des heures !

Il hésita, fixant des yeux la cape de Brianna, dont la traîne flottait sur le dos du palefroi.

— Auriez-vous changé d'avis ? s'enquit-il, en priant pour qu'il en soit ainsi.

Si seulement cette petite mule pouvait faire demi-tour tout de suite, évitant ainsi de se mettre en danger ! Mais la raison lui chuchota qu'elle ne lui ferait jamais confiance avant d'avoir elle-même sous les yeux la preuve de la trahison de son frère. Tout ce qu'il pouvait faire, c'était rester à ses côtés et la protéger.

Brianna se pencha en avant pour tapoter le cou de sa monture. La robe grise de l'animal luisait, tout humide de sueur.

— Non, répondit-elle. Bien sûr que non !

Sa voix était montée d'un ton sur les derniers mots, presque suraiguë. Plus ils approchaient de la demeure de Matilda — la demeure de Walter ! —, plus l'angoisse grandissait en elle.

— Je suis vraiment affamée, vous savez. Je ne suis pas

l'un de vos soldats pour voyager ainsi pendant des heures avec l'estomac vide !

Un demi-sourire retroussa les lèvres de Giseux, dont le regard épousa la mince silhouette aux courbes éminemment féminines.

— Non, certes. Nous pouvons nous arrêter à Whitton, c'est un peu plus loin, à l'extrémité de cette crête.

Ils avaient de la chance. C'était le jour du marché dans la petite bourgade. Une foule de gens s'agitaient sur la place, se poussant et se bousculant les uns les autres, avides de vendre, d'acheter, d'échanger des denrées. On entendait résonner les appels des vendeurs, mêlés aux cris et aux rires qui s'élevaient des tavernes bordant la place.

Chaque marchand essayait de surpasser son voisin dans ses efforts pour attirer les chalands. Les soies chatoyantes et ondoyantes côtoyaient les miches de pain saupoudrées de farine entassées en hautes piles vacillantes. Des roues de fromage empilées les unes sur les autres jouxtaient un tas de chandelles et un bac de jambon salé. Des fumets de viande rôtie emplissaient l'air, mêlés au parfum miellé de l'hydromel et à l'odeur âcre du fumier.

Les gens s'écartaient à la vue de Giseux, coulant un regard craintif et respectueux sur son impressionnante silhouette recouverte d'une armure rutilante, tandis qu'il avançait au pas sur son destrier, en direction d'une barre en bois où il pourrait attacher les brides.

Cette tâche accomplie, il coula un regard vers le bandage blanc qui entourait le pied de sa compagne.

— Vous préférez attendre ici ?

Brianna promena un regard curieux sur les étals éclatants de vie et de couleurs, charmée par les odeurs et les bruits qui régnaient alentour. Il y avait si longtemps qu'elle n'avait eu le plaisir de musarder dans la rue un jour de marché ! D'habitude, elle s'y rendait pour vendre ses marchandises.

— Puis-je venir avec vous ?

— Cela ne vous ressemble pas de demander la permission, observa Giseux d'un ton sec.

Fouillant dans le sac de selle du palefroi, il en sortit la bottine éraflée de la jeune femme. Brianna sentit une onde de plaisir remonter vers son mollet lorsqu'il lui saisit le talon pour glisser avec précaution son pied dans la chaussure de cuir lâche.

— Comment va-t-il ?

— Beaucoup mieux !

Elle levait déjà la jambe par-dessus la croupe du cheval pour mettre pied à terre, mais Giseux la saisit par la taille et la déposa délicatement sur le sol.

— Allez-y doucement, lui intima-t-il. Certaines de ces coupures sont profondes et il leur faudra du temps pour cicatriser.

Brianna s'esclaffa, tout en fouillant dans son aumônière, où elle trouva quelques pennies, assez pour s'acheter un petit pain qui lui remplirait l'estomac.

— Ne craignez rien, Giseux. Je ne vais pas me remettre à courir tout de suite !

Il se sentit transporté par la beauté de son rire, une vraie musique. Si cristallin, si magique… Souriante, elle leva vers lui l'ovale délicieux de son visage et il songea qu'il n'avait jamais rien vu d'aussi merveilleux.

— C'est la première fois que je vous vois rire, observa-t-il en lui tendant le bras.

Le cœur joyeux, elle posa une main dans le creux de son coude.

— C'est parce que je me sens tellement…

Heureuse, faillit-elle dire. Heureuse qu'il soit là, avec

elle, heureuse qu'il soit resté, même s'il ne la croyait pas au sujet de Hugh.

— Tellement quoi ? la pressa-t-il, impatient d'entendre la réponse.

— Tellement mieux. Je veux parler de mon pied, acheva-t-elle maladroitement.

Son cœur dansait d'allégresse tandis qu'ils parcouraient le marché ensemble par cette froide et cristalline journée d'hiver. Oh ! elle savait qu'il ne la tenait solidement que pour l'empêcher de tomber, mais même ainsi elle savourait la sensation de ce bras musclé pressé contre son épaule pour la soutenir.

Ils traversèrent la place boueuse et creusée d'ornières, contournant les rigoles fétides et les tonneaux vides devant l'auberge, pour se diriger vers une rangée d'étals, dont certains n'étaient que de simples tables montées sur tréteaux et décorées de drapeaux colorés, ou des éventaires à auvent dont la toile claquait au vent.

Giseux regarda Brianna tendre quelques pennies pour l'achat de deux petits pains.

— Est-ce tout ce que vous désirez ? Je croyais que vous aviez l'estomac dans les talons.

— Oh ! cela me suffira, répondit-elle fermement.

C'était déjà bien assez qu'il l'accompagne, elle n'allait pas en plus commencer à lui emprunter de l'argent ! Pressée par son frère, elle n'avait même pas songé à demander quelques piécettes à Hugh avant de se mettre en route.

La vieille femme ridée qui se tenait derrière l'étal enveloppa le pain chaud dans un sac d'étoffe.

— Vous devez être contente que votre mari soit de retour à la maison, observa-t-elle d'un air entendu.

Et désignant du menton Giseux, dont l'attention était absorbée par une querelle qui venait d'éclater à sa gauche entre deux marchands :

— Sain et sauf, qui plus est ! Tant d'autres sont revenus éclopés…

Le regard larmoyant de la vieille s'attarda sur la cotte luisante et la garde étincelante de l'épée.

— Vous avez là un superbe époux…

— Oh ! mais il n'est pas mon…, commença Brianna.

Les mots moururent sur ses lèvres. Rouge comme une cerise, elle jeta un coup d'œil furtif vers Giseux, qui suivait toujours l'altercation. Dieu merci, il n'avait pas entendu ! Était-ce possible qu'on puisse vraiment les prendre pour mari et femme ?

Une onde de chaleur se répandit en elle et son cœur bondit dans sa poitrine. C'était donc cela qu'elle ressentirait, si elle était mariée à Giseux ? Mais à peine cette image avait-elle jailli en elle qu'elle la repoussa fermement. Cela n'arriverait jamais, bien entendu. Mais pour ces quelques instants au moins elle pouvait jouir de la confortable pression de son bras, du soutien de son corps puissant contre le sien, et garder ce souvenir en elle pour toujours, tel un précieux trésor.

Sur la suggestion de Giseux, ils gagnèrent à cheval un endroit plus tranquille à l'extérieur de la ville, vers un bosquet de bouleaux argentés, dont les branches nues se balançaient dans la brise. Dans cette vallée, le vent soufflait moins fort et le soleil montant perçait à travers les rameaux, projetant une lumière pommelée d'ombre qui rappelait le printemps.

Giseux prit une couverture pliée sur le dos de son cheval et la déploya sur l'herbe rase qui poussait sous les arbres. Puis il se laissa tomber sur l'étoffe de laine à la trame serrée, le dos appuyé au tronc mince d'un bouleau. Ouvrant son sac de selle, il étala ses achats devant lui — fromage, viande rôtie, pain et fruits — et se mit à manger avec appétit.

Brianna en eut l'eau à la bouche. Elle aurait voulu cacher le petit sac de tissu contenant ses maigres provisions.

Giseux leva les yeux vers elle, tandis qu'elle s'asseyait à l'extrémité de la couverture en repliant ses jambes sur le côté. Il lui adressa un sourire aussi chaleureux qu'inattendu.

— Je vous en prie, partagez mon repas avec moi. C'est absurde, j'ai acheté trop de choses. J'ai passé si longtemps à me nourrir de viande difficilement identifiable que lorsque j'ai vu tout ce qui s'offrait à moi au marché, eh bien, je n'ai pas pu résister !

Tout en grignotant son petit pain, Brianna examina la nourriture disposée devant lui.

— Euh… Peut-être un bout de fromage ?

— Servez-vous.

Il poussa vers elle une tomme et lui tendit son couteau afin qu'elle puisse s'en couper une tranche. Puis il appuya sa tête contre le tronc et ferma les yeux.

— Dieu, que cette nourriture est succulente ! Vous avez eu raison de nous arrêter ici.

Brianna hocha la tête. Elle aurait voulu rester en ce lieu pour toujours. Le vent bruissait dans les branches au-dessus d'eux, faisant danser des ombres sur le visage de Giseux. Il se tenait si immobile, la tête levée vers le soleil, qu'elle se demanda un instant s'il ne s'était pas endormi. Il avait relevé les genoux et le bas de sa tunique lui retombait sur les cuisses, révélant ses jambes musclées sous la gangue moulante de son armure.

— Nous ne sommes plus très loin du château de Walter, déclara-t-il soudain. Êtes-vous toujours décidée à faire cela, Brianna ?

Elle replaça avec soin le petit pain à demi mangé dans son sac.

— Il le faut, Giseux. Je dois affronter Walter.

Sinon, songea-t-elle, *il me hantera toute ma vie et cela influera sur mon attitude à jamais.*

— Affronter mes démons, ajouta-t-elle dans un murmure.

— Au fond, ce voyage n'a pas grand-chose à voir avec Hugh, n'est-ce pas ?

Une grande main s'empara soudain de la sienne, enlaçant doucement ses doigts glacés.

— Vous ne vous êtes jamais remise de ce qui vous est arrivé, hein ?

Brianna sentit des larmes brûlantes lui monter aux yeux.

— Oh ! je…

Les mots lui manquèrent et elle se tut, surprise par l'intuition dont faisait preuve cet homme si endurci.

— C'est une chance que vous n'ayez pas eu d'enfant, murmura-t-il en observant son expression fermée. Sinon, vous n'auriez jamais pu le quitter.

— Non, il n'y a pas eu d'enfant, chuchota-t-elle.

Elle sentait battre le pouls de Giseux contre sa fine main blanche à elle.

— Le mariage a été annulé après six mois.

Sa ceinture avait glissé et elle la remit en place, le fourreau de sa dague bien calé contre sa hanche. Elle adressa à Giseux un faible sourire, affichant un courage qu'elle était loin de ressentir.

— Le mariage a été… annulé ? Vraiment ?

Il se pencha vers elle, une lueur de curiosité dans son regard gris.

— Oui, et alors ? fit-elle en lui jetant un coup d'œil suspicieux.

Elle remua, mal à l'aise. La couverture rêche lui piquait les jambes à travers sa robe.

— Après six mois ?

— Oui.

— Mais un mariage ne peut être annulé que s'il n'a pas été consommé !

Le visage cramoisi, elle commença à ranger les provisions de Giseux dans les sacs de selle, s'activant pour éviter son regard inquisiteur. Elle ne se rappelait que trop ces longues et horribles nuits passées à redouter que Walter ne la rejoigne pour essayer de lui faire l'amour… En vain. Alors il la frappait, l'accablant d'accusations. Tout était sa faute ! prétendait-il. Elle était trop mince, trop peu attirante. Mais les coups avaient beau pleuvoir sur elle, elle se sentait malgré tout soulagée. Au moins, son corps demeurait intact.

— Eh bien, votre union a-t-elle été consommée ? insista Giseux.

Dieu savait pour quelle raison, la pensée qu'elle n'avait peut-être jamais connu aucun homme lui réjouissait le cœur.

Brianna sentit ses paumes devenir moites.

— Comment osez-vous ? Me demander des choses pareilles !

Affreusement gênée, elle se mit à brosser les miettes de la couverture, en faisant mine de s'activer.

— Eh bien ? répéta-t-il d'une voix à la fois douce et impérieuse qui résonna dans la clairière silencieuse.

Brianna se rassit sur les talons et se frotta les mains sur le devant de sa jupe.

— Non, jamais, murmura-t-elle, le visage en feu et le regard obstinément fixé sur la bordure colorée de la couverture.

— Vous n'avez pas à en avoir honte, vous savez.

Elle releva vers lui des yeux étincelants de colère.

— Je n'ai pas honte, Giseux. Je trouve embarrassant d'aborder de tels sujets avec vous, voilà tout.

Et secouant la tête dans un geste de défi :

— Non, je n'ai pas honte, répéta-t-elle.

Sa voix était montée sur ces mots, rauque et tremblante d'émotion.

— Si vous voulez le savoir, je suis heureuse et soulagée qu'il n'ait jamais réussi à satisfaire sur moi ses sales appétits. En dépit de tout, en dépit de tout ce qu'il m'a fait subir, je suis encore vierge… Oh !

Incrédule, elle se plaqua une main sur la bouche. Dans sa colère, le mot avait jailli tout seul, trahissant ses plus intimes pensées. Jamais elle n'avait eu l'intention de révéler de telles choses à Giseux.

— Je me réjouis de l'entendre, répliqua-t-il.

Était-ce son imagination ? Elle crut voir un sourire jouer sur ses lèvres.

— J'en ai trop dit, grommela-t-elle. Aussi, c'est votre faute !

Giseux l'observa, tandis qu'elle tendait le bras pour attraper le sac de selle. Son capuchon avait glissé en arrière, dévoilant son cou blanc et mince.

— Ce n'est pas toujours forcément comme ça, observa-t-il en se levant.

Il saisit la couverture par une extrémité pour en secouer les miettes.

— Qu'est-ce qui n'est pas toujours comme ça ? interrogea-t-elle avec aigreur.

À quoi songeait-elle de lâcher un tel secret devant cet homme imposant ? Elle n'avait jamais raconté à personne, absolument personne, ce qui s'était passé avec Walter.

Giseux la dévorait des yeux.

— L'amour, répondit-il. Le mariage. Ne jugez pas tout cela à la lumière de votre expérience passée.

— Oh…, ricana-t-elle, encore furieuse de s'être involontairement dévoilée devant lui. Et vous, vous savez tout sur le sujet, bien entendu ?

Elle lui arracha la couverture des mains pour la replier

avec des gestes brusques, puis se rendit soudain compte de ce qu'elle venait de dire et se pressa derechef la main sur la bouche.

Nadia, se rappela-t-elle. Les confidences chuchotées de Giseux…

— Je suis désolée. Je ne voulais pas…

Giseux lut une sincère contrition dans ses beaux yeux lumineux. En fait, il n'avait pas du tout pensé à Nadia. Ce qui ramena l'image de celle-ci, ce furent ces excuses balbutiées par Brianna.

Oui, il en savait long sur l'amour, car il avait aimé. Une nostalgie lui étreignit le cœur, mais muette, domptée. Il avait aimé et perdu cet amour, une expérience qu'il ne voulait jamais revivre. Jamais.

Cette pensée ne le lâchait pas, tandis qu'il enveloppait Brianna d'un long regard, laissant ses yeux s'attarder sur toute sa personne — sa silhouette mince, la tendre courbe de ses joues empourprées par l'émotion.

C'était déjà bien s'il pouvait la protéger de Walter. Pourvu que ce soit suffisant ! Il priait qu'il en soit ainsi.

Pour leur sauvegarde à tous deux…

La pluie tombait à seaux, jaillissant des gouttières de plomb pour éclabousser les pavés, quand Giseux et Brianna pénétrèrent dans la cour intérieure du château de Walter. Baissant la tête contre l'averse, des valets surgirent de l'écurie pour s'emparer des rênes et maintenir leurs chevaux, dont les flancs fumaient.

De lourds nuages gris obstruaient le ciel au-dessus des hautes murailles et Brianna eut l'impression d'être prise dans un piège. De nouveau, elle se sentait prisonnière.

Combien de fois s'était-elle tenue derrière ces meurtrières, le regard errant sur la campagne au-delà des murs, à suivre le vol ascendant d'une buse ou les prestes battements d'ailes d'un moineau ? Comme elle aurait voulu alors les rejoindre, être emportée avec eux sur l'aile tiède du vent, loin de Walter, vers la liberté, l'indépendance !

— Brianna ?

Giseux, qui venait de mettre pied à terre, attendait pour l'aider à faire de même. Ses cheveux plaqués par la pluie lui donnaient un aspect léonin, accentuant ses hautes pommettes brunies et les contours fermes de sa mâchoire.

Brianna respira à fond pour se calmer.

— Je suis prête.

Elle se laissa saisir par la taille, puis soulever de sa selle et déposer sur le sol. Sa robe et sa cape lui collaient désagréablement à la peau. Elle était beaucoup plus mouillée qu'elle ne l'avait pensé.

Giseux se dirigeait déjà vers les degrés de pierre qui donnaient accès à la porte d'entrée, mais elle l'arrêta en posant une main sur son bras.

— Je ne sais pas exactement pourquoi vous êtes venu, lui dit-elle. Mais en ce qui me concerne je suis vraiment heureuse que vous soyez là.

Il tourna la tête vers elle, surpris par la solennité de cette déclaration inattendue. Un sourire lui fendit le visage.

— Alors finalement, vous admettez que les hommes peuvent avoir une certaine utilité, après tout ?

Elle pinça les lèvres, les yeux aussi étincelants que des saphirs dans son teint d'albâtre.

— Pas tous les hommes. Vous seulement, corrigea-t-elle d'un ton sévère.

La tête haute, elle passa devant lui, sa traîne mouillée essuyant les pavés boueux, et gravit les marches glissantes de pluie.

Comme elle atteignait le haut de l'escalier, la porte

s'ouvrit avec un craquement, et un mince visage pâle jeta un coup d'œil par l'entrebâillement.

Brianna reconnut aussitôt la jeune femme qui se tenait dans l'embrasure.

— Matilda !

Malgré la parodie qu'avait été son mariage, elle était proche par l'âge de la fille de Walter et toutes les deux avaient été de bonnes amies.

Matilda lui tendit les deux mains et la salua d'un sourire timide. Ses cheveux noirs brillants étaient à demi recouverts par une épaisse coiffe de coton, croisée par-devant et attachée derrière son cou.

— Brianna, c'est vous ! Je croyais que je ne vous reverrais jamais !

— Moi de même, Matilda. Mais Hugh…

— Quelles nouvelles de Hugh ? interrogea Matilda, d'un ton peu naturel et forcé.

Brianna plissa le front.

— Hugh est revenu de la croisade. Il a été très malade, mais il est vivant. Il m'a envoyée vous chercher.

Matilda porta une main tremblante à sa joue et vacilla sur le seuil.

— Pourquoi… Pourquoi donc ?

— Parce qu'il veut vous épouser, Matilda. Il veut accomplir ce qui est juste pour vous et l'enfant.

Matilda oscilla de nouveau dans le couloir plongé dans la pénombre, comme si elle venait de recevoir un coup assené par une main invisible.

Sa voix s'éleva faiblement dans l'ombre.

— Ce n'est… pas possible.

— Elle vient d'avoir un choc, constata Giseux à mi-voix.

Poussant Brianna sur le côté, il s'avança juste à temps pour recueillir leur hôtesse à demi évanouie dans ses bras.

Puis il la déposa sur un étroit siège de bois où la jeune femme s'affala, la tête touchant presque les genoux.

Brianna pénétra à son tour dans le couloir. Un courant d'air venu du dehors cingla sa jupe, tandis que des gouttes d'eau s'abattaient dans son cou. Elle referma l'énorme porte derrière elle.

— Je ne comprends pas. Elle devait bien savoir que Hugh reviendrait pour elle, non ?

S'agenouillant sur les dalles dures et inégales, elle frotta les mains froides de Matilda dans les siennes.

— Cela fait combien de temps qu'elle ne l'a pas vu ? observa Giseux. Trois ou quatre ans au moins. Peut-être le croyait-elle mort.

Matilda releva la tête. La confusion se lisait dans ses yeux bruns. Elle essaya de concentrer son regard sur le visage inquiet de Brianna.

— Pardonnez-moi, chuchota-t-elle. Mon père… Lord Walter m'avait bien affirmé que Hugh était vivant et qu'il avait reçu des messages de lui récemment, mais je ne l'ai pas cru.

En entendant le nom de Walter, Brianna se leva d'un bond, fouillant du regard le couloir sombre. Son cœur se mit à cogner contre ses côtes.

— Est-il là ? interrogea-t-elle d'une voix fébrile.

Et comme Matilda ne répondait pas :

— Walter, je veux dire. Il est ici ?

Matilda secoua la tête et une mèche noire s'échappa de sa coiffe.

— Non, il inspecte ses terres au nord d'ici. On attend son retour pour demain.

Heureuse de ce répit, Brianna sentit se desserrer l'étau qui lui comprimait la poitrine.

Matilda prit appui sur la table de chêne à côté d'elle et se releva.

— Je suis vraiment navrée, s'excusa-t-elle. Vous m'avez prise au dépourvu. C'est une telle surprise !

Elle adressa un pauvre sourire à Giseux, puis à Brianna, luttant visiblement pour retrouver un semblant de contenance. Sa main diaphane se posa un instant sur l'épaule de Brianna, comme si elle remarquait enfin les vêtements mouillés qui lui collaient au corps et sa luxuriante chevelure d'ambre tout assombrie par la pluie.

— Mais vous êtes trempée ! Venez, laissez-moi vous conduire dans une chambre. Vous avez l'intention de rester ?

Brianna hocha la tête.

— Oui, nous devons attendre Walter. Hugh m'a envoyée ici afin de demander de sa part à votre père l'autorisation de vous épouser. Il veut que je vous ramène à Sambourne avec votre fils. Il brûle d'impatience de vous voir.

Matilda baissa la tête, ses grands yeux bruns fixant le sol.

— Je vois.

Brianna fronça les sourcils devant cette réponse laconique. Voyons, Matilda devait bien se réjouir que Hugh soit vivant et veuille l'épouser, non ?

— Croyez-vous que Walter soulèvera des objections à cette requête ?

D'un geste nerveux, Matilda porta les mains à son petit visage en forme de cœur et s'effleura les lèvres.

— Non, je ne pense pas que mon père objectera quoi que ce soit.

Elle redressa le dos et son attitude vulnérable disparut, remplacée par l'efficacité pratique de la maîtresse de maison.

— Venez, vous êtes déjà restée trop longtemps dans ces habits mouillés. Nous parlerons plus tard. Laissez-moi vous montrer à tous deux votre chambre.

— *Nos* chambres, la corrigea Brianna. Il nous en faut deux.

— Oh ! pardonnez-moi ! se reprit Matilda. Je croyais…

Les mots moururent sur ses lèvres, tandis que son regard voyageait de Giseux, avec sa tunique mouillée plaquée sur sa large poitrine, à Brianna, dont les joues commençaient à rosir.

— Nous ne sommes pas mariés, chuchota cette dernière. Giseux est…

Elle s'interrompit, le regard fixé sur la haute silhouette imposante qui se découpait dans la lueur du candélabre posé sur le sol.

Qui était-il pour elle ? Comment expliquer la présence de cet homme à la force impressionnante, qui avait chevauché inlassablement à ses côtés, l'avait protégée, embrassée ?

Elle serra ses mains l'une contre l'autre en tâchant de trouver les mots adéquats, mais la seule image qu'elle parvint à susciter en elle ce fut la vision d'une bouche aux contours fermes et impérieux.

Ce fut Giseux qui rompit le silence.

— C'est moi qui ai ramené Hugh de la croisade, grommela-t-il.

Matilda pinça les lèvres en entendant ce dernier mot.

— Je vois, fit-elle sèchement. Deux chambres en ce cas. Suivez-moi, voulez-vous ?

Un relent de pièce renfermée et humide flotta jusqu'aux narines de Brianna tandis qu'elle précédait Matilda dans la chambre — l'odeur du linge pas aéré, de la vieille paille dans le matelas, de la poussière accumulée dans les coins. Giseux les avait déjà laissées, Matilda lui ayant montré une chambre semblable un peu plus loin dans le couloir.

En dépit de l'odeur, la pièce était claire, avec une fenêtre rectangulaire pourvue d'épaisses vitres de verre soufflé et donnant sur la campagne. Des rideaux en lin blanc bordés d'une bande bleue et accrochés au sommet du lit à colonnes tombaient jusqu'au sol, balayant le plancher terne et poussiéreux.

Brianna sentit son cœur se serrer d'angoisse. Pourrait-elle trouver le sommeil ici, dans ce château où elle avait été si malheureuse ?

Matilda détourna les yeux, son regard brun errant sur les murs lambrissés de chêne avant de se fixer sur le foyer vide et froid. Elle semblait incapable de regarder Brianna en face.

— Je vais demander à une servante d'allumer du feu, déclara-t-elle. La pièce est glacée, je suis désolée.

Brianna essaya de la rassurer.

— Ne vous excusez pas. Vous ne saviez pas que nous venions.

— Je… J'ai déjà ordonné aux servantes de monter de l'eau chaude, fit Matilda, désignant d'un geste brusque le baquet en bois disposé dans un coin.

Elle bredouillait, ses mots se bousculant l'un l'autre.

Brianna lui saisit la main.

— Qu'y a-t-il, Matilda ? Vous semblez si agitée, si nerveuse. Que se passe-t-il ?

Matilda se mit à trembler sous le regard étincelant de Brianna.

— Je suis surprise que vous soyez revenue, c'est tout, répondit-elle, en s'efforçant de garder un ton léger. Surprise de vous revoir… Après la façon dont mon père vous a traitée…

— J'ai eu de la chance qu'il décide de mettre fin à ce mariage. Sans cela, j'aurais pu rester à jamais prisonnière.

— L'annulation était votre seule évasion possible, acquiesça Matilda en s'asseyant sur le bord du lit, dont la courtepointe brodée se creusa à peine sous son poids léger.

Elle croisa les jambes, révélant une mule de satin rose qui pointa sous l'ourlet de sa robe.

— Si vous aviez tenté de vous enfuir, il vous aurait pourchassée comme un gibier.

Elle leva vers Brianna un regard désolé dans son petit visage au teint olivâtre et aux pommettes hautes.

Brianna hocha la tête.

— Oui, il n'aurait pas supporté l'humiliation. Et après cela, il ne m'aurait jamais laissée repartir.

Un frisson lui parcourut l'échine à cette pensée. Elle avait joué serré à cette époque-là et cela avait payé. Si elle avait fait un seul faux pas, commis la moindre erreur, son destin aurait été tout à fait différent.

Matilda traça du bout du doigt la ligne écarlate d'une guirlande brodée sur la courtepointe.

— Vous m'avez manqué, Brianna. Vous m'avez manqué en tant qu'amie, que confidente. J'ai tant regretté de n'avoir pas d'autre femme à qui parler…

Son visage exprimait la désolation.

Brianna s'assit près d'elle, une hanche calée contre le bois sculpté du lit.

— Je suis désolée, Matilda. Mais je suis là à présent. Parlez-moi ! Vous semblez si inquiète, si préoccupée. On dirait que quelque chose vous tracasse. Est-ce que je me trompe ?

Matilda se couvrit la figure des deux mains.

— Oh ! Brianna, gémit-elle entre ses longs doigts effilés. Je suis tombée amoureuse d'un autre homme.

Elle laissa retomber ses mains pour s'emparer de celles de Brianna.

— S'il vous plaît, ne le dites pas à mon père ! supplia-t-elle en tournant vers elle un regard brouillé de larmes. Je peux vous faire confiance, n'est-ce pas ?

Brianna lui serra les doigts, tandis qu'un grand froid s'immisçait dans son cœur.

— Je… Je ne comprends pas, murmura-t-elle. Je croyais

que vous aimiez Hugh. Vous étiez fiancés. Vous avez eu un enfant ensemble.

— Je sais… Je sais.

Matilda pleurait ouvertement à présent, la respiration saccadée et la poitrine déchirée de sanglots.

— C'était un amour de jeunesse. Nous nous aimions, oui. Mais il est resté trop longtemps absent, Brianna.

— Mais votre enfant ? Ne serait-ce pas normal qu'il connaisse son père ?

Matilda hocha la tête, mais sans relever les yeux, visiblement hésitante.

— Notre fils est mort peu après sa naissance, Brianna. J'ai envoyé plusieurs messages à Hugh, mais il ne les a jamais reçus, si j'en crois vos paroles.

— Je suis tellement, tellement désolée, murmura Brianna dans un souffle.

Enlaçant les épaules raidies de Matilda, elle serra la jeune femme contre elle.

— Votre bébé… Cela a dû être terrible. Je suis navrée, vraiment.

Elle commençait à comprendre quel chagrin ce devait être de perdre un enfant.

— Oh ! cela fait déjà longtemps, fit Matilda d'une voix tremblante.

Elle pleura un instant contre l'épaule de Brianna avant de s'écarter.

— Père n'arrêtait pas de me dire que Hugh était vivant et qu'il reviendrait pour moi, mais j'ai délibérément ignoré ses paroles. Je ne le croyais pas.

— Hugh va être si triste quand il apprendra… Comment vais-je bien pouvoir le lui dire ?

La tête basse, Matilda triturait un fil de la courtepointe. Sa chevelure d'ébène, partagée en deux ailes soyeuses, dépassait de sa coiffe

— S'il vous plaît, ne laissons pas cela changer quoi que ce soit à nos relations, murmura-t-elle, les yeux toujours baissés vers le sol. Restez ici ce soir. Vous pourrez repartir demain matin avant le retour de mon père.

Brianna se releva d'un bond.

— Je vais parler à Giseux. Il saura ce qu'il convient de faire.

Chapitre 11

Avec un grognement de satisfaction, Giseux plongea son grand corps dans le baquet d'eau fumante. Les serviteurs du château s'étaient activés, montant seau après seau des cuisines et les vidant généreusement dans le grand tub circulaire.

La nuque appuyée contre le rebord en bois et les yeux clos, il pouvait oublier les murs ternes et nus de la chambre d'hôte, les parquets dépourvus de tapis, le foyer sans feu. L'eau chaude était visiblement le seul luxe qu'on puisse obtenir dans ce château. La chambre était utilisable, sans plus.

À quoi avait pu ressembler la vie de Brianna dans cette demeure ? Il n'arrivait pas à l'imaginer vivant ici, dans ce château froid et austère, dépourvu d'ornements.

Il serra les poings sous l'eau de son bain, révolté par l'injustice de ce mariage, ce gaspillage de qualités prodiguées à un mari qui n'avait pas su les apprécier.

Il imagina Brianna entourée de beauté, sa mince silhouette se détachant sur des tapisseries aux couleurs riches, sa peau parfaite illuminée par la flamme de milliers de chandelles, choyée par un homme qui l'aimait.

Il se la représenta en Provence, dans le château de la reine Aliénor où il avait fait son éducation de chevalier, marchant entre les rangs touffus de lavande qui empliraient l'air de leur parfum suave, à la fin d'une longue journée d'été. Un bel endroit pour une belle personne !

L'ovale lumineux de son visage flottait sous ses paupières. Il crut entendre sa douce voix assombrie de tristesse lui raconter la mascarade de son mariage. Il revit l'intense rougeur de ses joues lorsqu'elle lui avait révélé sa virginité. Un élancement de désir jaillit en lui à cette image. Il saisit le carré de flanelle suspendu au rebord du baquet et commença à s'étriller furieusement la poitrine et les épaules.

De légers coups retentirent à la porte.

— Entrez, fit-il à contrecœur, irrité d'être dérangé dans ses rêveries.

— Giseux…

Surpris, il tourna la tête, projetant des gouttelettes autour de lui. La visiteuse s'arrêta sur le seuil, déconcertée.

— Oh ! je… Pardonnez-moi ! murmura-t-elle, fascinée par le spectacle qui s'offrait à sa vue.

Des gouttes d'eau brillaient sur les larges épaules musclées de Giseux, dont la peau éclairée par la lumière déclinante qui filtrait par la fenêtre luisait d'un éclat de métal.

Le souffle coupé, Brianna resta un instant sans mot dire, bâillonnée par un brusque assaut de désir — un désir tel qu'elle n'en avait jamais connu. Exaltant. Vibrant. Le cœur battant à se rompre, elle sentit un flot de sang lui incendier les veines.

Elle hésita. Rester ? Se retirer en toute hâte ? Le dos nu de Giseux, si puissamment musclé, représentait la tentation. Une sérieuse mise à l'épreuve !

L'espace d'un instant, elle lutta pour garder son sang-froid, calmer ses sens enflammés. Sans être sûre d'y arriver. Incapable de détourner les yeux, elle observait le jeu des muscles bougeant sous la peau mouillée.

— Eh bien, qu'y a-t-il ? interrogea Giseux, tournant vers elle son regard de prédateur.

L'eau qui perlait sur ses bras massifs étincelait dans la pénombre.

Brianna lutta pour recouvrer ses esprits et répondre à sa question.

Qu'était-elle venue lui dire, déjà ? Elle relâcha enfin son souffle, la respiration à présent rapide et oppressée.

— Je… Excusez-moi, je reviendrai plus tard.

Elle porta les mains à son visage, comme pour masquer l'incroyable vision qu'elle avait sous les yeux. Puis elle tourna les talons, la traîne de sa robe fouettant le parquet dans un bruissement de soie.

— J'ai presque fini, lui dit Giseux, visiblement désireux de la voir rester.

De la garder là, dans cette chambre…

Tout se brouilla devant elle. La porte, les planches de chêne. Saisie de panique, elle chercha le loquet à tâtons. S'enfuir, vite ! Une crampe lui tordit l'estomac, et pendant un instant insensé elle se demanda si ses jambes n'allaient pas se dérober sous elle.

— Attendez, Brianna ! C'est à quel sujet ?

Elle entendit derrière elle un bruit d'éclaboussures, le son aisément reconnaissable de quelqu'un qui se lève et s'ébroue, les membres trempés.

La bouche sèche comme de la paille, elle prit brusquement sa décision. Le mettre au courant en quelques mots, puis s'en aller, se sauver sans un regard en arrière.

— Matilda… ne veut plus épouser Hugh, bredouilla-t-elle. Elle aime un autre homme.

— Nous avons donc fait tout ce chemin pour rien ! fut la réponse sèche qu'elle obtint.

Un brusque accès de colère s'empara d'elle à ces mots. De la colère nourrie par le désir, par des sentiments embrouillés qu'elle ne parvenait pas à contrôler.

— Je suis désolée de vous avoir fait perdre votre temps, rétorqua-t-elle.

Oubliant sa résolution, elle se retourna.

— Oh ! je…

Trop tard.

Giseux se tenait debout dans le tub, une serviette blanche entre les mains. L'eau ruisselait sur son corps superbe, soulignant le modelé de son torse, les muscles horizontaux de son ventre, ses hanches étroites, ses parties viriles. Sur le fond sombre du lambris de chêne, sa silhouette bronzée offrait une chaude teinte de miel.

Brianna l'enveloppa d'un regard avide avant de détourner les yeux, horrifiée de s'être livrée à un examen aussi flagrant. Elle s'obligea à étudier la porte, résistant à la tentation de poser son front contre le bois froid. Le désir vibrait en elle, dangereux, incandescent. Luttant pour contrôler le frémissement sauvage qui lui agitait le corps, elle pressa ses doigts tremblants contre ses joues, abasourdie par ses propres réactions.

— Je ne devrais pas être là, marmonna-t-elle d'une voix faible.

D'un geste aveugle, elle agrippa le loquet pour ouvrir la porte, les bras aussi mous que des chiffons.

Giseux l'arrêta d'une voix impérieuse.

— Restez, Brianna. Vous devez m'expliquer.

Elle avait l'impression de vaciller au bord d'un abîme inconnu.

— Je… Je ne peux pas.

— Pourquoi donc ?

— Giseux, vous êtes nu ! s'exclama-t-elle, haussant le ton dans un crescendo de panique.

— Plus maintenant.

Méfiante, elle tourna lentement les yeux vers lui. Il avait noué la serviette autour de sa taille, le tissu étroitement serré soulignant la minceur de ses hanches et le contour musclé de ses cuisses. Le froid qui régnait dans la chambre lui avait donné le frisson et ses bras puissants avaient la chair de poule.

— Que vous a dit Matilda ?

Étonné par le silence de Brianna, Giseux l'enveloppa d'un regard attentif. Les yeux écarquillés, celle-ci se tenait sur le seuil dans une attitude de biche effarouchée. Un petit bout de langue pointait entre ses lèvres entrouvertes, et cette vue fit monter en lui une vague de désir intempestif. La robe lilas, encore humide, collait au corps de Brianna, moulant son postérieur et la courbe délicieuse de ses hanches. Et par-dessus, encore et toujours, cette lourde courroie de cuir qui soutenait sa dague, formant une bosse incongrue en dessous de la taille, sur l'étoffe fluide de la robe.

Lui qui lui avait conseillé de jeter cette arme comprenait à présent pourquoi elle portait toujours avec elle cette lame étincelante en guise de protection. Si tous les hommes réagissaient comme lui à sa vue…

— Brianna…

— Oui, je…

Elle cilla, le dos appuyé à la porte pour se rassurer. Prendre la fuite ne demanderait qu'un instant. Il lui suffirait de pousser le panneau de bois et de s'engouffrer dans le couloir obscur. Cette constatation lui redonna un semblant de courage.

Prenant une profonde inspiration, elle tâcha de rassembler ses esprits pour se rappeler le problème, la raison première de son intrusion dans la chambre de Giseux.

— Je vous l'ai dit, fit-elle en hâte, les mots se bousculant dans sa bouche. Matilda aime un autre homme.

Arrachant son regard du torse musculeux de Giseux, elle se concentra sur son visage. C'était plus sûr.

— Comment vais-je bien pouvoir le lui dire ?

La serviette serrée sur ses hanches, Giseux sortit du baquet et se dirigea vers ses vêtements, empilés sur le coffre sculpté disposé au pied du lit.

— Ce n'est pas à moi qu'il faut le demander !

Des gouttes d'eau brillaient au-dessus de ses clavicules, soulignant les muscles puissants de son cou. Il avait dû se plonger la tête dans l'eau et laver ses cheveux de la poussière et de la boue du voyage. À présent, ses mèches bien lissées luisaient contre son crâne. Du revers de la main, il essuya une gouttelette qui glissait sur sa joue.

— Brianna ?

Il la fixait avec une telle insistance ! Entendait-il le martèlement de son cœur, le bruit de sa respiration saccadée ?

Elle s'obligea à détourner les yeux, le regard obstinément fixé sur le sol. Pourquoi ne se rhabillait-il pas, au nom du ciel ? Elle déglutit avec peine, faisant un effort pour se concentrer sur ce qu'elle avait à dire.

— Hugh… Il va très mal prendre la nouvelle. C'était son rêve, d'épouser Matilda, de faire de Sefanoc son foyer. Oh ! Seigneur, cela va le détruire…

Giseux pencha la tête sur le côté, ses bras massifs croisés sur son torse.

— Non, Brianna, répliqua-t-il fermement, avec toute l'assurance de la raison. Cela ne le détruira pas.

— Hugh ne vous ressemble pas ! Vous avez peut-être participé aux mêmes batailles, mais il est plus sensible, plus émotif. Il…

Elle s'arrêta net, se rappelant l'attitude incohérente de son frère à Sambourne.

— Et il est particulièrement fragile en ce moment…, acheva-t-elle dans un souffle.

Giseux aurait voulu lui éclater de rire au nez et la secouer tout à la fois. Comment pouvait-elle manquer de discernement à ce point ? Hugh, sensible, émotif ? S'il en jugeait par le peu de temps qu'il avait côtoyé Hugh de Sefanoc, il savait que l'homme n'était rien de tout cela.

Il marcha jusqu'à elle, pieds nus.

— Hugh n'est pas si différent de moi, Brianna, fit-il d'un ton calme, en la scrutant à travers ses cils mouillés. C'est un soldat, un guerrier. Vous dramatisez. Oui, il sera triste, mais il se remettra de ce revers.

— Comme vous, n'est-ce pas ? lança-t-elle.

Les mots lui avaient échappé avant qu'elle ait eu le temps de réfléchir. Giseux se tenait si près à présent que ses orteils effleuraient le bas de sa jupe, son torse sculptural juste à hauteur de ses yeux.

Une rougeur envahit les joues de Brianna, trahissant son émoi, tandis que son corps réagissait traîtreusement à cette troublante proximité. Son cœur manqua un battement avant de s'emballer de nouveau.

— Que voulez-vous dire ? interrogea-t-il.

Elle frissonna au son de sa voix. Vibrante, dangereuse. Un frisson de… Oui, d'excitation.

— Ce qui vous est arrivé à Jérusalem, lâcha-t-elle. Vous êtes incapable de l'oublier. Ce souvenir vous tourmente jour après jour. Vous n'arrêtez pas d'y penser.

— Regardez-moi, Brianna.

Elle frémit, subjuguée par le timbre rauque de sa voix. Avec lenteur, elle leva les yeux. Le large torse luisant de Giseux se trouvait si près à présent qu'elle sentait l'odeur du bain sur sa peau, mêlée à une sensuelle fragrance de musc. Elle vacilla, tous les sens en émoi.

— En cet instant, je n'y pense pas, murmura-t-il en l'enveloppant d'un long regard, les yeux animés d'un désir farouche.

Elle recula d'un pas, se cognant les talons contre la porte. Chaque parcelle de son corps vibrait, tant elle était consciente de sa proximité, de son grand corps penché au-dessus d'elle. Sa respiration s'accéléra, fébrile. Elle posa les mains sur les épaules de Giseux pour le repousser. Mais il se rapprocha, l'acculant contre le panneau de bois, et elle sentit ses poignets ployer, sans force.

Le temps parut s'arrêter.

— Non, chuchota-t-elle, tandis que la bouche de Giseux plongeait vers elle.

Mais son cœur, lui, tenait un autre langage, avec ses pulsations erratiques, ses battements fous. Elle eut juste le temps de voir le regard argenté s'assombrir au moment où la tête léonine s'abaissait vers elle. La bouche de Giseux s'empara de la sienne, farouche, exigeante, et elle gémit sous son assaut.

Deux bras vigoureux lui enlacèrent la taille tandis qu'il s'inclinait un peu plus vers elle, appuyant son long corps mince et dur contre ses courbes délicates. Les aspérités du bois s'enfonçaient dans le dos de Brianna, mais elle en était à peine consciente. Un besoin primitif flambait en elle, une faim vorace… Pour quoi ?

Les lèvres fermes se firent soudain plus douces, effleurant les siennes, et elle faillit lâcher un feulement de plaisir tant la sensation lui parut exquise.

Tout ce qu'elle voulait, c'était lui, sa bouche ferme, la douce caresse de ses lèvres. Elle se sentait incapable de résister, sa chair semblait fondre à son contact. L'odeur grisante de Giseux l'enveloppait, lui titillant les sens et leur promettant plus, bien plus encore.

Elle se cambra contre lui tandis qu'il accentuait le baiser, pressant ses lèvres soudain exigeantes, insistantes, sur les siennes. Agrippée à ses épaules, elle introduisit sa langue dans sa bouche avec un gémissement passionné. Enlacés dans une étreinte farouche, ils eurent l'impression que la réalité s'abolissait autour d'eux, remplacée par le flot irrésistible et brûlant de la tentation.

Brianna lui enlaça la nuque, les doigts enfoncés dans la masse soyeuse de ses cheveux pour l'attirer plus près encore. Les mains de Giseux voyageaient sur son corps, enserrant la chaude et lourde rondeur de ses seins, et elle sentit les battements furieux de son cœur contre le sien.

Jamais elle n'avait imaginé que l'amour physique puisse être cela — deux êtres enlacés avec une telle ardeur, une émotion aussi sauvage. La tête lui en tournait. Et dire que si Walter ne l'avait pas laissée partir elle n'aurait jamais connu cela !

Soudain, il arracha sa bouche de la sienne, la laissant seule, les lèvres encore brûlantes de leur baiser.

— Giseux…

Il la dévisagea d'un regard étincelant, stupéfait de la passion que recelait ce frêle corps de femme et bien conscient d'être resté à l'orée de son propre désir. Puis il marcha vers le milieu de la chambre, établissant entre eux une distance prudente, et enfila une longue chemise à même sa peau nue. Il ne se faisait plus confiance tout à coup. Si elle restait là, il ne répondait plus de rien !

— Brianna, pour votre propre sécurité, je vous suggère de partir. Tout de suite !

Vidée de toute énergie, elle s'affaissa contre le panneau de bois. Des mèches cuivrées bouclaient autour de son front et lui barraient la joue. La respiration haletante, elle passa un doigt sur ses lèvres meurtries.

Le regard gris de Giseux restait dardé sur elle, impérieux. « Va-t'en ! Tout de suite ! » lui intimaient ses yeux.

D'un geste brusque, il jeta la serviette humide sur le sol et arrangea sa chemise, qui glissa sur ses hanches pour le recouvrir jusqu'à mi-cuisses. Brianna garda les yeux résolument fixés sur son visage.

— Vous devriez partir, répéta-t-il d'une voix rauque. Sinon… Je ne sais pas de quoi je suis capable.

— Je n'ai pas peur.

Il releva la tête, sidéré. Se rendait-elle compte de ce qu'elle venait de dire ? *Elle le voulait, le désirait.* Il le voyait dans ses yeux, le lisait dans chacune des lignes graciles de son corps.

L'espace d'un instant, il éprouva une telle envie de soulever cette fragile beauté dans ses bras, de la jeter sur le lit et de lui faire tendrement, passionnément l'amour que sa vision se brouilla.

— Vous devriez, fit-il d'une voix rauque.

Tout son corps vibrait, encore frémissant de la sensation de ce corps féminin enlacé à lui, de ces douces lèvres frôlant les siennes. Il n'aurait jamais dû commencer, jamais dû l'embrasser, ni maintenant ni jamais. Elle l'attirait comme la flamme attire le papillon, ensorcelante, délicieuse, irrésistible. Il se consumait pour elle.

La lueur grise de l'aube filtrait à travers le verre irrégulier et épais des fenêtres quand Brianna se réveilla le lendemain matin. L'espace d'un instant, son esprit embrumé peina à reconnaître ce qui l'entourait : le ciel de lit en velours crasseux au-dessus de sa tête, le matelas hérissé de brins de paille.

Un intense soulagement déferla en elle. En fin de compte, il semblait bien qu'elle allait pouvoir éviter Walter, échapper à ces retrouvailles qu'elle avait appréhendées pendant tout le voyage. Matilda l'avait priée de rester pour la nuit et elle avait tenu sa promesse, mais aujourd'hui elle devait repartir pour Sambourne afin d'annoncer la nouvelle à Hugh.

La tête posée sur un oreiller à moitié vidé de ses plumes, elle se passa un doigt sur les lèvres, savourant cette douce sensation dans sa poitrine, cet étrange désir qui montait de son corps.

Troublée, elle passa une main nerveuse sur la courtepointe, dont la broderie en relief bruissa sous sa paume. Le haut du drap était rabattu sur la couverture, doux mais un peu collant contre sa peau, suggérant que le linge de lit était resté trop longtemps exposé à l'air froid et humide de la pièce.

Qu'allait faire Giseux à présent ? Son cœur manqua un battement à l'évocation de ce nom, qui ressuscita dans son esprit les images d'un visage hâlé aux traits anguleux, de son baiser sauvage, ravageur.

Cela avait été généreux de sa part de l'escorter jusqu'ici, mais à présent il n'avait plus aucune raison de rester auprès d'elle. Il l'avait tant aidée… Et elle, qu'avait-elle fait pour lui en retour ? Elle s'était montrée odieuse et irritable lors de leurs premières rencontres, si décidée à défendre son indépendance, son autonomie. Mais à présent tout ce qu'elle voulait, c'était… Oui, c'était bien cela.

Elle voulait l'aimer.

Elle l'aimait.

Elle s'agita sur le matelas, les yeux levés vers les courtines du lit. Une toile d'araignée, fragile tissage gris, était tendue dans l'un des coins. La chemise de nuit de Brianna s'était retroussée jusqu'à sa taille. Elle la baissa d'un geste sec sous les couvertures.

L'amour…

Connaissait-elle seulement le sens de ce mot ? Son expérience avec Walter lui avait faussé les idées. Ce sentiment inhabituel et déconcertant qu'elle éprouvait pour Giseux, était-ce de l'amour ?

Moins d'une semaine plus tôt, son avenir était réglé, bien décidée qu'elle était à rester seule, à ne dépendre d'aucun homme, dans un monde où le mariage représentait le seul choix pour la majorité des femmes. Et voilà que le faible espoir d'un avenir différent se levait timidement dans son cœur.

Elle écarta promptement cette pensée, doutant que Giseux partage cette espérance. Chaque fois qu'il l'avait embrassée, c'était pour la repousser ensuite. Il se fermait visiblement devant elle, le visage indéchiffrable, comme s'il regrettait ce qu'il venait de faire. Tout ce qu'elle pouvait espérer, c'était garder en elle la sensation de ses caresses, l'ardeur sauvage de ses baisers, et les enfermer dans son cœur, où elle les garderait pour toujours lorsqu'il l'aurait quittée.

Elle ne pouvait éprouver de doute sur ses propres sentiments : tout son corps chantait et vibrait, même en cet instant, au souvenir de sa bouche sur la sienne, cette bouche si exigeante et si tendre à la fois, propageant partout dans son corps de petits frémissements d'attente, d'excitation.

Était-ce ainsi que cela devait se passer entre un homme et une femme ? Au tréfonds d'elle-même, quelque chose avait changé. Elle se sentait différente. Le regard de Giseux étincelait d'une telle passion lorsqu'il s'était arraché à elle, le souffle court. Si vulnérable soudain…

Peut-être était-il ainsi avec toutes les femmes qu'il embrassait ? Ou peut-être pas.

La voix chantante de Matilda, qui l'appelait derrière la porte, la tira brusquement de sa rêverie.

— Brianna ! Êtes-vous habillée ? Venez donc prendre le petit déjeuner avec moi.

Brianna tressaillit. Était-elle donc restée si longtemps à rêvasser dans le lit ?

Elle se leva d'un bond, se glissa hors de sa chemise de nuit et la remit dans le sac de selle déposé sur le parquet. Il fallait qu'elle s'active et mange quelque chose avant de reprendre le long chemin vers le sud.

Elle enfila sa chemise, puis sa robe de soie, et resserra

promptement les lacets de cuir de son corselet, qu'elle assujettit par un nœud au milieu du décolleté arrondi.

— Bonjour, Matilda ! fit-elle en sortant de la chambre.

Le regard surpris de cette dernière l'alerta. D'un geste machinal, Brianna se palpa les cheveux. Bon sang, elle avait oublié de se coiffer ! Les nattes qu'elle avait tressées pour aller au lit s'étaient défaites pendant la nuit. La glorieuse toison de boucles ambrées lui croulait dans le dos, balayant le contour de ses hanches.

Matilda porta une main à sa bouche pour étouffer un petit rire.

— Oh ! Brianna, vous ne changerez jamais ! Laissez-moi arranger vos cheveux, voulez-vous ? Vous ne portez même pas de voile !

À contrecœur, Brianna retourna dans la chambre et s'assit sur un petit tabouret, consciente que le temps, le temps si précieux, s'enfuyait à tire-d'aile. Elle n'avait aucun désir de rester ici plus longtemps que nécessaire.

— C'était moi qui vous coiffais autrefois, vous vous souvenez ? lui rappela Matilda, qui sortit un petit peigne d'ivoire de l'aumônière attachée à sa ceinture.

Tirant le bout de la langue, elle commença à passer les fines dents dans les longs cheveux brillants de Brianna, s'appliquant à démêler les nœuds.

— Oui, je me souviens, murmura celle-ci.

Walter insistait toujours pour qu'elle se couvre entièrement la tête avec une coiffe épaisse de coton, piquant d'épouvantables colères quand il voyait un seul cheveu dépasser.

— Votre chevelure est si belle, s'extasia Matilda. Mais où est donc votre voile ?

— Je l'ai perdu, expliqua Brianna. Pendant le voyage…

Elle se revit enfouissant la soie fine dans la terre humide, les mains tremblantes, tant elle craignait que les deux soldats ne la retrouvent.

— Je vais vous prêter l'un des miens, ainsi qu'un diadème, promit Matilda. J'irai le chercher pour vous après le petit déjeuner.

Elle noua l'extrémité des nattes avec un lacet de cuir, avant de les enrouler pour former un chignon sur la nuque de Brianna.

— Là ! s'exclama-t-elle fièrement, en enfonçant la dernière épingle d'or dans la coiffure.

Elle recula ensuite pour jauger son travail.

— Vous êtes parfaite, assura-t-elle.

Brianna se leva du tabouret et examina sa compagne. Matilda lui parut très pâle, le visage marqué par la fatigue. Des ombres bleuâtres lui creusaient le dessous des yeux.

— Vous n'avez pas dormi de la nuit, n'est-ce pas ?

Matilda se mordilla les lèvres, les yeux soudain emplis de larmes.

— Je n'ai pas pu m'empêcher de penser tout le temps à Hugh, à ce que je lui fais là.

Elle baissa la tête, accablée.

— Je suis sûre qu'il comprendra, soupira Brianna d'un ton peu convaincu, en se demandant si ce serait vraiment le cas.

Hugh avait tellement insisté pour qu'elle aille chercher Matilda ! Son acharnement frôlait le désespoir.

— Lui, peut-être, admit Matilda. Mais pas mon père, j'en suis certaine. Il veut que j'épouse Hugh à présent. C'est curieux, il y était si opposé autrefois ! Je crains qu'il ne me force à faire quelque chose que je ne voudrais pas.

Son regard pâle se fit suppliant.

— Emmenez-moi avec vous, Brianna. Je dois partir, loin d'ici, avant le retour de mon père. Une fois que j'aurai épousé Thurstan, mon père ne pourra plus rien faire.

Brianna réprima un soupir.

— Vous en êtes sûre ?

Elle ne voulait pas décourager Matilda, mais elle était à peu près certaine qu'une fille ne pouvait se marier sans le consentement de son père. S'il refusait de lui accorder son autorisation, il pouvait en toute légalité ramener celle-ci de force à la maison et lui faire subir les conséquences de son acte.

Matilda courba les épaules, en tournant et retournant son peigne entre ses doigts. Les dents d'ivoire brillaient d'un doux éclat laiteux.

— S'il ne me retrouve pas, il ne pourra pas me ramener, murmura-t-elle.

Elle écarta le col froncé de son aumônière de soie pour y renfoncer le peigne d'un geste décidé.

— Il faut que j'essaie, Brianna. Je veux avoir une vie normale, une vie de femme mariée. Je ne veux pas passer le restant de mes jours ici à me dessécher, en subissant les imprévisibles volontés de mon père. Je veux avoir un mari, l'embrasser chaque matin, dormir près de lui la nuit, veiller sur lui et sur les enfants que nous aurons peut-être. Est-ce si mal de désirer cela ?

— Non, lâcha Brianna dans un souffle. Vous avez raison, bien raison.

En écoutant Matilda, elle avait senti son cœur s'emplir d'une telle nostalgie ! Soudain, elle avait compris qu'elle désirait exactement les mêmes choses que Matilda.

Un mari à aimer, qu'elle garderait auprès d'elle.

Même si elle ne revoyait jamais Giseux, il lui avait au moins redonné la seule chose qui compte en ce monde : l'espoir.

Elle suivit Matilda dans l'escalier en colimaçon éclairé par la faible lueur qui filtrait à travers les meurtrières étroites. En passant devant la chambre de Giseux, elle avait constaté que la porte était ouverte, le lit vide et les couvertures en désordre.

Était-il déjà parti ? Son cœur sombra à cette pensée et une insondable tristesse lui étreignit la poitrine.

Parvenue au rez-de-chaussée, Matilda écarta le lourd rideau qui séparait la cage d'escalier de la grande salle, puis elle précéda Brianna dans la pièce à haut plafond où flottait un voile de fumée, provenant du feu qu'on venait juste d'allumer.

Une silhouette solitaire se tenait assise au milieu de la table d'honneur.

C'était Lord Walter.

Chapitre 12

Brianna trébucha sur le seuil, les jambes en coton, luttant contre la tentation puérile de se poser les mains devant les yeux et de hurler contre l'injustice de la vie.

Au lieu de cela, elle s'enfonça les ongles dans les paumes, puis, les mains sur les hanches et le menton pointé, elle s'apprêta à faire son entrée et à affronter cet homme. Ses doigts effleurèrent la garde de sa dague et elle se réjouit d'avoir emporté son arme en quittant la chambre.

Matilda lui jeta un regard horrifié et agrippa frénétiquement le bord du rideau pour se soutenir.

— Oh ! mon Dieu ! On ne l'attendait pas avant ce soir, gémit-elle, ses yeux noisette débordants de désespoir.

— Mesdames ! s'exclama Walter. Quel plaisir inattendu ! Venez donc vous joindre à moi.

À travers le rideau de fumée bleuâtre, elles le virent lever sa timbale d'étain et avaler une longue gorgée, en faisant claquer ses lèvres flasques.

Matilda hésitait, prête à tourner les talons telle une biche aux abois.

— Qu'allons-nous faire ? chuchota-t-elle.

Brianna jeta un coup d'œil vers les deux soldats en armure postés derrière elle de chaque côté de la porte. Ils regardaient droit devant eux, le visage impassible sous leur heaume argenté, mais au moindre signe de Walter ils ne manqueraient pas de croiser leurs lances en travers de la porte pour les empêcher de quitter la salle.

— Nous allons lui parler, déclara-t-elle d'un ton décidé.

Cet homme ne pouvait plus rien lui faire désormais. Leur mariage avait été annulé, il n'avait plus aucun droit sur elle. Elle était sous la protection de son frère… et peut-être aussi de Giseux ?

Prenant Matilda par la main, elle se dirigea avec elle vers l'estrade, passant devant les quelques servantes qui alignaient en silence les écuelles d'étain sur les tables à tréteaux pour le petit déjeuner du reste de la maisonnée.

Il était encore tôt. Derrière les hautes fenêtres, un brouillard épais laissait filtrer une lumière grise dans l'immense salle.

Walter les regardait approcher de ses petits yeux noirs profondément enfoncés dans son visage rougeaud.

— J'avoue que je suis extrêmement surpris de vous voir, commença-t-il en tournant les yeux vers Brianna, tandis que les deux jeunes femmes prenaient place à côté de lui.

Matilda laissa délibérément un espace de deux chaises entre son père et elle.

Brianna observait son ancien époux à la dérobée. Des boucles grises graisseuses retombaient en désordre de son crâne en partie dégarni et, lorsqu'il leva la main pour repousser une mèche de ses yeux, elle vit trembler sa main sillonnée de grosses veines apparentes.

— Eh bien, il semble que mon voyage s'avère inutile en fin de compte, expliqua Brianna d'un ton enjoué.

Matilda lui assena un léger coup de pied sous la table. Était-ce pour l'empêcher d'informer son père que Hugh était bien rentré en Angleterre ?

Walter se pencha en avant, le visage grimaçant, pour dévisager son ancienne épouse.

— Je suis très étonné que vous ayez approuvé la proposition de votre frère, ma chère.

Il émit un ricanement qui s'acheva en une quinte de toux prolongée.

— Mais connaissant Hugh je suppose qu'il ne vous a pas laissé la moindre chance de protester.

Brianna sentit l'inquiétude l'envahir. De quoi lui parlait-il là ? La voix calme et sensée de Giseux lui revint soudain en mémoire, lui expliquant, la mettant en garde. Elle tâtonna sous la table en direction de sa dague, dont le fourreau reposait dans son giron.

— Je ne suis pas certaine de vous comprendre, répondit-elle prudemment.

D'un ongle douteux, Walter tenta de déloger un morceau de viande coincé entre deux de ses dents grisâtres.

— Ah bon ? Alors laissez-moi vous expliquer. Hugh a accepté de m'accorder de nouveau votre main, en échange de celle de ma charmante fille, ici présente.

D'un geste théâtral, il désigna Matilda, qui se recroquevilla sur son siège. La large manche de Walter se prit dans le gobelet rempli d'hydromel, dont le contenu se renversa sur la table. Le liquide ambré se répandit, imprégnant la nappe maculée de taches.

— Hugh ne ferait jamais une chose pareille, répliqua Brianna.

Mais les mots hésitaient sur ses lèvres. Elle avait beau faire, le doute s'insinuait en elle.

— Il sait combien j'ai détesté ma première union avec vous.

Walter plia lentement une tranche de jambon entre ses doigts noueux avant de se la fourrer en bouche.

— C'est que vous ne vous rendez pas compte à quel point il souhaite épouser ma fille !

— Non, vous mentez ! s'écria Brianna.

Sa voix tremblait, hésitante. Elle secoua la tête, refusant d'y croire. Giseux l'avait déjà mise en garde. Il lui avait affirmé exactement la même chose !

— Regardez la vérité en face, Brianna. Votre frère a pris cette décision pour vous et il va bien falloir que vous vous y conformiez. Vous ne quitterez plus ce château, ma mie. Vous n'avez pas le choix.

— Oh ! si, je pense qu'elle a le choix !

Trois têtes se retournèrent avec stupéfaction, tandis que Giseux bondissait vers l'estrade. À travers le nuage de fumée qui s'élevait en tournoyant du foyer, il ressemblait à un dieu grec, bronzé et débordant d'énergie, sa silhouette musclée formant un total contraste avec celle, desséchée et voûtée, de Walter.

Ce dernier se leva en titubant et essuya ses lèvres grasses avec une serviette usée.

— Qui êtes-vous ? interrogea-t-il d'un ton irrité, en pointant le doigt vers Giseux.

— Je suis venu ici avec Lady Brianna, répliqua-t-il. C'est moi qui suis chargé de l'escorter.

Son regard gris plongea dans celui de la jeune femme.

— Vous allez bien ?

Les chandelles qui éclairaient l'estrade, fichées dans le lourd cercle du chandelier en fer suspendu au-dessus de la table, projetaient des ombres sur son visage anguleux.

Brianna hocha la tête, tremblante.

— Je…

Elle aurait voulu s'expliquer, se justifier devant lui pour ne pas l'avoir cru et avoir mis sa parole en doute. D'un geste instinctif, elle posa les doigts sur la manche en laine de Giseux, dont la main vint recouvrir la sienne.

— Répondez à ma question, messire ! gronda Walter en assenant un coup de poing sur la table.

Matilda sursauta telle une biche effrayée et porta la main à sa gorge.

— Je suis Giseux de St-Loup, fils de Lord Jocelin de Sambourne, et je suis ici pour ramener Lady Brianna chez nous.

Le front strié de mèches dorées, il tourna les yeux vers Matilda.

— Ainsi que toute personne qui souhaite aussi quitter cet endroit.

Walter se laissa retomber sur son siège. Le nom de Giseux de St-Loup lui était bien connu. Neveu de la reine Aliénor et éduqué avec le roi Richard, c'était un homme puissant auquel il avait affaire, et il allait devoir agir avec prudence.

Brianna porta une main égarée à son front.

— Vous me l'aviez dit..., bredouilla-t-elle. Vous me l'aviez dit et j'ai refusé de vous écouter.

Son regard bleu saphir étincelait de désespoir.

— Cela ne fait rien, la rassura-t-il. Je suis là à présent.

— Je suis désolée... Tellement désolée...

Giseux lui enlaça les doigts.

— Bon, écoutez-moi, tonna Walter, interrompant les excuses chuchotées de la jeune femme. Votre frère et moi avons discuté de tout cela pendant la croisade. C'était simplement un échange, Matilda contre Brianna. Hugh était tout à fait d'accord. Il savait ce qu'il voulait.

Brianna, saisie de vertige, se cramponna à la manche de Giseux et s'appuya contre son corps pour ne pas tomber.

— Giseux, il a donc vraiment fait cela ! Oh ! comment a-t-il pu ? Comment a-t-il pu agir ainsi ?

Vacillante, elle le dévisagea, depuis la courbe ferme de sa bouche jusqu'à l'ombre de ses cils noirs sur ses pommettes.

— Vous m'aviez prévenue et je ne vous ai pas écouté ! Comment ai-je pu être assez folle pour ne pas vous faire confiance ?

— Pourquoi auriez-vous cru un étranger plutôt que votre propre frère, que vous connaissez depuis tant d'années ? N'importe qui en aurait fait autant.

— Que vais-je faire maintenant ? Hugh est mon tuteur. C'est sans issue !

Semblable à une araignée qui guette sa proie, Walter esquissa un lent sourire. À côté de lui, perchée sur le bord de son siège, Matilda observait la scène, pétrifiée. Même les domestiques, qui vaquaient à leurs tâches dans l'autre partie de la salle, semblaient travailler plus lentement, jetant des regards furtifs vers Walter tandis qu'ils suivaient le drame qui se déroulait à la grande table.

Giseux passa un bras autour du dos gracile de Brianna et la berça doucement.

— Chut… Il existe une solution, mais vous devez me faire confiance. Le ferez-vous ?

Perplexe, elle leva les yeux vers lui, essayant de déchiffrer ses pensées, de lire ses intentions dans son regard. Dans les profondeurs mystérieuses de ses yeux, elle avait lu la souffrance, le désespoir qu'il portait en lui, mais elle y avait discerné aussi de la sollicitude et de la bonté. Il s'était élancé à sa recherche, avait insisté pour l'accompagner, même quand elle refusait de le croire, d'accepter cette affreuse vérité au sujet de Hugh.

Cet homme n'était plus un étranger pour elle désormais. Elle le connaissait, et il lui était cher.

— Oui, murmura-t-elle.

Il sourit.

— Alors venez.

Il la fit pivoter dans le cercle de ses bras, puis jeta un regard vers Matilda, qui se recroquevillait de nouveau dans son fauteuil sculpté.

— C'est le moment de nous dire au revoir, Matilda.

— Non, attendez ! éructa Walter, en comprenant ce qui

se passait. Vous ne pouvez pas faire ça, vous ne pouvez pas l'emmener. Elle est à moi !

Étouffant à demi, il saisit son gobelet et le vida d'un trait. Puis il jeta un regard nerveux vers les gardes postés devant l'unique sortie de la grande salle, de chaque côté du seuil voilé d'un rideau.

Soudain, son visage s'illumina.

— Voici justement quelqu'un qui va pouvoir vous le dire !

Un large sourire lui étira la bouche, dévoilant une rangée de chicots entre ses lèvres molles.

Tous les yeux se tournèrent vers la porte.

Sa silhouette légèrement vacillante encadrée par le rideau tombant jusqu'au sol, Hugh se dressait dans l'embrasure.

Avec une exclamation, Matilda se leva à demi avant de s'effondrer de nouveau sur son siège. Son regard brun chercha désespérément celui de Brianna.

— Je suis perdue ! murmura-t-elle.

— Non, répliqua Brianna d'un ton ferme. Cela ne sera pas, jamais !

Elle leva la tête vers Giseux, plongeant ses iris couleur d'aigue-marine dans le regard gris étincelant, où elle lut une tacite mise en garde.

— Laissez-moi au moins lui parler, implora-t-elle. Il ne pouvait pas avoir toute sa tête quand il a consenti à cela.

— Nous allons lui parler tous les deux, déclara Giseux, comme elle passait devant lui.

Brianna descendit les marches de l'estrade en retroussant sa robe, le cœur serré d'une indicible tristesse. Elle pressentait déjà ce que Hugh allait lui dire, mais il fallait qu'elle l'entende elle-même. Oui, il fallait qu'elle entende la vérité de la bouche même de son frère — à savoir qu'il l'avait vendue à l'homme qu'elle haïssait le plus au monde.

Le visage livide, Hugh titubait sur le seuil, des veines bleues saillant sur son front. La maladie avait émacié son grand corps et ses vêtements pendaient sur ses épaules squelettiques.

Brianna se précipita vers lui, craignant qu'il ne s'effondre.

— Hugh, que fais-tu ici ?

S'emparant de ses mains, elle le conduisit vers le banc le plus proche et le pressa de s'asseoir. Il se laissa tomber sur le siège en se cramponnant à elle. Ses mains frêles et noueuses ressemblaient à celles d'un vieillard.

— Je… Je devais… m'assurer…, répondit-il d'une voix entrecoupée.

Il respirait avec peine, par saccades.

— Je devais m'assurer que tu étais bien ici. Comme je ne recevais pas de message de Walter m'informant de ton arrivée, j'ai commencé à m'inquiéter.

Il porta une main à son front couvert de sueur.

— Je… J'ai rencontré quelques problèmes sur la route, expliqua Brianna en hâte. Mais heureusement, Lord Giseux s'est porté à mon secours et m'a escortée jusqu'ici.

Hugh jeta un bref regard à Giseux.

— Je vois, fit-il d'un ton aigre. Je lui avais demandé de t'accompagner, tu sais, et il a refusé.

Une lueur s'alluma soudain dans ses yeux.

— Vous lui avez parlé, hein ? Vous lui avez dévoilé mes plans à son sujet. Je le savais !

— Elle méritait au moins la vérité, lui rétorqua Giseux. Mais par loyauté envers vous, son frère, elle a refusé de me croire.

Brianna posa une main sur l'épaule de son aîné, dont elle sentit saillir les os sous la tunique.

— Hugh, dis-moi, dis-moi que tu n'as pas fait cela, s'il te plaît !

Le regard bleu de Hugh se fixa sur elle.

— Brianna, il faut que tu apprennes à me faire confiance. Walter est un homme bien, il a beaucoup changé depuis qu'il a fait la croisade. Ce sera un bien meilleur mariage cette fois, j'en suis sûr, et…

Soudain distrait, il posa les yeux sur la mince jeune fille brune assise à la grande table.

— Pourquoi Matilda ne vient-elle pas m'accueillir ? fit-il d'un ton plaintif. Qu'est-ce qui ne va pas avec elle ?

Abasourdie devant la fracassante réalité qui se révélait à elle, Brianna lâcha brusquement l'épaule de son frère et leva la main, saisie de l'envie soudaine de le frapper, de se jeter sur lui telle une chatte en colère pour lui griffer le visage.

Le souffle court, elle serra le poing.

— Du calme ! lui intima une voix.

Giseux.

Brianna prit une longue inspiration tremblante, réconfortée par la chaleur de ce corps musclé derrière elle, par le timbre grave et rassurant de sa voix. À travers le brouillard brûlant de ses larmes — des larmes de colère — elle ne pouvait le voir, mais elle le sentait. Et c'était assez pour lui redonner de l'énergie, le pouvoir de contrôler ses émotions, de tenir tête à son frère.

Elle trouva enfin ses mots, dans un chuchotement tremblant.

— Je n'arrive pas à croire que tu aies fait cela. Comment as-tu pu me trahir ainsi ? Après tout ce que je t'ai raconté sur cet homme !

— Oh ! cesse de dramatiser ! la gronda Hugh d'un ton sévère.

Ses joues commençaient à reprendre des couleurs.

— De cette façon, Matilda sera mienne et tu auras quelqu'un pour veiller sur toi tout le reste de ta vie. Nous n'avons plus d'argent, Brianna. Tout a été dépensé pour financer la croisade.

Et jetant de nouveau un regard déconfit vers la grande table :

— Pourquoi ne vient-elle pas vers moi ?

Une note de colère vibra dans sa voix, tandis qu'il ajoutait :

— Ne voit-elle pas que je suis malade ? Va la chercher, Brianna, veux-tu ?

Visiblement, les reproches de sa sœur lui étaient passés au-dessus de la tête.

Brianna serra les poings.

— Hugh, tu veux bien m'écouter ?

Elle brûlait de le blesser à son tour, pour lui rendre la pareille. Si elle lui jetait la vérité à la face, peut-être en serait-il assez secoué pour émerger de l'étrange suffisance avec laquelle il prétendait décider de leur avenir à tous deux ?

— Matilda ne t'aime plus, Hugh. Elle veut en épouser un autre.

— Oh ! écoute, je sais que tu es fâchée au sujet de cet accord avec Walter, mais ce n'est pas la peine de me raconter des mensonges pour essayer de me blesser.

La voix hésitante de Matilda résonna soudain derrière Brianna, tandis que la jeune fille s'avançait vers eux.

— C'est la vérité, Hugh, déclara-t-elle.

À la table d'honneur, Walter tendait le cou pour tenter de saisir la conversation. On le sentait prêt à quitter son siège pour venir écouter.

Hugh déglutit avec peine et sa pomme d'Adam remonta et descendit plusieurs fois dans son cou, tandis qu'il scrutait le visage de la jeune femme au teint olivâtre qui se tenait debout près de sa sœur. Il blêmit et rougit tour à tour. Sa bouche s'ouvrit et se referma à plusieurs reprises, sans qu'un seul mot en sorte.

— Non, vous vous trompez, Matilda, répondit-il d'une voix altérée. Rappelez-vous toutes les promesses que nous avons échangées avant de nous séparer. Rappelez-vous notre enfant !

Les yeux de Matilda s'emplirent de larmes.

— L'enfant est mort, Hugh. Il a succombé à une maladie quelques mois après votre départ. J'ai tenté de vous faire parvenir un message…

— Mais… Walter ? bégaya Hugh.

La voix lui manqua un instant, et Brianna se demanda s'il n'allait pas éclater en sanglots.

— Walter me l'aurait dit quand je l'ai rencontré à Jérusalem !

Matilda secoua la tête, les extrémités de son voile amidonné frottant contre ses épaules.

— Mon père n'a jamais su pour l'enfant. Il m'aurait tuée s'il l'avait appris. Le bébé est né dans le plus grand secret.

— *Notre* secret…, chuchota Hugh.

Une lueur s'alluma dans ses yeux tandis que les souvenirs lui revenaient en masse.

D'un mouvement brusque, il se leva en vacillant de son siège.

— Non, cela ne peut pas être ! gémit-il.

Il avança la main vers Matilda, qui recula prestement. Hugh trébucha à l'endroit où elle s'était tenue, en battant l'air de ses bras de façon comique.

— Je vous épouserai envers et contre tout ! cria-t-il en pointant le doigt vers elle. Quant à toi, ajouta-t-il en dardant vers Brianna un regard de reproche, tu vas te marier avec Walter. C'est ce qui était prévu et cela se fera !

Son visage s'était empourpré de colère et une lueur démente brillait dans ses yeux, le rendant soudain méconnaissable.

Brianna le dévisagea, horrifiée. Que lui arrivait-il ? Il semblait vraiment avoir perdu la raison, rendu fou par le tour que prenaient les événements.

Où était le frère qu'elle avait connu ?

Giseux se tenait près d'elle, le bras lui effleurant l'épaule. Il lut la détresse et l'incrédulité sur son visage.

— Que voulez-vous faire ? lui chuchota-t-il, d'une voix si basse qu'elle seule l'entendit.

Elle tourna vers lui son regard pervenche.

— Je vous en prie, essayez de lui parler, de le raisonner. Je ne le reconnais plus !

Giseux acquiesça d'un hochement de tête et posa une main sur l'épaule de Hugh pour l'entraîner hors de la grande salle.

— Restez tranquille jusqu'à mon retour, chuchota-t-il à Brianna. Je reviendrai, c'est promis.

La triste pénombre du couloir, encore plus sombre par contraste après la relative clarté de la salle, enveloppa Giseux tandis qu'il poussait Hugh devant lui vers ce qu'il espérait être une chambre vide.

— Lâchez-moi ! siffla Hugh en roulant son épaule pour se dégager. Vous êtes censé être de mon côté, non ?

Ce fut lui qui ouvrit la porte donnant sur un local nu et sombre, meublé en tout et pour tout d'une table grossière et d'une chaise disposée près du foyer éteint. Un froid insidieux et pénétrant suintait des dalles humides et une buée blanche s'exhala de la bouche des deux hommes lorsqu'ils eurent pénétré dans la pièce.

Hugh se tourna vers son compagnon et fixa sur lui un regard irrité.

— Inutile de me parler, Giseux, cela ne servira à rien. Ma décision est prise.

Il s'avança en vacillant jusqu'à la fenêtre, se retournant pour appuyer sa maigre silhouette contre la pierre grossièrement taillée qui formait l'embrasure. Un cercle livide lui entourait la bouche.

Giseux posa son grand corps sur la chaise en orme à haut dossier, dont les pieds sculptés portaient des traces de moisissure. D'un geste élégant, il croisa les jambes, son pied droit sur le genou opposé.

— En ce cas, peut-être changerez-vous d'avis, répliqua-t-il d'un ton calme.

Hors de lui, Hugh agita un doigt en l'air et une ride se creusa entre ses sourcils clairsemés.

— Pour être franc, je ne vois pas en quoi cela vous regarde. Pourquoi cet intérêt soudain ? Il y a deux jours, vous avez refusé d'escorter ma sœur jusqu'ici.

Sa voix prit un ton suspicieux.

— Qu'est-ce qui a changé entre-temps, hein ?

Giseux vit danser devant lui d'exquises prunelles couleur d'azur ombrées de longs cils noirs, puis se rappela le baiser hésitant d'une bouche veloutée, la douce pression de formes sinueuses contre son corps. Il revit le visage pâle et furieux de Brianna, quand elle s'était disputée avec lui au sujet d'Almeric de Salis. Tout lui revenait à l'esprit. Son courage. Son enthousiasme. Les suaves effluves de son parfum. Tout.

Il resserra les doigts sur les bras de sa chaise, aux extrémités en forme de griffes.

— Je n'ai aucune envie de voir Brianna épouser de nouveau Lord Walter.

— Mais pourquoi ? Je ne comprends pas vos raisons ! s'exclama Hugh, fouillant du regard les traits impassibles de Giseux, comme s'il y cherchait un indice qui puisse expliquer son attitude.

Un rire le secoua soudain, tandis qu'il portait une main à sa bouche.

— St-Loup, seriez-vous amoureux de ma sœur, par hasard ?

Giseux fronça les sourcils.

L'amour. Était-ce ainsi que l'on pouvait désigner ses sentiments pour Brianna ? Les liens fragiles qui s'étaient tissés entre eux ces derniers jours, d'abord entremêlés d'antagonismes et de disputes, s'étaient désormais affermis. Les fils si ténus dans un premier temps s'étaient transformés en une trame solide, les unissant d'un lien indestructible.

Une indicible émotion lui étreignit le cœur.

La respiration saccadée, Hugh tituba vers la table, où il s'appuya des deux bras, agrippant le bois de ses doigts blêmes et osseux.

— Qui aurait imaginé cela ? s'exclama-t-il d'un ton railleur. Giseux de St-Loup, le superbe guerrier, tombant amoureux de ma rien du tout de sœur !

Et d'ajouter, moqueur :

— Je croyais que vous aviez juré de ne plus vous lier à aucune femme et de ne jamais vous marier, après ce qui s'était passé avec Nadia… Après ce que vous avez fait.

Sa voix prit soudain une intensité poignante.

— Oh ! oui, tout le monde savait, Giseux. Tout le monde était au courant, pour le siège de Narsuf. Vous étiez un homme brisé, dévasté, m'a-t-on dit. Incapable d'aimer de nouveau…

— Je le croyais aussi, murmura Giseux.

Jusqu'à ce que je rencontre Brianna.

Une allégresse soudaine s'empara de son cœur. Les propos de Hugh le laissaient étrangement indifférent. Qu'il l'insulte autant qu'il lui plairait, ses mots ne revêtaient aucune importance. Ils ne s'appliquaient pas à lui. Plus maintenant.

Une semaine plus tôt, peut-être n'en aurait-il pas été de même. Mais tant de choses avaient changé depuis ! Chaque fois qu'il se trouvait en compagnie de Brianna, il redevenait celui qu'il avait été autrefois. La carapace de glace qui lui entourait le cœur fondait un peu, s'effaçant petit à petit.

Hugh parut comprendre enfin le sens de ses paroles.

— Arrêtez, je vous en prie, vous me rendez malade !

Une lueur dangereuse s'alluma dans ses yeux. Il serra le poing et l'abattit sur la table.

— Cette histoire ne vous concerne en rien, aussi je vous conseille de rester en dehors et de vous en aller tout de suite. Brianna m'appartient, je suis son tuteur et je suis libre de faire ce que bon me semble avec elle. Je veux qu'elle épouse Walter, sans quoi je n'obtiendrai jamais Matilda.

— Vous ne pouvez pas la forcer !

Hugh se redressa, un rictus aux lèvres.

— Oh si, je peux. Et ce n'est pas vous qui m'en empêcherez !

Giseux bondit de sa chaise et fit un pas vers la table, pour faire face à Hugh.

— Si, je vous en empêcherai.

Hugh leva les mains, feignant de se rendre.

— Seigneur, quelle passion ! Je ne me doutais pas que vous receliez en vous une telle ardeur, St-Loup. Oui, Brianna s'est plainte que son mariage ne marchait pas très bien, la première fois qu'elle est revenue à la maison.

Il haussa les épaules avant d'ajouter :

— Des vétilles. Bien entendu, je n'y ai pas accordé la moindre importance.

— Bon sang, vous êtes son frère, non ? se récria Giseux.

Il essaya de respirer à fond, contrôlant tant bien que mal la colère qui montait en lui. Les doigts lui démangeaient d'étrangler cet homme, ce compagnon de croisade, celui à qui il avait sauvé la vie.

Il approcha son visage hâlé de celui de Hugh.

— Vous êtes censé la protéger !

Un muscle tressauta sous sa pommette aux contours nettement ciselés.

— Cet homme a failli la détruire, poursuivit-il d'une

voix dure. Et je n'ai pas la moindre intention de laisser cela se reproduire.

Sur ses mots, il tourna les talons et quitta la pièce.

Hugh battit des paupières, tandis que la porte se refermait derrière Giseux avec un cliquetis de loquet.

D'une main tremblante, il essuya les gouttes de sueur qui lui perlaient sur le front et lissa les courtes mèches de ses cheveux blond-roux.

Nom de nom ! Pourquoi avait-il fallu qu'il tombe précisément sur Giseux de St-Loup ? Pourquoi fallait-il que cet individu vienne se mêler de ses affaires ?

Lentement, ses pensées se mirent à dériver, loin de toute raison, de tout bon sens, plongeant dans un abîme d'égocentrisme et de repli sur lui-même.

Les épaules affaissées et la gorge serrée, il s'apitoya sur son sort. Giseux voulait l'arrêter, il voulait l'empêcher d'obtenir tout ce qu'il désirait et espérait depuis si longtemps, tout ce pourquoi il avait tant prié. Toutes ces nuits où il avait dormi dans le désert sous les étoiles, pendant cette croisade insensée, en s'accrochant à la seule chose qui lui donnait le courage de traverser ces journées arides et brûlantes : le rêve de rentrer à la maison pour épouser Matilda, de voir son fils hériter de Sefanoc.

Son cœur se serra de détresse. Déjà, son fils était mort, et s'il fallait en croire Giseux, son projet de mariage avec Matilda menaçait de tomber à l'eau.

Eh bien non, ce mariage aurait lieu ! Il ferait ce qu'il fallait pour cela. Peu importait que Matilda en aime un autre. Avant cela, elle l'avait aimé, lui, et elle l'aimerait de nouveau.

Il ne pouvait pas laisser cet homme interférer, l'enjeu revêtait trop d'importance.

Il fallait que Giseux quitte les lieux au plus vite.

Chapitre 13

— C'est insensé ! Combien de temps Walter a-t-il l'intention de nous garder enfermées ici ?

Brianna, qui arpentait le solarium en long et en large, s'arrêta une fois de plus pour s'agenouiller sur le rebord de la fenêtre en pierre et jeter un regard à l'extérieur du bâtiment. Mais elle savait déjà que cela ne servait à rien. Le solarium était situé trop haut, au moins trois étages au-dessus des douves boueuses. Trop loin pour sauter, trop dangereux pour tenter une escalade.

Elle avait suivi la course du soleil brumeux dans le ciel depuis le moment où Walter avait chargé un soldat de les enfermer toutes deux dans cette pièce, peu avant midi, jusqu'à maintenant, alors que la boule de feu liquide était sur le point de sombrer derrière l'horizon. Pas âme qui vive, pas même une servante apportant un peu de nourriture, ne leur avait rendu visite de tout l'après-midi.

Pas même Giseux…

— Brianna, asseyez-vous, je vous en supplie. Vous me rendez nerveuse à marcher sans cesse.

Perchée sur un tabouret disposé près de la table au centre de la salle, Matilda tournait et retournait sans répit une pièce de broderie entre ses mains. Les fils blancs qui pendaient du bord inachevé de l'ouvrage ondulaient sur ses manches sombres.

Brianna s'approcha de la table et se posa sur un siège en face de la jeune femme.

— Je suis désolée, s'excusa-t-elle. Si seulement je savais ce qui se passe !

— Pensez-vous que Lord… euh… Giseux pourra convaincre Hugh et le faire revenir à la raison ?

Brianna tendit les mains par-dessus la table pour serrer les doigts glacés de Matilda, sans se soucier de froisser son ouvrage.

— Je l'espère bien. Il devrait pouvoir le faire changer d'avis.

Elle fronça le nez, soucieuse. Que voulait dire Giseux quand il lui avait demandé de lui faire confiance, en ajoutant qu'il existait une issue ?

— Cela prend bien longtemps, chuchota Matilda, dont la peau mate luisait doucement dans la pénombre de la pièce.

Brianna haussa les épaules.

— Vous connaissez mon frère : Dieu sait à quel point il peut se montrer obstiné ! répondit-elle, refusant d'exprimer ses craintes à voix haute.

En réalité, le doute la tenaillait. Et si Giseux avait échoué dans sa tentative ?

Prenant appui des deux mains sur la table, elle se leva de son siège.

— C'est ridicule, on y voit à peine ici. Ont-ils l'intention de nous laisser assises dans le noir ?

Se dirigeant vers la porte, elle actionna le loquet, même si elle savait que le verrou était poussé à l'extérieur.

— Hé là ! Il nous faut de la lumière à présent ! ordonna-t-elle, en martelant les planches du plat de la main.

À sa grande surprise, l'huis bascula soudain vers l'intérieur et elle dut faire un bond de côté pour ne pas être blessée par les croisillons de fer et le métal du loquet.

— Eh bien, Brianna ? On ne pense plus à nous quitter ? fit la voix de Hugh.

Le jeune homme pénétra dans la pièce d'une démarche incertaine, en affichant un air fanfaron. Il chercha du regard Matilda, buvant avidement des yeux l'ébène luisant de sa chevelure et les contours graciles de sa mince silhouette. La jeune femme se laissa retomber sur son siège, où elle se recroquevilla sous cet examen, en tâchant de se faire encore plus petite.

— On ne m'en a pas laissé l'occasion, rétorqua Brianna d'un ton cinglant.

Méfiante, elle examina son frère. Dans son regard se lisait une expression instable et inquiétante qu'elle ne lui avait jamais connue auparavant. Ses mouvements étaient saccadés, agités. Il semblait excité, les joues anormalement cramoisies.

— Parfait, parfait ! fit-il en joignant les mains. Je ne voudrais pas que tu te sauves du nid, surtout quand nous avons un double mariage à préparer !

Accablée, Brianna se laissa tomber sur le siège à côté de Matilda.

— Nous avons… quoi ?

Elle avait été sûre, si sûre que Giseux réussirait ! Que s'était-il passé, au nom du ciel ?

— J'ai dit que nous avions deux mariages à préparer, répéta Hugh avec un sourire mauvais. Tu croyais peut-être que Giseux réussirait à me persuader ? Eh bien, tu t'es trompée, ma chère sœur.

— Hugh, tu ne peux pas faire cela. Pourquoi nous rendre toutes deux malheureuses ? Matilda en aime un autre et moi je… je…

Les mots moururent sur ses lèvres. Elle avait été sur le point de dire qu'elle ne voulait pas se remarier, jamais,

mais l'image d'un grand corps musclé s'imposa soudain à sa mémoire, lui ôtant littéralement la parole.

Ce fut Hugh qui acheva la phrase à sa place.

— Toi, tu veux épouser Giseux, fit-il en époussetant un grain de poussière imaginaire sur sa manche.

Brianna se leva à demi dans un mouvement de protestation involontaire, mais Hugh agita une main pour lui imposer le silence.

— S'il te plaît, épargne-moi tes protestations de pucelle outragée. Cela crève les yeux, n'importe qui s'en apercevrait !

Un petit rire sec franchit ses lèvres gercées tandis qu'il la dévisageait d'un air moqueur.

— Tes minauderies ridicules, la façon mièvre dont tu le regardes. C'est tout à fait dégoûtant !

Il avait beau être maître de la situation, il n'en restait pas moins exsangue, le visage d'une pâleur terreuse, le dessous des yeux creusé par la maladie.

— C'est faux ! protesta Brianna.

Comment son frère pouvait-il ainsi saccager ce qui lui était si cher ? C'était comme s'il lui piétinait le cœur…

— Mais non, c'est vrai, pauvre sotte malavisée. Comment peux-tu croire qu'un homme comme lui puisse jamais se marier avec qui que ce soit ?

Une moue de mépris lui tordit la bouche.

— Giseux est incapable de se lier de nouveau. Il n'est plus qu'une coquille vide, dépourvue de sentiments.

Brianna secoua la tête et effleura la manche de son frère, dont l'étoffe bruissa sous ses doigts.

— Hugh, est-ce vraiment toi ?

— Bien sûr que c'est moi ! rétorqua-t-il d'un ton sec. Quelle question !

Mais son regard vide et vitreux tenait un tout autre langage.

— Où est-il ? insista-t-elle. Où est Giseux ?

Hugh lui adressa un sourire torve.

— Tu t'inquiètes pour lui, hein ? Comme c'est touchant !

Son expression terrifia Brianna, qui sentit son estomac se nouer.

— Ne te l'ai-je pas dit, sœurette ?

— Où… Où est-il ?

— Parti. Envolé. Il a prétendu avoir d'autres affaires qui l'attendaient. En réalité, je crois qu'il se sentait soulagé d'être débarrassé de toi, Brianna. Le pauvre type était impatient de prendre le large.

Ces paroles cruelles la transpercèrent, achevant d'ébranler son moral déjà fragile. Giseux lui avait demandé de lui accorder sa confiance et c'était ce qu'elle avait fait. Elle avait été sûre qu'il resterait ici pour elle, se battrait pour elle — se pouvait-il qu'elle se soit trompée ?

— Je ne te crois pas !

Giseux n'était allé nulle part. Au tréfonds de son cœur, elle en avait la certitude.

Le sourire suffisant de Hugh s'effaça soudain de son visage, et l'espace d'un instant il parut tout à fait perdu. Brianna l'examina à la faible lueur qui filtrait de la fenêtre. Il portait une tunique bleu pâle, à l'encolure ornée d'une bordure d'or et de… quelque chose d'autre.

Brianna baissa les yeux pour examiner le torse de son frère, fixant les minuscules taches parsemées sur l'étoffe, pas plus grosses que des têtes d'épingle.

Retrouvant son assurance, Hugh s'était remis à parler, dans le but évident de lui ôter ses derniers doutes et de la soumettre par ses paroles. Mais soudain, tandis qu'il maugréait ainsi en gesticulant, les bras écartés, sa voix devenue stridente et quasi hystérique dans son effort pour capter son attention, Brianna sentit son cœur tressaillir dans sa poitrine et manquer un battement.

Les petits points qui maculaient la tunique de Hugh étaient écarlates : de minuscules éclaboussures de sang.

Il était arrivé quelque chose à Giseux.

Hugh continuait à parler, mais elle l'écoutait à peine, tout en s'efforçant de garder une expression neutre afin de ne pas éveiller ses soupçons. Surtout, qu'il ne se doute pas qu'elle avait deviné quelque chose !

Mais sous cette apparente impassibilité son esprit travaillait fiévreusement. Tout ce qu'elle désirait à présent, c'était que Hugh s'en aille, qu'il les laisse en paix afin qu'elle puisse réfléchir.

En dépit de la température glaciale qui régnait dans la pièce, son corps brûlait. Un farouche sentiment de révolte la consumait devant l'injustice de sa situation, de son emprisonnement.

Giseux avait besoin de son aide, de cela elle était certaine, et l'envie la démangeait de bousculer Hugh pour s'élancer dans le couloir en criant le nom de Giseux. Mais un acte aussi impulsif, aussi désespéré, serait aussitôt réprimé par le robuste soldat qui se tenait en sentinelle de l'autre côté de la porte.

Non, il lui fallait réfléchir et concocter un plan.

Enfin, après ce qui parut à Brianna une éternité, Hugh bafouilla et interrompit son laïus, marmonnant qu'il lui fallait parler à Walter.

Elle attendit quelques instants après que la porte se fut refermée derrière son frère, l'oreille tendue pour écouter décroître le bruit de ses pas dans le couloir.

Se retournant alors, elle rencontra le regard brun et velouté de Matilda, dont le visage semblait refléter sa propre détresse. Les traits de Brianna s'altérèrent. Elle eut l'impression qu'un poids lui écrasait la poitrine, l'empêchant littéralement de respirer.

Matilda enfonça l'ongle de son pouce dans l'une des craquelures de la table gauchie par le temps.

— Je sais, fit-elle d'un ton misérable. Il semblerait que nous devions nous résigner à ces mariages, n'est-ce pas ? Nous n'avons pas le choix.

— Non, ce n'est pas cela, rétorqua Brianna d'une voix tremblante. Ce n'est pas cela *du tout* !

Tout son corps vibrait d'angoisse et d'appréhension.

— C'est de Giseux qu'il s'agit.

Matilda esquissa un faible sourire.

— Ce n'est pas tout à fait le preux chevalier dans son armure étincelante, en fin de compte…

— Il ne m'aurait pas abandonnée, déclara Brianna avec conviction. Il lui est arrivé quelque chose. J'ai vu de petites éclaboussures de sang sur la tunique de Hugh. Giseux est blessé… Ou pire !

Un sanglot hystérique lui monta à la gorge, menaçant de la secouer tout entière. Elle le réprima en hâte. Perdre la tête en cet instant n'aiderait pas Giseux.

Matilda se leva d'un mouvement souple et gracieux.

— Brianna, je sais que vous vous intéressez à cet homme, cela crève les yeux, en effet, mais franchement, ces marques sur la tunique de Hugh pourraient être n'importe quoi d'autre. Comment pouvez-vous être si sûre ?

Le regard bleu de Brianna s'assombrit.

— Il est en danger, Matilda. Je le sais, je le sens *ici*, dit-elle avec fougue en se frappant la poitrine, les yeux soudain embués. Il m'a demandé de lui faire confiance et c'est ce que j'ai fait. Je continue de le faire. Il faut absolument que je le retrouve.

Matilda écarta les bras dans un geste d'impuissance.

— Mais comment ? Hugh va sans nul doute nous garder

sous clé jusqu'à ce qu'on nous traîne toutes les deux à la chapelle.

— Il faut que vous m'aidiez.

Le regard de Brianna se posa sur le petit tabouret que Matilda venait de quitter.

— J'ai une idée. Portez ce tabouret près de l'âtre pendant que j'appelle le garde. Il est temps qu'il nous aide à allumer le feu.

Le soldat trapu qui gardait l'entrée du solarium ne fut que trop heureux de venir en aide à ces dames. Il avait assisté à la scène qui s'était déroulée dans la grande salle quelques heures plus tôt et semblait éprouver une certaine sympathie pour les deux jeunes femmes, bien qu'employé au service de Lord Walter.

Après avoir écouté leur requête, il reverrouilla la porte derrière lui avant d'aller chercher en hâte l'un des flambeaux qui éclairaient le corridor, fichés dans des torchères en fer. Il frappa ensuite au panneau de bois et attendit poliment la permission avant d'entrer, refermant de nouveau la porte, dont il renfonça la clé dans sa ceinture.

Brianna et Matilda se tenaient toutes deux debout près du foyer, un sourire innocent aux lèvres. La vive lueur de la torche illumina leur visage, soulignant leur beauté. Ravi de se retrouver en si charmante compagnie, le soldat leur rendit leur sourire. Puis il s'accroupit devant l'âtre en faisant craquer ses genoux sur les dalles glacées du foyer et poussa le flambeau allumé sous le fagot de brindilles, disposé sur une brassée d'herbes sèches.

Ce fut alors qu'un objet pesant s'abattit sur sa nuque, déclenchant dans sa tête une douleur intense. Il ouvrit la bouche sous le choc avant de basculer sur le côté, puis s'effondra inconscient sur le parquet.

— Vite, Matilda ! Il ne restera peut-être pas évanoui très longtemps.

D'un geste prompt, Brianna détacha la clé de la ceinture du soldat, tout en guettant du coin de l'œil s'il ne revenait pas à lui. Mais les yeux de l'homme demeuraient clos tandis qu'il gisait sur le sol, ses membres épais bizarement étalés. Elle espérait ne pas l'avoir frappé trop fort avec le tabouret. Le siège ne lui avait pas semblé lourd, jusqu'au moment où elle l'avait soulevé par un pied. En fait, il s'était révélé une massue efficace et elle espérait que cela leur donnerait assez de temps pour s'enfuir du château.

— Matilda, vous devez partir à présent, quitter cet endroit et aller retrouver votre ami, chuchota-t-elle en hâte, tandis qu'elle enfermait le soldat à clé dans la pièce qui leur avait servi de prison. Pensez-vous que vous puissiez vous enfuir sans être vue ?

Matilda hocha la tête et enlaça Brianna. Ses yeux brillaient dans la pénombre.

— Merci. Merci mille fois pour tout ce que vous avez fait, Brianna. J'espère que nous nous reverrons dans de meilleures circonstances.

— Je suis tellement navrée pour Hugh, avoua celle-ci. Je ne me doutais pas qu'il était capable de se comporter ainsi. C'est comme si… Comme s'il avait perdu la raison.

Une désagréable sensation de froid s'insinua en elle. Elle aurait dû savoir, prévoir ce qui allait se passer. À Sambourne, l'attitude de Hugh lui avait semblé étrange, inhabituelle, mais elle avait attribué ses regards déments et ses gestes saccadés à la maladie, et non à un état antérieur.

— Cessez de vous excuser et partez vite, lui intima Matilda.

Brianna regarda son amie s'éloigner en trébuchant dans le couloir, jusqu'au moment où elle la vit disparaître dans un envol de jupes. Son cœur se souleva d'allégresse à l'idée du bonheur qui attendait la jeune fille.

Mais l'image de Giseux gisant quelque part, blessé, lui

revint violemment à l'esprit, chassant toute autre pensée de sa tête.

Tournant prestement les talons, elle se dirigea vers l'escalier en colimaçon qui descendait à l'intérieur de l'une des tours d'angle. Elle n'avait pas le temps d'inspecter la chambre de Giseux. Le mieux, c'était de gagner directement les écuries pour vérifier si son destrier se trouvait encore là.

Avec précaution, elle descendit les degrés en frôlant le mur rugueux de ses jupes, ses semelles de cuir glissant sans bruit sur la pierre humide. Elle se mouvait tel un fantôme, marchant sur la pointe des pieds, comme son frère lui avait appris à le faire dans les forêts de leur enfance. Un élancement de douleur la cisailla à ce souvenir : la douleur de la trahison, l'incrédulité à la pensée que son propre frère puisse se conduire ainsi avec elle.

Le soulagement l'envahit lorsqu'elle saisit enfin l'anneau de métal de la porte extérieure. Elle se précipita dehors, heureuse de sentir l'air frais sur sa peau. Le froid lui éclaircissait les idées, lui permettant de concentrer ses pensées après les événements chaotiques de la journée. Elle se lécha les lèvres, savourant le goût du givre sur sa langue.

À l'ouest, au-dessus de la haute et sévère silhouette du mur d'enceinte, les dernières lueurs du soleil s'attardaient, stries d'or rouge sur le velours bleu sombre du ciel. Cette faible lumière suffisait pour éclairer son chemin.

D'un regard rapide, elle inspecta la cour intérieure, s'assurant qu'il ne se trouvait personne aux alentours. Puis elle traversa en courant l'espace pavé en direction des écuries, en priant pour que personne ne l'aperçoive depuis les fenêtres du haut.

Qui savait combien de temps durerait la conversation de son frère avec Walter, combien de temps il faudrait au garde emprisonné pour revenir à lui et appeler à l'aide ? Elle ne disposait pas de beaucoup de minutes devant elle.

Tout ce qu'elle espérait, c'était découvrir dans les écuries quelque signe, quelque indice qui lui apprendrait ce qu'il était advenu de Giseux.

Une âcre et forte odeur de chevaux imprégnait les lieux. Brianna se faufila à l'intérieur par la double porte ouverte, en s'assurant qu'on ne pouvait la voir. Un instant, elle hésita, s'appuyant de la main contre l'un des piliers de chêne qui soutenaient le linteau.

Un doute la saisit, lancinant. Et si elle s'était trompée à propos de Giseux ? Et si, après avoir échoué à persuader Hugh, il avait tout simplement pris congé ?

Brianna secoua la tête pour chasser ces pensées intempestives. *Tiens-t'en à cette promesse dans son regard*, se reprit-elle. *À cette flamme dans ses yeux quand il a entraîné Hugh hors de la grande salle.*

En fait d'argument, c'était tout ce qu'elle possédait. Mais c'était suffisant pour elle.

— Milady ? fit soudain une petite voix.

Effrayée, Brianna porta une main à sa gorge, en fouillant l'obscurité du regard pour découvrir l'origine du son. Ses jambes flageolaient sous elle, lui refusant tout service. Elle avait été si certaine que les écuries étaient désertes !

Un soupir de soulagement lui échappa lorsqu'elle vit un gamin émerger de l'une des stalles vides, le blanc de ses yeux brillant dans la pénombre. Un garçon d'écurie, à en juger par son allure, vêtu de braies en loques et d'une tunique déchirée. Il marchait pieds nus, les tibias maculés de poussière. Ses cheveux semblaient bizarrement ébouriffés, comme s'il venait de dormir.

Brianna lui tendit la main.

— N'aie pas peur. Excuse-moi si je t'ai réveillé. Je cherche quelque chose… Enfin, quelqu'un.

L'adolescent esquissa un sourire espiègle.

— Je peux peut-être vous aider ? proposa-t-il, une lueur d'excitation dans les yeux.

Brianna s'avança dans la travée pavée, enfonçant ses bottines dans les monticules de paille qui débordaient des stalles.

— Je cherche un homme. Un… Un ami. Je crains qu'il ne lui soit arrivé quelque chose.

Elle examina l'écurie, cherchant la croupe noire et luisante du destrier de Giseux.

Le gamin suivit son regard inquiet.

— *Son* cheval n'est plus ici. Ils l'ont hissé dessus et ils l'ont emmené.

Brianna empoigna l'adolescent par les épaules.

— Que s'est-il passé ? Qu'est-ce que tu as vu exactement ?

Le gamin arbora un sourire fiérot.

— Tout ! J'ai tout vu. Ils ne savaient pas que j'étais là. L'homme en question est entré avec deux des soldats de Lord Walter. Ils lui ont raconté que son cheval avait un problème à la patte arrière. Et quand il s'est penché pour regarder, eh bien, ils l'ont frappé.

Brianna sentit sa gorge se nouer d'effroi.

— Grand, avec les cheveux châtain clair, une tunique noire ?

Dans sa panique, elle devait faire un effort pour se rappeler les détails.

— C'est ça, c'est bien lui ! cria le garçon. Ils ont laissé ceci.

Le cœur étreint par l'angoisse, Brianna regarda le gamin s'emparer d'un vêtement suspendu à l'une des stalles. Une cape.

La cape de Giseux !

— Il faut que je le retrouve. Dans quelle direction sont-ils partis ?

— Vers le nord, je crois. Les soldats ont parlé de la forêt

qui s'étend dans cette direction. Je peux vous montrer, si vous voulez, proposa le garçon avec ardeur.

Brianna jaugea son interlocuteur du regard. Ils étaient tous deux de la même taille et de corpulence à peu près identique.

— Non, merci. Mais tu peux m'aider d'une autre façon, si tu veux bien.

Le garçon hocha la tête.

— Volontiers. Mais comment ?

— Tu peux me prêter des habits à toi. Je suis trop repérable, habillée comme je suis.

Elle passa une main sur l'étoffe volumineuse de sa jupe avant d'ajouter :

— Sans compter que c'est encombrant.

La consternation se peignit sur le visage du gamin, qui rougit de confusion.

— C'est que, milady… Je n'ai qu'une autre tunique propre, des braies déchirées et une cape courte.

— C'est exactement ce qu'il me faut, le rassura Brianna. Va vite me les chercher, veux-tu ?

Le visage du palefrenier s'illumina. Il détala vers l'échelle de bois qui menait à un trou sombre et carré pratiqué dans les planches du plafond.

— Normalement, c'est là-haut que je dors, expliqua-t-il en gravissant les barreaux.

Le haut de son corps disparut un instant avant de reparaître, un ballot de vêtements dans les mains.

— Mais ce soir il faisait vraiment trop froid, acheva-t-il d'expliquer.

Brianna lui arracha le paquet des mains.

— Merci. Je vais me changer là derrière. Monte la garde et préviens-moi si tu vois quelqu'un.

S'enfonçant tout au fond de la stalle, Brianna ôta en un tour de main sa robe et sa chemise, qu'elle dissimula dans un coin sous un tas de paille. Elle dut retirer ses bottines pour enfiler les braies, qui lui allaient parfaitement, Dieu merci, bien qu'un peu étroites au niveau des hanches. Afin de ménager son pied blessé, elle prit soin de replier les orteils avant de renfiler ses chaussures. La tunique de coupe droite, munie d'un décolleté carré, glissa aisément sur sa tête et lui retomba jusqu'à mi-cuisses. Brianna en serra les plis autour d'elle à l'aide de la ceinture qui retenait sa dague, dont le fourreau reposait sur sa hanche.

Prévoyant, le gamin avait ajouté un chapeau en feutre à larges bords, qu'elle s'enfonça sur la tête pour dissimuler ses cheveux. Puis elle jeta la courte cape sur ses épaules, dérapant avec nervosité lorsqu'elle voulut nouer les lacets de cuir.

Elle s'interrompit pour respirer à fond.

Paniquer ne t'aidera en rien, s'admonesta-t-elle. *Reste calme, réfléchis, sois logique. Ce n'est qu'ainsi que tu pourras le secourir.*

— Milady…, chuchota le garçon.

Le buste penché, il retenait par le collier un énorme limier au pelage fauve parsemé de taches noires.

— Ce chien vous aidera à le retrouver. Faites-lui sentir la cape de l'homme, et il retrouvera sa trace, sûr et certain. Il est dressé pour suivre les chevaux, ne craignez rien.

— Quel garçon intelligent tu fais ! chuchota Brianna.

Comme elle approchait la cape du nez du chien, déjà tout frétillant, elle entendit résonner dans l'air de la nuit des claquements de porte, des cris, suivis d'un bruit de pas précipités.

— Ça y est, ils savent, murmura-t-elle.

— Comment passerez-vous le portail ? s'enquit le gamin. Les gardes vont être sur le qui-vive à présent.

Brianna réfléchit en hâte.

— Tu vas monter en croupe derrière moi. Ils penseront

que nous sommes juste deux jeunes en train de s'amuser. Trouve-moi un cheval, un rapide.

— Je vais vous en seller un.

— Inutile. Nous n'avons pas le temps.

— Prenez au moins ma bouteille d'eau. Vous risquez d'avoir un long trajet devant vous.

Le garçon lui tendit la gourde de cuir et l'aida à enfourcher la jument qu'il lui avait conseillé de prendre. Puis il se hissa derrière elle et se cramponna à son dos. Tout excité, le limier remuait sans cesse la queue, son nez humide à un demi-pouce à peine du sol.

— Tu vas devoir t'accrocher à moi, prévint Brianna. Nous devrons aller vite.

Agrippant des deux mains la crinière ondulante, la lourde cape de Giseux pliée contre son buste tel un talisman, Brianna pressa les talons dans les flancs de leur monture et lança l'animal au trot, puis au galop.

Lorsqu'ils atteignirent le portail, la jument filait déjà à toute allure, le chien gambadant avec aisance à ses côtés. Le gamin joua admirablement son rôle, levant la main pour saluer les sentinelles, vers qui il tourna un visage radieux. Les gardes lui rendirent son sourire, se rappelant sans doute l'exubérance de leur propre jeunesse, tandis que le cheval franchissait les portes et traversait le pont-levis dans un martèlement de sabots.

Le gamin agrippé à sa taille, Brianna s'éloigna du château au grand galop et se dirigea vers un petit bosquet. Parvenue sous le couvert des branches, elle ralentit pour laisser son passager glisser à terre.

— Ce n'est pas trop loin pour que tu puisses revenir à pied, lui chuchota-t-elle. Je ne te remercierai jamais assez pour ce que tu as fait.

Le garçon désigna d'un coup d'œil le limier, qui reniflait le sous-bois.

— C'est un bon chien, maîtresse, bien dressé. Il va bientôt trouver la piste, fiez-vous à son instinct.

Puis il leva la main en un geste d'adieu et adressa un clin d'œil à Brianna.

— J'espère que vous retrouverez votre homme, milady.

— Moi aussi, je l'espère !

Chapitre 14

Giseux poussa un gémissement rauque puis émit un grognement de protestation, avant d'ouvrir un œil à grand-peine. Une douleur lancinante irradiait de la base de son crâne, remontant vers son oreille gauche. La vision embrumée, il examina les alentours en essayant de comprendre où il se trouvait.

Des murs en bois grossier, un trou carré en guise de fenêtre, un linteau gauchi et déformé, pas de vitres, les contours irréguliers d'une porte…

Par tous les diables, que lui était-il arrivé ? Il était allongé, le dos sur un sol en terre battue, humide et moisi. Une agréable odeur de bois coupé emplissait l'air. Il entendait de l'autre côté du mur un bruissement d'arbres, aux branches violemment secouées par un début de vent. Peut-être se trouvait-il dans une sorte de hutte de forestier qui servait à entreposer du bois ?

Dehors, une pluie épaisse mêlée de flocons tambourinait sur les feuilles, giclant avec force à chaque rafale.

Il voulut se tâter la nuque pour vérifier sa blessure, mais il ne put bouger ses mains, attachées serrées sur son estomac par une épaisse corde graisseuse. Ses chevilles aussi se trouvaient ligotées.

La rage l'envahit, une colère blanche qui lui donna la force de se redresser et de s'asseoir, une épaule appuyée au mur pour soutenir son corps. La douleur lui martelait la tête et il avait le vertige. Il recula le torse afin de pouvoir loger ses deux épaules contre le mur, dans un coin de la hutte.

Hugh. Voilà ce qu'il lui était arrivé !

Après leur échange infructueux, il s'était mis en quête de Walter, qui avait disparu, comme par hasard. Comme il sortait de la grande salle pour gagner le solarium des femmes, un valet d'écurie qui clignait nerveusement des paupières l'avait arrêté, en marmonnant qu'il était arrivé quelque chose à son cheval. Le gars lui avait paru sincèrement inquiet. C'était seulement plus tard, comme il se penchait pour examiner la patte de son destrier, dans ce soudain moment de lucidité qui avait précédé le choc sur sa nuque, qu'il avait compris qu'il s'était fait duper.

Levant ses mains liées jusqu'à sa bouche, il se mit à ronger la corde fétide avec ses dents. Il fallait qu'il s'échappe. Il fallait qu'il retrouve Brianna avant la célébration du mariage ! Hugh semblait avoir perdu la raison, mais il lui restait sans doute assez de bon sens pour hâter la cérémonie, sachant que ce n'était qu'une question de temps avant le retour de Giseux. Sans doute avait-il voulu l'écarter juste assez longtemps pour pouvoir célébrer les deux unions, pour détruire en un instant la vie de deux magnifiques jeunes femmes.

La bouche irritée par les fibres abrasives de la corde, Giseux posa la tête contre le mur et baissa les paupières. Le désespoir l'envahit. Il avait demandé à Brianna de lui faire confiance, certain qu'il pourrait l'aider en persuadant Hugh de changer ses plans, alors qu'en réalité il ne lui avait été d'aucune utilité. Il espérait qu'elle ne le jugerait pas trop sévèrement.

Brusquement, il rouvrit les yeux. Un bruit, là, à l'extérieur de la hutte ! À travers l'incessant chuintement de la pluie, il entendit des pas réguliers qui se rapprochaient, puis un chuchotement hâtif, et enfin un ordre distinct résonnant dans l'obscurité.

Tendant l'oreille, il se souleva, grimaçant à la douleur qui s'amplifia soudain dans sa tête, et en deux bonds il gagna l'entrée, se positionnant pour que la porte le dissimule lorsqu'elle s'ouvrirait.

Un étrange reniflement se fit entendre derrière le panneau de bois, suivi par un aboiement furieux.

Un chien ! comprit soudain Giseux. On avait lancé un chien à sa recherche… ou à sa poursuite. Fasse le ciel que ce soit un ami et non un ennemi !

La porte pivota en craquant sur ses gonds rouillés et quelqu'un pénétra dans la cabane.

Brianna ?

Sa longue natte chatoyant dans l'obscurité, elle s'avança dans la hutte, ignorant sans doute qu'il se trouvait là, dans son dos, luttant pour se tenir debout. Trop épuisé même pour l'appeler, il titubait, au bord de l'évanouissement. Avec lenteur, il se laissa glisser contre le mur en bois, dont les échardes accrochèrent sa tunique, et s'assit sur le sol humide.

Brianna tourna promptement la tête, projetant autour d'elle des gouttelettes de pluie, qui scintillèrent dans la lueur de la porte ouverte. Son regard brillant se fixa enfin sur lui, scrutant sa silhouette affaissée et la pâleur livide de son visage.

— Oh ! Seigneur, que vous ont-ils fait ?

Elle s'agenouilla près de lui et lui enserra le visage, les doigts enfoncés dans ses cheveux. Son cœur chantait dans sa poitrine. Enfin, elle l'avait retrouvé ! Le soulagement déferla en elle, si intense qu'il en était presque palpable. Elle referma les bras autour de ses épaules, l'attirant contre elle. Des larmes lui coulèrent sur les joues avant de tomber une à une dans la souple chevelure châtain de Giseux.

Il pencha la tête, appuyant son front dans le cou tiède et soyeux de Brianna pour respirer son odeur. Un léger parfum de lavande s'exhalait de son corps humide, lui rappelant les longs étés brûlants de Provence. Elle le serrait de ses bras minces, les mains pressées dans son dos, et en dépit de sa migraine il sentit le désir jaillir en lui, allié à une intense gratitude.

La voix étouffée de Brianna résonna quelque part au-dessus de lui.

— Giseux, répondez-moi ! Que vous ont-ils fait ?

Il se concentra sur elle, sur les battements réguliers de son cœur, se raccrochant à eux pour repousser les sombres abîmes de l'inconscience qui menaçaient de l'engloutir.

— Ce n'est… rien, croassa-t-il.

— J'ai cru…

Elle s'interrompit, luttant pour parvenir à articuler ses mots.

— J'ai cru qu'ils vous avaient tué.

Une rafale de pluie s'engouffra furieusement par la porte ouverte, éclaboussant de taches noires le sol en terre sèche. Brianna s'écarta doucement de Giseux, en lui soutenant l'épaule d'une main, et tira sa dague pour couper les liens de ses poignets et de ses chevilles. La corde tomba en morceaux sur ses braies avant de glisser sur le sol.

Brianna regarda le sang revenir dans les doigts blêmes de Giseux, lui rendant peu à peu la sensation de ses membres.

— Ce n'est rien, hein ? le taquina-t-elle, tandis qu'elle se mordait la lèvre d'inquiétude à la vue de sa silhouette affaissée.

Il releva la tête, dévoilant ses yeux cernés par la souffrance, tout en pliant les doigts pour en chasser la raideur.

— Ils m'ont frappé à l'arrière de la tête, expliqua-t-il. Ce n'est qu'une égratignure. J'aurais dû être plus vigilant, ajouta-t-il avec un sourire désolé.

Brianna se glissa derrière lui et lui demanda de se pencher en avant, afin qu'elle puisse lui écarter les cheveux et examiner de plus près la blessure infligée sur l'ordre de son frère. Une vilaine entaille sanglante lui zébrait la peau du crâne et un hématome pourpre entourait l'endroit de l'impact.

Elle plissa le front, soucieuse. Il fallait qu'elle trouve un moyen de nettoyer la plaie.

— Eh bien, est-ce que je vais vivre ? plaisanta-t-il, d'un ton qui s'efforçait d'être jovial.

Elle sourit dans la pénombre.

— Il faut que je nettoie cela. Attendez, je vais chercher ma bouteille d'eau.

Le cheval attendait patiemment près d'un petit buisson d'aubépines. N'ayant rien pour l'attacher, Brianna espérait qu'il ne prendrait pas la poudre d'escampette. Quant au chien, il se tenait exactement là où elle lui avait ordonné de rester, sa tête brune et humide posée entre ses pattes. Il émit un petit gémissement lorsqu'elle sortit de la cabane.

— Tu es un bon garçon, lui chuchota-t-elle en lui tapotant la tête. Tu l'as retrouvé pour moi. Tu l'as retrouvé !

Son cœur dansait d'allégresse. Giseux était vivant — blessé, mais vivant ! Son instinct ne l'avait pas trompée. Elle retourna dans la hutte.

— Comment diable m'avez-vous retrouvé ? s'enquit-il en plongeant son regard argenté dans le sien.

S'agenouillant derrière lui, elle écarta doucement ses cheveux pour découvrir la blessure. Les épaules musclées de Giseux se raidirent lorsqu'elle commença à nettoyer la plaie avec le bord de sa cape préalablement trempé dans l'eau.

— Je suis désolée, ça risque de faire un peu mal.

Mais il ignora ses paroles.

— Comment m'avez-vous retrouvé ? répéta-t-il.

— Le garçon d'écurie m'a suggéré de prendre l'un des

chiens de chasse. Ils possèdent un odorat incroyable. Votre cape se trouvait toujours dans l'écurie. Le limier a suivi aisément votre trace.

Elle inclina la gourde de cuir, imbibant une fois de plus l'étoffe tachée de sang avant de tamponner délicatement la plaie.

Giseux tourna la tête, si bien que la main de Brianna retomba, laissant choir l'étoffe mouillée sur ses genoux.

— Ils m'ont chargé sur mon destrier et m'ont amené ici, espérant sans doute me maintenir à l'écart le temps de conclure les deux mariages.

Il sourit.

— Et cela aurait pu marcher. Mais Hugh avait compté sans vous, n'est-ce pas ? Son indomptable sœur, si peu conventionnelle !

Brianna rougit, gênée par l'insistance de son regard.

— Hugh m'a raconté que vous étiez parti, excédé et lassé par toutes ces manigances domestiques au château de Walter !

Il la dévisagea, fasciné par sa beauté. Dans la pénombre, sa peau délicate luisait d'un doux éclat d'albâtre.

— Et vous avez choisi de ne pas le croire…

Brianna se mordilla la lèvre. Sa tunique au décolleté carré, un peu trop grande pour elle, bâillait dangereusement d'un côté, découvrant la courbe gracieuse de son épaule. Il sentit monter dans son ventre l'appel du désir, tel un frémissement d'anticipation.

— Je savais que quelque chose ne collait pas, murmura-t-elle d'une voix hésitante, ne sachant trop dans quelle mesure elle pouvait lui révéler jusqu'où allait son intérêt pour lui. Vous m'aviez demandé de vous faire confiance, et ensuite vous…

Elle se tut, la respiration coupée au souvenir de l'indicible effroi qu'elle avait ressenti en découvrant les taches de sang sur la tunique de son frère.

— … Et puis vous disparaissez, acheva-t-elle.

— Et vous m'avez réellement fait confiance ? s'enquit-il d'un ton incrédule.

Il émit un bref éclat de rire avant de grimacer de douleur.

— Vous, Brianna de Sefanoc, qui ne vous fiez jamais à âme qui vive, vous avez placé votre confiance en moi ?

Brianna remua, mal à l'aise. Sa position agenouillée était inconfortable et elle commençait à éprouver des picotements dans les orteils.

Elle lui adressa un sourire confus.

— Ne vous moquez pas de moi, voulez-vous ?

— Mais non, je suis flatté.

Il lui enserra le visage dans sa grande main et elle résista à l'envie de frotter sa joue contre sa paume.

— Je vous remercie, Brianna.

Sa voix résonnait, grave et veloutée. Apaisante, incitatrice…

— Votre courage ne cessera jamais de m'étonner, poursuivit-il. Qui l'aurait cru ? Tant de force, tant de bravoure chez une frêle créature telle que vous ?

Elle émit un petit rire et, ne sachant que faire pour masquer son embarras, repoussa une boucle de cheveux derrière son oreille.

— C'était plutôt du désespoir. La pensée de me retrouver de nouveau prise au piège, prisonnière d'un mariage avec cet homme, m'a fourni l'énergie nécessaire.

Mais, tout en parlant, elle savait qu'elle esquivait la vérité. En fait, c'était seulement lorsqu'elle avait compris que Giseux se trouvait en danger qu'elle avait décidé de s'évader. C'était lui qui lui avait donné l'énergie !

— Alors vous vous êtes habillée en garçon et vous vous êtes échappée.

Il sourit, détaillant la tenue de la rebelle : les braies moulantes qui soulignaient ses formes gracieuses, les larges plis de sa tunique, dont l'ampleur la faisait paraître encore plus délicate, plus vulnérable.

— Avec l'aide de l'un des palefreniers, précisa-t-elle. Et d'un chien débordant d'ardeur. Je n'aurais pas pu y arriver toute seule.

— Mais vous l'avez fait, Brianna, et je vous en suis reconnaissant. Merci.

Elle frémit, fascinée par cette voix grave et sensuelle, dont les notes profondes propageaient de voluptueux frissons dans son dos. Elle lutta pour garder la tête froide — Giseux avait été blessé, il avait besoin de s'étendre, de se reposer. Elle vit les traits ciselés de son visage se rapprocher d'elle, si près qu'elle discernait à présent le soupçon de barbe qui ombrait ses mâchoires carrées. Giseux lui enserrait toujours la joue.

D'un geste presque involontaire, elle lui effleura le dos de la main, remontant avec lenteur vers le poignet.

Le contact de ces petits doigts frais eut raison du sang-froid de Giseux, qui sentit monter en lui la flamme du désir. Prenant une courte inspiration, il tâcha de se concentrer sur les paroles de Brianna.

— Je… Je me faisais beaucoup de souci pour vous, admit-elle d'une voix tremblante. Je pensais qu'ils vous avaient tué…

Bouleversée, elle secoua la tête en lui pressant la main. Les larmes qu'elle avait si longtemps combattues lui jaillirent soudain des yeux.

Giseux lui caressa la joue, jouant avec le lobe si sensible de son oreille.

— Il ne faut pas pleurer pour moi, Brianna. Je n'en vaux pas la peine.

Le cœur de Brianna se rebella.

Oh ! si, vous en valez la peine ! Vous êtes digne de tout ce que mon cœur peut receler d'émotion, et je vous donnerais tout si vous me le demandiez.

Aucun de ces mots n'avait franchi ses lèvres, mais son regard ardent apprit à Giseux tout ce qu'il avait envie de savoir. Brianna le désirait, elle avait besoin de lui. Toute la réserve qu'il s'était imposée vola soudain en éclats. Un désir sombre et ardent se déchaîna en lui, pulvérisant toute raison, tout sens du bien et du mal.

Il était perdu. Pour de bon.

Emprisonnant le petit visage entre ses deux mains, il enfonça ses doigts puissants dans les cheveux de Brianna, l'attirant vers lui d'un geste impérieux. Il avait perdu tout contrôle sur lui-même et il le savait. Brutale et farouche, sa bouche s'abattit sur celle de la jeune femme. Il l'entendit reprendre sa respiration tandis qu'il pressait ses lèvres sur les siennes, les forçant à s'écarter pour lui livrer passage.

Brianna sentit son corps s'embraser sous la caresse. Elle savait ce qui allait arriver… et ne demandait pas mieux, toute prête à vivre la merveilleuse aventure.

Giseux, lui, en était encore à se leurrer.

Un baiser, un seul, songea-t-il.

Un baiser pour apaiser l'infernal désir qui lui ravageait le corps tel un ouragan de feu, puis il s'écarterait…

Mais à l'instant même où il formulait cette pensée il sut qu'il se mentait à lui-même. Un baiser ? Il allait lui falloir plus que cela.

Beaucoup plus.

Lâchant le visage de Brianna, il lui enlaça la taille, la serrant contre lui dans une étreinte sauvage. D'un geste tâtonnant, il tira sur le lacet de cuir qui retenait ses cheveux pour libérer la luxuriante toison fauve. Puis il la fit basculer sur ses genoux, un bras passé dans son dos pour la soutenir, l'autre enfoui dans la cascade parfumée de sa chevelure.

Ensuite, il ne fut plus maître de rien. Ses doigts descendirent, épousant la délicieuse rondeur d'un sein. Avec un feulement de délice, Brianna céda de nouveau à la pression de ses lèvres en écartant les siennes, et ce fut comme si un pays merveilleux s'ouvrait à elle.

La langue de Giseux plongeait en elle, et une brûlante euphorie l'envahit. C'était trop, presque trop ! Au bord de l'extase, elle tremblait dans ses bras, son corps frêle près de défaillir, incapable de supporter l'irrésistible montée du plaisir. Le flux du sang s'accéléra dans ses veines, tandis qu'une délicieuse émotion croissait dans les profondeurs de son être. Chaque battement fou de son cœur, chaque déchaînement de sensations nouvelles, la rapprochait d'un rivage encore inconnu. Elle sentait tout son corps se tendre, lutter vers un but qu'elle ne connaissait pas encore, mais dont elle sentait l'enivrante approche.

La peau brûlante, elle s'accrochait aux épaules de Giseux comme à sa seule planche de salut dans la tempête qui la secouait. Sous son baiser ravageur, son souffle ne s'exhalait plus qu'à petits coups rapides, entrecoupés. Un flot incandescent déferla en elle, impossible à restreindre, à arrêter.

S'il vous plaît, s'il vous plaît, ne me repoussez pas maintenant, implora-t-elle en silence. *Laissez-moi vivre cela au moins une fois avec vous.*

Le passé, l'avenir, tout s'évanouissait devant ce besoin farouche — être avec cet homme. Ensemble.

Haletant, Giseux s'arracha de sa bouche et plongea son regard gris argent dans le sien.

— Il faut que vous m'arrêtiez, Brianna.

Sa voix tremblait, rauque de désir.

— Il faut que vous m'arrêtiez, car j'en suis moi-même incapable.

Elle leva une main vers lui, effleurant la barbe légère qui lui ombrait le menton.

— Je ne veux pas que vous arrêtiez, murmura-t-elle, le cœur battant à se rompre.

— Brianna, vous savez ce qui va se passer ! répliqua-t-il, son regard cherchant le sien.

Elle hocha la tête.

— Oui, je sais.

Avec un gémissement guttural, il écrasa de nouveau ses lèvres sur les siennes, les mains enfouies dans ses boucles soyeuses, se délectant de leur douceur.

D'un geste mutin, elle s'arracha à sa bouche pour lui embrasser les joues, jouissant du contact de sa barbe piquante sur sa peau.

— Je veux vous voir, murmura-t-il d'une voix rauque.

Il souleva le bord de la tunique de Brianna, qu'il fit glisser par-dessus sa tête, et elle sentit un souffle froid venu de la porte caresser son buste nu.

— Oh ! Seigneur…, murmura-t-il, ébloui par le spectacle parfait de ses seins ronds que soulignaient la minceur de sa taille.

Intimidée par son regard, Brianna rougit, et d'un geste involontaire croisa les bras sur sa poitrine.

— Non, souffla-t-il en lui abaissant les mains. Ne vous couvrez pas. Vous êtes si belle…

Ensuite…

Ensuite, elle oublia sa pudeur, elle oublia tout sauf la présence de cet homme, dont chaque geste la faisait vibrer d'un indicible désir. Enivrée par leur amour, elle perdit tout sens du temps, depuis le moment où il se déshabilla et se dressa devant elle, mince et musclé, jusqu'à l'instant où elle fut allongée nue contre lui dans un magnifique contraste de couleurs, son corps pâle contre les membres bronzés de Giseux.

Dehors, la pluie glacée s'était changée en neige et des

papillons blancs voletaient à travers la porte ouverte avant de se poser sur le sol inégal.

Mais Brianna ne sentait plus le froid. Sa main voyageait, aventureuse, de la ferme aspérité d'un biceps à la large poitrine creusée d'un sillon, jusqu'au ventre dur et musclé, puis plus bas encore…

Giseux reprit brusquement sa respiration. Elle sentit une cuisse chaude se presser contre sa hanche et un début de panique s'empara d'elle.

La bouche soudain asséchée, elle déglutit convulsivement.

— Giseux ?

— Chut, n'ayez pas peur. Je ne vous ferai pas de mal, c'est promis.

Il s'admonestait lui-même, s'exhortant à cheminer avec lenteur, à prendre le temps de savourer cette belle jeune femme. Mais à chaque toucher de ces doigts malhabiles, à chaque pression de ce corps exquis contre le sien, de cette bouche semblable à un bouton de rose, son propre corps dansait littéralement, trépidant d'anticipation. Le désir montait en lui, de plus en plus intense. Il ne tiendrait pas beaucoup plus longtemps.

Écrasant la fragile silhouette contre lui, il sema une traînée brûlante de baisers le long du cou de Brianna, jusqu'au creux parfumé entre ses seins. Elle émit un petit râle de désir qui acheva de le rendre fou. Il comprit qu'il ne pouvait plus se refréner.

Les lèvres sur les siennes, il la coucha sur le sol de terre battue. Brianna se raidit un instant avant de se cambrer vers lui, tout le corps vibrant d'allégresse, d'un délicieux sentiment d'attente. Elle avait l'impression qu'elle allait exploser sous les caresses, sous le tourbillon accéléré du désir qui s'amassait en elle, délicieux ouragan.

— Giseux, je…

Les mains enfouies dans l'entrelacs de ses tresses

cuivrées, il releva la tête et plongea dans le sien un regard étincelant de passion.

— Chut… Faites-moi confiance, chuchota-t-il en s'allongeant près d'elle.

Elle sentit sa peau s'enflammer à la proximité de ce corps nu, dont le sexe dur lui frôlait la cuisse. Il se positionna sur elle et elle sentit ses muscles se tendre tandis qu'il s'introduisait en elle avec lenteur, avec précaution, se frayant un chemin en elle.

— Giseux…

Elle serra son visage entre ses mains, plongeant avec confiance dans ses prunelles étincelantes, pendant qu'elle laissait libre cours au tourbillon qui lui chamboulait le corps.

— Oui, chuchota-t-elle, oui…

Les doigts enfoncés dans ses épaules, elle l'attira contre elle et lui caressa le dos, dont elle sentait tout le poids sur son corps frêle.

— Faites-le, accepta-t-elle dans un murmure ardent. Maintenant.

Il plongea en elle, emporté par la vague irrépressible du désir, et elle poussa une exclamation.

En un instant, Giseux oublia tout — ses propos rassurants, sa propre résolution de se mouvoir sans impatience. Tout disparut, il fut emporté par le besoin de posséder cette femme, de la revendiquer sienne. Il introduisit son sexe au plus profond d'elle. Puis il se mit à bouger, de plus en plus en plus vite, l'envahissant toute, esprit et corps, chacun de ses va-et-vient promettant plus encore, la proximité d'une extase tremblante, dont elle sentait l'approche. La légère douleur qu'elle avait éprouvée en perdant sa virginité s'était promptement estompée, remplacée par une bouleversante impression de plénitude, qui s'intensifiait peu à peu. Elle ondulait sous lui, tout le corps tremblant d'anticipation, avide de découvrir enfin ce pays inconnu où il l'emportait.

— Oui, répéta-t-elle, oui…

Elle s'ouvrit à lui, consentante, sans la moindre peur, dansant à son rythme et accompagnant la puissance croissante de ses mouvements par son ardeur à elle, son excitation passionnée.

La spirale de désir atteignit un point qu'elle ne put dépasser. Un chaos obscur déferla en elle, chassant toute pensée de son esprit. Elle ferma les yeux, son corps s'abandonna, sa respiration s'accéléra, tandis qu'il l'emmenait de plus en plus haut, de plus en plus vite, jusqu'au moment où la dernière barrière qui demeurait encore entre eux se fracassa avec une effrayante violence, la projetant dans les spasmes d'une jouissance ineffable.

Elle s'agrippa à ses épaules puissantes, tandis qu'explosait en elle un plaisir éblouissant, exhalant un cri d'extase, un cri de pure joie auquel Giseux au même instant joignit le sien, la tête rejetée en arrière pendant qu'il jouissait en elle.

— Brianna, ma douce…, murmura-t-il avant de s'effondrer sur elle, le corps comblé, rassasié, entièrement possédé.

Chapitre 15

Un bras passé sous la nuque, Giseux scrutait le plafond d'un air morne, contemplant les volutes qui sinuaient sur les planches.

Il s'était réveillé tôt, impitoyablement tiré de son profond et langoureux sommeil par la douleur qui lui martelait la base du crâne. Sans compter la langue baveuse du chien, qui avait fui le froid du dehors en se réfugiant dans la cabane et lui léchait le visage ! Giseux l'avait repoussé, et maintenant l'animal était couché là, la tête entre les pattes et un œil ouvert, fixant sur lui un regard de reproche.

L'étrange lumière blanche à l'intérieur de la hutte, les sons bizarrement étouffés avaient un instant intrigué Giseux, jusqu'à ce qu'il aperçoive le mince tapis blanc sur le seuil. Il avait neigé pendant la nuit ! À présent, le soleil matinal, qui ricochait sur les flocons gelés, dardait par la porte ouverte un rayon de lumière scintillante, dont il sentait la légère tiédeur sur son pied nu.

Sous l'épaisse cape de laine qu'il avait tirée sur eux après l'amour, Brianna était allongée, son flanc lisse et crémeux pressé contre lui, les seins écrasés sur son torse. Ses jambes soyeuses, aux cuisses douces et satinées, étaient entrelacées aux siennes. Une boucle cuivrée, échappée de sa luxuriante chevelure, serpentait sur lui, lui chatouillant la poitrine.

Il aurait voulu rester là pour l'éternité, à écouter le battement régulier du cœur de Brianna contre le sien, à savourer la douceur de son souffle, s'abandonnant avec délice à la chaleur partagée de leurs corps.

La dormeuse remua légèrement, et ce simple mouvement déclencha en lui un jaillissement spontané de désir. Les dents serrées, il lutta contre la tentation.

Le désespoir s'empara de lui. Au nom du ciel, comment avait-il pu commettre une chose pareille ? Il s'était comporté comme une brute en l'obligeant à coucher avec lui, lui prenant sa virginité sans vergogne, sans la moindre considération pour sa candeur, son innocence. Une passion folle et aveugle s'était emparée de lui, lui ôtant toute maîtrise de lui-même. C'était comme s'il était redevenu soudain un gamin inexpérimenté, en proie aux premiers émois de sa virilité.

Il avait voulu aider Brianna, la protéger. Et voilà qu'il s'était montré indigne de la confiance qu'il l'avait priée de lui accorder. C'était là le remerciement qu'elle avait reçu pour l'avoir retrouvé, avoir nettoyé sa blessure, pour les larmes qu'elle avait versées sur lui : un assaut contre sa féminité. Il ne valait pas mieux que tous les autres, que Walter ou le frère de Brianna.

La jeune femme renifla contre lui, sa lèvre inférieure esquissant une légère moue dans le sommeil. Il tressaillit à la vue des rougeurs qui lui entouraient la bouche, vestiges de leurs baisers passionnés. Et soudain, la vérité se fit jour en lui.

Sa relation avec Nadia avait été confortable, agréable, une oasis de consolation, de relaxation sensuelle dans ce rude pays désolé, mais cela n'avait jamais été de l'amour. Ces instants partagés avec Brianna lui avaient ouvert les yeux — jamais auparavant il n'avait connu un tel sentiment de plénitude. Jamais il n'avait atteint ce point de total oubli de lui-même. Cela l'effrayait, mais en même temps le désir insensé qui le dévorait n'en réclamait que plus avidement satisfaction.

Il se maudit, conscient de son indignité. Son cœur empli de ténèbres ne méritait pas cette délicieuse jeune femme, il ne méritait pas sa tendresse, sa beauté… son amour. Le poids de la culpabilité qui l'alourdissait ne le quitterait jamais, il le savait. Il ne ferait qu'entraîner Brianna avec lui, souillant son esprit, sa vivacité, corrompant tout ce qu'elle avait de bon en elle.

Avec un léger marmonnement, Brianna étendit les doigts sur sa poitrine, frôlant la toison claire qui frisait sur la peau hâlée de son torse. Cette simple caresse déclencha une ineffable vague de joie dans le cœur de Giseux. Son corps, déjà enflammé par la proximité de la dormeuse, fut sur le point de lui ôter tout contrôle sur lui-même, à la façon désastreuse de la veille.

Doucement, très doucement, il retira son bras de dessous elle. Brianna gémit. Le rideau soyeux de ses cheveux glissa sur l'épaule de Giseux, tandis qu'il lui posait la tête sur sa tunique pliée en guise d'oreiller. Elle battit des paupières, ses longs cils jetant une ombre frémissante sur ses joues roses, mais elle ne se réveilla pas.

Giseux enfila ses braies et enfonça les pieds dans ses bottes de cuir, puis endossa sa chemise et sa tunique en les faisant glisser par-dessus sa tête. Les doigts inhabituellement maladroits, il boucla son baudrier et sortit de la cabane, aspirant l'air froid à grandes goulées. Ses bottes s'enfonçaient dans la neige, écrasant les cristaux de glace avec un son étouffé. Une épaisse couche blanche recouvrait toute chose, comme si pendant la nuit on avait emmitouflé d'hermine les branches sombres et nues, soulignant les contours des frênes et des bouleaux. La neige avait fouetté les troncs rugueux, suspendant à l'écorce brune un filet blanc étincelant.

Sous les arbres, le destrier mécontent émit un léger hennissement à sa vue. L'animal avait échappé au pire de la tempête en s'abritant au plus dense du bosquet. Et maintenant une buée chaude soufflait de ses naseaux élargis tandis qu'il regardait approcher Giseux, qui s'avançait pour lui flatter l'encolure.

Le menton chatouillé par la fourrure d'écureuil qui doublait la cape de Giseux, Brianna opérait une lente, une délicieuse remontée vers la conscience. Elle étendit ses jambes, agitant les orteils pour soulager une légère crampe, tout en jouissant de la sensuelle impression de plénitude qui irriguait son corps.

Comment aurait-elle pu savoir ? Comment aurait-elle pu se douter que l'acte d'amour pouvait se révéler aussi totalement merveilleux ? Elle chérirait toujours cet instant, ce précieux souvenir dont les détails resteraient à jamais vivants, gravés dans son cœur.

Chaque muscle, chaque nerf vibrait encore en elle au souvenir des caresses fiévreuses de Giseux, de la chaude empreinte de son corps masculin pressé contre le sien, du contact légèrement abrasif de sa bouche sur la sienne. Le désir flamba de nouveau en elle et elle tourna la tête sur son oreiller de fortune. La hutte était vide.

Rassemblant l'ample cape autour d'elle, elle se leva en trébuchant, ses pieds nus foulant la neige éparse sur le seuil. Le chien suivait tous ses gestes de ses grands yeux humides. Il se releva d'un bond et vint pousser son nez froid dans sa paume. Brianna, qui avait oublié l'animal, lui sourit en tapotant sa tête carrée. Puis elle promena un regard alentour, clignant des paupières pour se protéger du soleil matinal qui pointait à l'est, énorme boule rougeoyante dardant ses rayons à travers les minces troncs rosâtres des bouleaux.

Rauque et sèche, la voix de Giseux s'éleva soudain dans l'ombre des arbres.

— Habillez-vous, conseilla-t-il d'un ton sec. Il gèle.

Brianna leva la main en visière sur son front, distinguant peu à peu les contours de ses larges épaules et de sa haute silhouette tandis qu'il émergeait du couvert des arbres.

Elle promena un regard ébloui sur la neige étincelante.

— C'est si beau ! s'exclama-t-elle.

Le froid lui rosissait les joues. Elle se mit à sautiller sur le seuil pour empêcher ses orteils de se transformer en glaçons. La neige se reflétait dans ses yeux, transformant ses prunelles en gemmes scintillantes, d'un bleu clair d'aigue-marine. Elle adressa à Giseux un sourire timide, en levant vers lui ce regard à couper le souffle qui semblait détenir dans ses profondeurs tous les tendres secrets de leur nuit.

Giseux sentit son cœur se serrer à cette vue. La promesse de ce regard ne lui rappelait que trop son propre hédonisme, le plaisir égoïste qu'il avait goûté auprès d'elle.

Il s'avança, la bouche pincée et le visage sévère. Des flocons de neige fondaient sur sa tunique, humectant ses cheveux bouclés.

— Dépêchez-vous, voulez-vous ? Nous n'avons pas de temps à perdre.

Brianna sentit l'incertitude monter en elle, étouffant peu à peu sa joie.

S'il vous plaît, ne faites pas cela ! aurait-elle voulu lui crier. *Ne gâchez pas ce que nous avons partagé, ne détruisez pas un aussi précieux souvenir !*

Les yeux embués de larmes, elle tourna les talons et regagna l'intérieur sombre de la hutte pour enfiler les chausses du palefrenier, puis la chemise et la tunique.

Ses bottes gisaient dans un coin. Elle revoyait le regard brûlant et affamé de Giseux lorsqu'il les lui avait retirées, s'attardant sur ses chevilles gracieuses, ses mollets bien galbés. Il la désirait alors, il la voulait. À en juger par son humeur ce matin, il semblait persuadé d'avoir commis une énorme erreur !

Brianna sentit ses joues s'empourprer. Les gestes qu'elle avait accomplis cette nuit, alors si sensuels, si excitants, lui revenaient soudain pour l'humilier. Elle aurait voulu se réfugier dans un recoin sombre pour s'y cacher.

Une fois vêtue, elle resta debout, hésitante. Toute son assurance la quittait. Elle se sentait incapable de sortir pour affronter le mépris de Giseux, son dégoût manifeste pour ce qui s'était passé entre eux. De toute évidence, elle n'était pas à la hauteur de Nadia, la femme dont le souvenir le hantait.

Soudain, il s'encadra sur le seuil, les deux mains appuyées au linteau de bois affaissé. Des cristaux de givre étoilaient sa chevelure ébouriffée.

— Eh bien, qu'attendez-vous ? Walter et votre frère ne vont pas tarder à envoyer leurs gens à nos trousses. Il faut que nous partions.

Piquée par la rudesse du ton, Brianna se retourna, levant vers lui ses yeux limpides.

— Pourquoi êtes-vous comme cela ?

Il lui jeta un regard perçant.

— Nous nous sommes trop attardés ici. Cela nous rend vulnérables, rétorqua-t-il d'une voix dure qui la blessa jusqu'au fond du cœur.

— Pourquoi ne dites-vous rien de ce qui s'est passé entre nous ? chuchota-t-elle. Était-ce donc si terrible ?

Elle s'interrompit, intimidée par le regard d'acier qu'il dardait sur elle. Mais il fallait qu'elle sache. Qu'allait-il se passer entre eux à présent ?

Lâchant le linteau, il croisa les bras sur sa robuste poitrine.

— Terrible ? Non, ce n'est pas cela, Brianna. C'est ce que j'ai fait qui me semble impardonnable.

Elle reprit sa respiration, le cœur soudain plus léger.

— Il n'y a rien à pardonner, Giseux. C'était la plus belle chose que j'aie jamais vécue.

Elle se pencha pour ramasser la cape courte sur le sol, puis se redressa, la tête inclinée sur l'épaule dans une de ces poses gracieuses dont elle avait le secret.

Giseux la contemplait, étonné par cette déclaration si simple. Il brûlait de l'attirer contre lui pour l'envelopper dans son étreinte, mais il garda les bras fermement croisés, résistant à la tentation.

— Brianna, vous ne savez pas ce que vous dites. Je me suis montré égoïste, avide. Je me suis emparé de ce qui ne m'appartenait pas.

— Mais je ne demandais que cela ! explosa-t-elle, incapable de se contenir davantage.

Je voulais que vous preniez ma virginité. Vous et personne d'autre.

Car il n'y aurait personne d'autre, se promit-elle.

Il l'enveloppa d'un regard étincelant qui sema le trouble dans tous ses sens.

— Vous auriez dû m'arrêter, insista-t-il. J'ai ruiné votre honneur.

— Au détriment de qui ? Je vous l'ai déjà dit, je ne veux pas me remarier, jamais.

Pas même avec moi ?

La question jaillit soudain dans l'esprit de Giseux, inattendue, choquante. Il sentit un tremblement agiter ses mains étroitement croisées sur son torse.

— Le mariage vous assurerait une protection, déclara-t-il avec prudence, tandis qu'une idée folle s'insinuait dans son esprit.

— Je ne…

Il leva une main pour l'interrompre.

— Épargnez-moi le discours sur votre aptitude à vous défendre toute seule. D'après les lois de ce pays, votre frère a tout pouvoir sur vous. Il est votre tuteur.

— Je ne veux pas me marier, Giseux. Je veux rester libre.

Il s'avança vers elle, lui agrippant les épaules.

— Vous ne comprenez donc pas ? Avec votre frère, vous ne serez *jamais* libre. S'il meurt, votre tutelle reviendra au roi Richard et c'est lui ou ses collaborateurs qui décideront de qui vous devez épouser.

— Je pourrais m'enfuir, me cacher, murmura-t-elle.

Mais elle perçut elle-même le doute qui résonnait dans sa voix.

— Et vivre toute votre vie dans la peur, à espérer qu'ils ne remettront jamais la main sur vous ? Quel gâchis !

Il lui effleura la joue du bout des doigts avant de reculer brusquement.

Puis il prit une profonde inspiration et se jeta à l'eau.

— J'ai une suggestion à vous soumettre, Brianna.

Elle plongea les yeux dans les siens.

— Oui ?

— Épousez-moi.

Sidérée par cette proposition, la jeune femme vacilla en arrière comme si elle avait reçu un coup dans la poitrine, battant l'air de ses mains pour chercher un appui. L'expression horrifiée de son visage arracha à Giseux un petit rire sec.

— Ce serait un simple arrangement pratique, la rassura-t-il. Vous et moi, nous nous ressemblons, Brianna — deux personnes en lutte contre les démons de leur passé. Il faut que vous sachiez que je ne peux vous offrir rien d'autre que la protection de mon nom, un lieu où vivre, la sécurité. Rien d'autre, insista-t-il.

Brianna déglutit avec peine. Ces mots sévères semblaient

crépiter sur elle, lui entaillant le cœur de leur tranchant. « Rien d'autre » — pas de baisers, pas d'amour, pas de plaisirs partagés. Mais il avait résumé sa situation avec une lucidité sans faille. Elle n'avait pas d'alternative. C'était la seule issue qui s'offrait à elle si elle voulait échapper à son frère. Et même si elle n'obtenait pas l'amour de Giseux, du moins resterait-elle près de lui.

C'était un choix qu'elle était prête à assumer.

La reine Aliénor haussa l'un de ses sourcils délicatement arqués.

— Êtes-vous en train de me dire que vous n'avez pas la moindre idée de l'endroit où se trouve mon neveu ?

Des rides se formèrent sur la peau fine de son front. Installée dans un fauteuil en chêne sculpté en face de Lady Mary, le dos bien droit, elle jouait nerveusement avec la broderie d'or qui ornait sa jupe. Sa chevelure auburn parsemée de fils d'argent était rassemblée en une exquise coiffure sous un voile de soie transparent, que maintenait sur sa tête un cercle d'argent incrusté de pierreries étincelantes.

À soixante-dix printemps, la reine demeurait une vraie beauté, songea Lady Mary, même si les façons impérieuses et despotiques de la vieille souveraine indisposaient certaines personnes. Mais, pour être juste, cette dernière avait en ce moment un lourd fardeau sur les bras. Depuis que son fils Richard était prisonnier, les affaires de l'État étaient retombées sur elle, la tirant de sa tranquille retraite dans le sud de la France.

— Oui, c'est bien cela, Majesté, répondit respectueusement Lady Mary.

Elle jeta un coup d'œil furtif vers la porte, avec l'espoir que son mari ne tarderait pas à apparaître sur le seuil du solarium pour emmener son aînée.

— Giseux est assez grand pour veiller sur lui-même, ajouta-t-elle.

— Envoyer Robert de Lacey en Germanie à sa place, quand j'avais bien précisé que je voulais Giseux ! Heureusement pour lui, Robert semble effectuer quelques progrès dans les négociations, bien que la rançon demandée par l'empereur germain reste exorbitante.

De ses doigts noueux, Aliénor défit puis rattacha le nœud de sa ceinture, dont les lanières se terminaient par des plaques d'argent. Le lourd métal cogna légèrement ses jupes volumineuses.

— Je n'ai été informée d'aucun changement dans les projets de Giseux, réexpliqua patiemment Lady Mary. Nous l'avons regardé partir et j'ai pensé qu'il se dirigeait tout droit vers la côte.

— Il semble qu'il n'ait jamais atteint Southay. Pourquoi n'avons-nous entendu parler de rien ? s'exclama Aliénor, dont la voix monta d'un ton.

Elle se leva avec dignité et se dirigea vers la fenêtre d'une démarche souple et élégante. En dépit du froid hivernal qui régnait au dehors, le solarium devenait tiède à cette heure de la journée, absorbant chaque rayon du soleil de midi.

— Ce jeune homme avait reçu un ordre direct de moi — de moi, la reine ! fit-elle en grattant machinalement le bois lisse de l'embrasure.

Lady Mary pivota dans son fauteuil, étudiant la svelte silhouette de sa belle-sœur, qui se découpait dans la lumière filtrant à travers la fenêtre vitrée. Un instant, elle pria pour que Giseux n'ait pas été lui-même capturé. Mais cette pensée ne fit que la traverser. Non, c'était tout bonnement impossible. Pas Giseux ! Son fils cadet était connu pour son habileté à se tirer des situations les plus inextricables.

Aliénor frotta la vitre embuée, son énorme saphir cliquetant contre le verre, et jeta un coup d'œil sur le damier de petits champs qui s'étendait sous les murs du château. La neige poudrait le sol, recouvrant de sa blancheur le vert boueux des pâturages délimités par des buissons d'aubépines hirsutes. Elle frissonna. Quel pays maudit des dieux ! Que Jocelin puisse vouloir vivre ici la dépassait. Bien qu'il soit son demi-frère illégitime, ils entretenaient de bonnes relations et elle se sentait une certaine responsabilité envers lui. Après tout, il n'était pour rien dans les égarements de leur père.

Bien des années plus tôt, elle lui avait donné à choisir entre deux domaines, Sambourne ou une autre terre, plus petite mais plus près d'elle, à Poitiers. Mais lorsqu'il était retourné de plus en plus souvent sur la côte anglaise, attiré par la froide beauté de Lady Mary, elle avait compris lequel des deux domaines il allait choisir.

Ses paupières la brûlaient. Elle cilla puis se frotta les yeux pour soulager la douleur. Elle n'avait pas bien dormi cette nuit. L'humidité qui suintait des murs épais de sa chambre, s'insinuant dans ses vieux os, lui avait occasionné des raideurs. Comparé à son luxueux château en France, cet endroit lui semblait sombre, inhospitalier. La nourriture — quelle horreur ! — affreusement lourde, trop de pâte pour son goût, lui pesait sur l'estomac. Et ce matin, encore du porridge ! Des quantités de bouillie formant une masse grisâtre, grumeleuse et fumante, dans des bols en bois.

Dieu merci, elle ne resterait pas ici longtemps. La nécessité de lever des fonds pour faire libérer Richard lui avait forcé la main, l'obligeant à ce voyage.

Elle frotta de nouveau la vitre, la buée gênant sa vision. Quelque chose… Non, quelqu'un traversait le champ. Un cheval et son cavalier, dont les silhouettes se découpaient confusément devant elle, se frayaient un chemin à travers un pré enneigé. Elle observa plus attentivement, les yeux larmoyants, tandis qu'elle essayait de fixer son regard. Elle s'était trompée. C'étaient *deux* silhouettes qu'elle distinguait à présent sur le cheval — un homme et un jeune garçon assis à califourchon devant lui.

Lady Mary la rejoignit à la fenêtre, sa silhouette rivalisant en sveltesse avec celle de la mince et grande Aliénor. La maîtresse du logis ressentait le besoin d'expliquer l'attitude de son fils.

— Sans Hugh de Sefanoc, Giseux aurait tout de suite rejoint Richard en Germanie. Le pauvre chevalier était si mal en point lorsqu'il l'a rencontré ! Giseux l'a ramené en Angleterre, c'est ce qui l'a retardé.

Aliénor fronça les sourcils.

— Un acte de charité, commenta-t-elle. Voilà qui est très noble après…

Elle s'arrêta soudain, une expression d'excuse sur le visage.

Ce fut Lady Mary qui aborda le sujet esquivé par Aliénor.

— Vous vouliez dire… Après ce qui s'est passé à Narsuf ? Giseux est encore capable de prendre soin des gens, vous savez.

Une note de colère vibrait dans ses derniers mots. Pourquoi chacun se permettait-il de porter un jugement aussi accablant sur son fils ?

Aliénor tenta de calmer le jeu.

— Je vous en prie, ne vous mettez pas dans tous vos états. Contrairement à vous, je n'ai pas revu ce garçon depuis que c'est arrivé. Je base mon jugement sur ce que j'ai entendu dire, c'est tout.

— Alors attendez de l'avoir revu, s'il vous plaît. Il ne mérite pas vos sévères paroles, affirma Lady Mary.

Mais son cœur se serra tandis qu'elle prononçait ces mots. Son fils avait changé, elle le savait. Elle l'avait lu sur son visage le matin de son retour à Sambourne. Oui, tout transparaissait dans son regard — son regret de ne pas avoir péri avec ses hommes, sa conviction que tout cela était sa faute.

— Qui est-ce donc ? fit soudain Aliénor, son attention de nouveau distraite par les deux cavaliers.

Lady Mary se pencha vers la fenêtre pour regarder au-dehors, repérant aussitôt la chevelure châtain clair, la silhouette familière aux larges épaules.

Stupéfaite, elle porta les mains à ses joues.

— Mais c'est lui, Aliénor ! C'est Giseux !

Ils approchaient de Sambourne par le nord à travers une campagne étincelante de neige. Enveloppée dans la ferme étreinte de Giseux, Brianna leva les yeux vers les hautes murailles du château, qu'elle considéra avec inquiétude.

Le doute qui l'avait tenaillée pendant la plus grande partie du voyage, un doute exacerbé par l'attitude distante et détachée de Giseux, l'envahit de nouveau. À qui demander conseil pour savoir si ce projet de mariage n'était pas une erreur monumentale ? Elle n'avait personne à qui parler, personne avec qui partager une telle information.

Après avoir quitté Walter, elle s'était juré de ne jamais se remarier, mais elle s'était fait cette promesse avec la certitude que son frère soutiendrait pleinement sa décision. Or il n'en était rien, et elle resterait sous la tutelle de Hugh jusqu'à ce qu'elle se remarie, ainsi que l'avait souligné Giseux.

Un sentiment d'abandon lui déchira le cœur. En dépit de la chaleur de l'homme qui se tenait pressé contre elle, elle se sentait complètement, désespérément seule.

Et maintenant, voilà qu'elle allait devoir affronter les habitants de Sambourne. Elle baissa les yeux, reprenant conscience de son accoutrement — ses jambes moulées dans les chausses d'un garçon d'écurie, ses cheveux emmêlés répandus sur sa tunique et tombant dans son giron !

— Giseux, arrêtez un instant ! s'écria-t-elle en lui saisissant l'avant-bras.

Relâchant son étreinte sur la crinière du destrier, Giseux bifurqua vers une haie de grands prunelliers, hors de vue des fenêtres du château. Les sabots du cheval martelaient les ornières gelées tandis qu'il suivait le semblant de sentier qui bordait le champ. Un corbeau occupé à fourrager dans la haie s'envola avec un croassement de protestation, ses ailes d'ébène luisant dans le paysage couvert de neige. Le chien, la langue pendante après sa longue course, bondit en l'air et fit mine de happer l'oiseau au passage avant de se laisser retomber, fixant sur eux un regard de reproche.

— Pourquoi s'arrêter maintenant ? s'étonna Giseux, dont le souffle lui effleura l'oreille. Nous sommes presque arrivés.

Gênée par l'absence de selle, Brianna se retourna avec précaution, sa hanche encastrée contre la cuisse de Giseux. Elle rougit, essayant d'ignorer ce contact si troublant. Fouetté par l'aigre vent d'est, le visage anguleux de Giseux avait pris des couleurs. Sa bouche — cette bouche qui avait voyagé partout sur son corps la nuit précédente, lui arrachant des gémissements de plaisir — se trouvait près, trop près d'elle, à un pouce à peine de ses lèvres.

Le cœur de Brianna manqua un battement. Arriverait-elle un jour à l'aimer sans souffrance ? Il ne ressentait pas d'amour pour elle, il le lui avait dit, affirmant qu'il ne lui offrait rien d'autre que son nom. Ce mariage ne serait qu'une simple transaction. Elle pria pour que son cœur y survive.

Impatienté par son silence, Giseux abaissa vers elle un regard étincelant.

— Eh bien, Brianna ? Pourquoi avez-vous voulu vous arrêter ici ?

— Je… Je ne…

Perturbée par la proximité de cet homme, dont la présence exerçait un effet ravageur sur elle, elle lutta pour retrouver sa raison.

— Je ne peux pas entrer au château dans cette tenue. Vos parents en auraient une attaque !

Giseux examina la mince silhouette de sa compagne et ses doigts se resserrèrent inconsciemment sur la crinière du destrier, qui dansa sous eux.

— Eux ? Cela leur sera parfaitement égal. Sans doute ne vous verront-ils même pas. Vous n'êtes pas obligée de traverser la grande salle, vous savez.

Le cœur de Brianna se serra de nouveau. Le ton était froid, tranquille. Où était l'homme avec qui elle avait fait l'amour cette nuit avec tant de fièvre et de passion ? Il avait bel et bien disparu.

— Drapez-vous dans ma cape, conseilla-t-il. Vous pourrez vous réfugier ensuite dans une chambre, le temps que j'aille vous chercher des vêtements.

Elle acquiesça d'un hochement de tête tandis qu'il commençait à dégrafer sa cape. En réalité, il était loin d'éprouver le calme qu'il affichait et ne savait plus trop que penser. Il avait proposé le mariage à Brianna comme un moyen d'évasion, le seul possible, lui offrant son nom — et son nom seul, avait-il précisé — en guise de sauvegarde et de protection.

Mais croyait-il vraiment que les choses allaient se passer ainsi ?

Un mariage blanc…

Il avait avancé cette idée pour la rassurer, la convaincre d'accepter, se doutant bien qu'après sa précédente expérience la seule perspective d'un mariage normal l'aurait fait fuir sur-le-champ.

Cette nuit, l'amour avec elle l'avait littéralement envoûté. Elle agissait sur lui tel un élixir, une potion magique. Il allait devoir faire appel à tout ce qu'il possédait de maîtrise de soi pour s'empêcher de la toucher de nouveau !

Chapitre 16

Pressant ses cuisses contre les flancs du destrier pour maintenir leur équilibre à tous deux, Giseux ôta sa lourde cape de ses épaules et se pencha en arrière pour draper le vêtement autour de Brianna. La laine bleue contrastait de façon frappante avec la chevelure brillante de la cavalière qui cascadait librement dans son dos. Un désir intempestif déferla en lui, tandis que s'éveillait dans sa mémoire le souvenir intense de Brianna couchée sous lui, ses cheveux rebelles éparpillés autour de son visage pâle. De quoi lui faire perdre les derniers vestiges de sang-froid qui lui restaient encore…

Irrité par sa propre inconséquence, il sauta à terre et saisit le cheval par la bride.

— À partir d'ici, je vais vous guider à pied.

Brianna se recula sur le dos de l'animal. La sensation du corps puissant de Giseux derrière elle lui manquait déjà. D'une main tâtonnante, elle rassembla ses mèches folles, qu'elle tressa sur son épaule.

— Mes cheveux… Je n'ai rien pour attacher ma natte. Vous n'auriez pas un morceau de quelque chose par hasard ?

Giseux secoua la tête avant de jeter un regard appréciateur sur le visage de la jeune femme.

— Enfoncez vos cheveux sous le col de votre cape et cessez de vous inquiéter. Vous êtes très bien.

Il se mit en route, sa tête léonine à hauteur du cheval, l'étoffe de sa tunique tendue sur ses épaules musclées. Le chien, qui réagissait à leurs moindres mouvements, redressa aussitôt son corps brun aux poils luisants et se mit à trotter derrière eux, s'écartant parfois pour aller renifler une odeur excitante au pied d'une haie.

Les yeux fixés sur la nuque de Giseux, encore plâtrée de sang séché, Brianna sentait croître en elle un désagréable pressentiment. Ils se comportaient de façon si formelle l'un envers l'autre, avec des propos si guindés, que ce simple effort l'épuisait. Était-ce ainsi qu'allaient être leurs rapports ? Pour toujours ?

— Giseux ? appela-t-elle, son souffle s'exhalant de sa bouche en volutes blanches dans l'air glacé.

Le soleil, qui avait semblé un peu plus tôt si prometteur, se cachait à présent derrière un voile de nuages. Elle frissonna.

Giseux se retourna, une expression méfiante sur le visage.

— Qu'y a-t-il encore ? Vous êtes très bien, je vous l'ai déjà dit. Assez du moins pour vous faufiler dans le château sans alarmer personne.

— Vous n'êtes pas obligé de faire cela, vous savez.

— De faire quoi ? Vous voulez dire de vous épouser ? Non, je ne suis pas obligé.

Une nouvelle ondée de neige, portée par la bise âpre, se posa, scintillante, sur la laine sombre de sa tunique.

— Alors pourquoi le faites-vous ?

Il haussa les épaules.

— Pourquoi pas ? Je n'ai rien à perdre.

— Oh ! si. Vous sacrifiez trop de choses. Pour moi…

Il lui lança un regard perçant.

— Ah bon ? Et qu'est-ce que je sacrifie au juste, à votre avis ?

Dieu, qu'elle détestait ce ton ! Formel. Distant. Elle

aurait aimé le secouer pour susciter en lui un semblant d'émotion. Ce qu'elle voulait, c'était retrouver l'homme qu'il avait été pendant la nuit.

D'un geste frileux, elle agrippa les pans flottants de sa cape et les serra étroitement autour d'elle.

— Une épouse pour vous chérir.

— Je vous ai déjà dit que j'étais un soldat, répliqua-t-il d'une voix atone. Pas un homme de famille.

Soudain, une vision de leurs enfants — ceux qu'il aurait avec Brianna — jaillit en lui, intempestive : une fillette à la chevelure ardente, avec ses yeux gris à lui. Un garçon aux yeux bleus, déjà grand, debout près de sa mère. Un frémissement de délice, de joie débridée, s'empara de lui. Il l'étouffa promptement.

— Vous pourriez changer d'avis dans quelques années, insista-t-elle.

— J'en doute.

— Les gens changent, vous savez.

— Pas moi.

Mais en prononçant ces mots il savait qu'il mentait. Il avait bel et bien changé — grâce à Brianna. Elle l'avait détourné de son devoir à l'égard du roi Richard, l'incitant à rester dans ce pays, quand son premier instinct avait toujours été de prendre le large, de trouver ailleurs quelque stupide bataille à livrer. La culpabilité qui lui pesait sur le cœur et lui tenaillait la conscience depuis Narsuf s'était allégée peu à peu depuis qu'il la connaissait.

Mais après ce qui s'était passé là-bas, en Orient, pouvait-il oser espérer en aimer une autre ?

— Je comprends qu'il soit difficile de voir en moi une issue, une forme de salut. Mais croyez-moi, je suis votre seule solution. En cet instant même, votre frère est peut-être déjà sur nos talons. Vous n'avez pas le choix, Brianna, lui rappela-t-il.

— C'est vrai pour moi, pas pour vous, Giseux. Vous, vous avez le choix. Réfléchissez bien, je vous en prie.

Il haussa les épaules, refusant de prendre en compte les doutes de Brianna. L'épouser, c'était son seul moyen de la garder à ses côtés, de la protéger, de la chérir. Il n'éprouvait aucune envie de la laisser partir, de la voir négocier avec ce frère au caractère imprévisible. Il essaya de se persuader qu'il s'agissait là d'un geste purement altruiste, mais il savait bien, en réalité, pourquoi il agissait ainsi. La chose lui tenait bien plus à cœur qu'il ne voulait se l'avouer.

Ils traversèrent les derniers champs, gravissant un talus escarpé pour déboucher sur la route empierrée qui menait à Sambourne. Brianna tressaillit. Le château se dressait devant eux, plus près qu'elle ne le pensait, avec ses murs de calcaire blanc, son enchevêtrement de tourelles et de créneaux. Des freux tournoyaient au-dessus de l'une des tours en poussant d'incessants croassements, seul son que l'on percevait dans la campagne feutrée par la neige.

Ils atteignirent le corps de garde, silencieux et vide de toute présence. Le martèlement des sabots du destrier résonna entre les murs.

Giseux conduisit le cheval dans la cour intérieure déserte.

— Vous voyez, je vous l'avais bien dit, il n'y a personne alentour.

Le chien, apercevant un groupe de congénères qui flânaient près des écuries, détala joyeusement vers eux en agitant la queue.

Mais Brianna fixait quelque chose au-dessus de sa tête.

— Et là alors, c'est qui ?

Giseux suivit la direction de son regard et avisa deux femmes postées sur la plus haute marche de l'entrée principale. Une imposante arche de pierre s'élevait au-dessus d'elles, encadrant leurs silhouettes colorées.

— Ah, oui… Peut-être pas si désert, après tout, convint-il d'un ton d'excuse.

— Je reconnais votre mère, déclara Brianna en examinant les formes sveltes de Lady Mary, vêtue d'une robe moulante en velours rose. Mais qui est donc l'autre dame ?

Giseux esquissa une grimace.

— La sœur de mon père. Ma tante. La reine Aliénor d'Aquitaine.

Affolée, Brianna se ploya en avant sur sa selle, dans une vaine tentative pour se dissimuler aux regards des deux femmes.

— Bon sang, Giseux, c'est la mère du roi ! Un membre de la famille régnante !

Ce juron intempestif arracha un bref sourire à Giseux.

— Elles ont dû nous voir arriver depuis les fenêtres, expliqua-t-il, impassible.

— Je ne peux pas la rencontrer dans cette tenue, vêtue en garçon d'écurie ! Faites quelque chose, au nom du ciel !

Luttant contre une furieuse envie de rire, Giseux glissa les deux mains sous les épaules de Brianna pour la soulever du cheval.

Tandis qu'il la déposait sur le sol, l'un de ses pouces rencontra par inadvertance la rondeur d'un sein, et Brianna frémit à ce contact involontaire.

— Faites comme si nous étions épris l'un de l'autre, comme si nous nous aimions, lui intima Giseux. Je ne veux pas que ma mère aille s'imaginer qu'il y a quoi que ce soit d'étrange dans ce mariage, quand je la mettrai au courant.

Le cœur de Brianna se serra à ces mots.

Oh ! je peux faire cela aisément, songea-t-elle. *Je n'ai aucun besoin de jouer un rôle !*

Giseux lui saisit la main, sans remarquer les larmes qui lui embuaient les yeux.

— Venez ! Ma tante comprendra.

D'un pas vif, il lui fit traverser la cour pavée, les doigts enlacés aux siens. Brianna agrippait frénétiquement les pans de la cape pour essayer de dissimuler son étrange tenue.

La voix d'Aliénor résonna au-dessus d'eux au moment où ils atteignaient le bas de l'escalier et commençaient à gravir les degrés.

— Giseux, qu'est-ce que cela signifie ?

— Allons bon…, chuchota ce dernier.

Brianna sentit qu'il lui pressait la main — un geste pour la rassurer, la soutenir ?

— Je vous ai donné moi-même l'ordre de vous rendre en Germanie et vous avez osé me désobéir ? Il est heureux pour vous que Robert de Lacey se soit admirablement conduit à votre place !

D'un regard critique, la reine examina la jeune femme qui se tenait à côté de son neveu, pitoyable silhouette engoncée dans une cape deux fois trop grande pour elle. Sans quitter la visiteuse des yeux, elle tordit la bouche pour chuchoter à Lady Mary :

— Qui est cette gamine ? Et qu'a-t-elle fait à ses cheveux ? Ils ont quelque chose d'étrange, non ?

Lady Mary lutta pour ne pas trahir sa joie et sa curiosité — son fils était de retour, et avec Brianna ! Un bonheur sans mélange envahit son cœur. Elle brûlait de connaître tous les détails, mais pour l'instant, bridée par l'attitude rigide d'Aliénor à ses côtés, elle préféra répondre d'abord à la question de celle-ci.

— Cette jeune fille est la sœur d'un compagnon de croisade de Giseux, Hugh de Sefanoc. Et elle n'a rien fait du tout à ses cheveux, c'est bien là le problème, je pense !

D'un coup d'œil, elle admonesta en silence son fils, qui semblait traîner la pauvre fille réticente dans l'escalier.

Parvenu à la hauteur des deux femmes, Giseux leur adressa un salut formel, en s'inclinant très bas.

— Majesté… Ma mère… Votre serviteur…

Rivée à son flanc, Brianna n'eut pas d'autre choix que de s'incliner aussi. Une longue boucle blond-roux en profita pour s'évader du col en fourrure de sa cape.

Aliénor prit une bruyante inspiration.

— Mon serviteur ? Vous ne l'êtes guère, jeune homme, commenta-t-elle avec un regard désapprobateur sur la tenue dépenaillée de Brianna. J'espère pour vous que vous avez une bonne excuse à me proposer.

Mais alors même qu'elle prononçait ces mots, un sourire vint éclairer son visage. Giseux avait toujours été son neveu préféré.

— Oh ! j'en ai une, répliqua-t-il. Faites-moi confiance. Il va nous falloir un prêtre, et vite.

Aliénor écarquilla les paupières et ses pupilles sombres se dilatèrent dans le gris délavé de ses yeux. D'un geste machinal, elle agrippa Lady Mary par la manche, tandis que cette dernière reculait d'un pas, heurtant presque la porte derrière elle. Une rafale de vent souleva la traîne de sa robe, dont l'étoffe rose ondula contre le panneau de chêne.

— Je vous demande pardon ? fit Aliénor, dont la voix monta d'un ton.

Elle secoua la tête, comme si elle n'était pas sûre d'avoir bien entendu.

— J'ai dit que nous avions besoin d'un prêtre, répéta calmement Giseux. Pour nous marier, cette jeune fille et moi.

Aliénor coula un regard soupçonneux vers le ventre de Brianna, recouvert par un pan de la cape, et une moue de mépris lui incurva la bouche.

— Et pourquoi vous faut-il si vite un prêtre ? s'enquit-elle avec colère.

Un courant d'air glacé souffla dans le cou de Brianna, qui frissonna. Vacillant sur la plus haute marche, elle avait l'impression de se mouvoir dans un rêve. Peut-être aurait-elle mieux fait de s'enfuir loin, bien loin de tout cela, quand elle en avait eu l'opportunité !

Lady Mary surprit son léger mouvement et, remarquant son visage crispé de froid, lui adressa un regard de sympathie. Puis elle posa la main sur le bras mince d'Aliénor, moulé dans une manche de soie verte.

— Peut-être devrions-nous poursuivre cette conversation à l'intérieur, où il fait plus chaud, suggéra-t-elle.

Aliénor acquiesça d'un geste sec et tourna les talons, regagnant à grands pas le donjon en compagnie de Lady Mary. Brianna la suivait à distance respectueuse, mais ne l'en entendit pas moins chuchoter d'une voix aiguë :

— Que croit-il faire, là ? Et qui est cette fille ?

Mais elle ne parvint pas à distinguer les calmes réponses de la mère de Giseux, formulées à voix basse.

— Elle le prend plutôt bien, murmura Giseux, tandis qu'ils enfilaient le couloir obscur dans le sillage des deux dames.

— Vous croyez ? chuchota Brianna, incrédule. En ce cas, je n'aimerais pas me trouver devant elle quand elle désapprouve quelque chose !

— Croyez-moi, sa réaction présente est plus que gentille en comparaison. Nous serons mariés avant la fin de la journée, je vous le promets.

Le cœur de Brianna manqua un battement avant de s'emballer follement. Elle s'arrêta un instant dans le rayon de lumière qui filtrait d'une fenêtre haute.

— Tout cela ne me dit rien qui vaille, Giseux.

Il la dévisagea, une expression indéchiffrable dans les yeux. Le clair-obscur du couloir soulignait ses traits sculpturaux, leur conférant un aspect presque inquiétant.

— Je ne ressemble pas à Walter, si c'est ce qui vous inquiète. M'épouser signifie la liberté pour vous, plus de liberté que si vous restiez sans époux.

Incrédule, elle fixa un instant le petit creux au-dessus de sa bouche et la courbe généreuse de ses lèvres.

— Vous feriez cela… pour moi ?

— Je n'ai pas l'intention de vous obliger à changer votre façon d'être ni votre esprit, Brianna. Vous le savez, non ? Vous pourrez agir à votre guise quand vous serez ma femme, jouir de cette indépendance qui vous est si chère. Je ne vous ennuierai pas, soyez-en sûre.

Brianna sentit son cœur se serrer à ces mots. Il allait lui donner son nom, mais en dehors de cela il ne voulait rien avoir à faire avec elle.

Vivraient-ils seulement ensemble ?

Giseux écarta l'épais rideau qui masquait l'entrée de la grande salle, laissant Brianna passer devant lui. Aliénor et Lady Mary avaient déjà gagné la table d'honneur où Lord Jocelin se tenait assis, la tête penchée vers une pile de documents. Le maître de maison leva les yeux, interloqué, tandis qu'Aliénor, d'une voix stridente, se lançait dans une tirade véhémente. Sa robe brodée de gemmes projetait des scintillements de tous côtés pendant qu'elle gesticulait, le bras tendu vers Giseux et Brianna.

— Vous feriez mieux de tout me dire, Giseux, conseilla son père, son regard gris étudiant avec curiosité la mince silhouette de Brianna. Venez vous asseoir tous les deux près de moi, intima-t-il.

D'un geste, il désigna les deux sièges disposés à sa droite et glissa son parchemin sous la pile, qu'il éloigna sur la table.

Giseux s'installa près de Lord Jocelin et poussa doucement Brianna sur la chaise voisine.

— Il n'y a pas de temps à perdre, père. Nous voulons nous marier et Hugh s'y oppose. Il est probablement en route pour ici à cette heure.

Impressionnée par le ton grave de sa voix, Brianna frémit à côté de lui. L'attention du comte se tourna vers elle.

— Et vous, ma chère, vous êtes la future épouse, je suppose ?

Brianna hocha la tête, la bouche sèche comme de la paille. Voilà, on y était ! À partir de cet instant, elle allait devoir jouer la comédie, ainsi que l'en avait priée Giseux.

— Vous désirez épouser mon fils ?

— Oui, chuchota-t-elle.

Cela, au moins, n'était pas un mensonge. Elle serra les lèvres, réticente à entrer dans de plus amples détails. Elle redoutait de laisser échapper dans son émoi quelques bribes d'information importantes, qui ne colleraient pas avec leur histoire et les trahiraient, révélant la fausseté de leur situation.

— Et votre frère est votre tuteur, n'est-ce pas ? J'ai entendu dire que vos deux parents étaient morts.

Brianna acquiesça.

— C'est exact, milord.

Elle croisa ses mains tremblantes dans son giron, après avoir ajusté la cape autour d'elle pour dissimuler ses habits de garçon.

— En tant que tuteur, il a le droit de décider qui vous devez épouser.

Impatient, Giseux bondit, son regard gris lançant des étincelles.

— Bon sang, père, nous savons tout cela ! Mais une fois qu'elle m'aura épousé, il ne pourra plus rien y changer. C'est pour cela que nous avons besoin d'un prêtre. Tout de suite !

— Aliénor peut vous donner la permission qu'il vous faut, intervint Lady Mary de sa voix calme.

La passion qui vibrait dans la voix de son fils la laissait confondue. Et cette allégresse dans ses yeux… Il était différent, différent à cause de cette jeune femme, Brianna, qui demeurait tranquillement assise à ses côtés.

La mère de Giseux se pencha en avant, souriante, captivée par ce qu'elle lisait dans les yeux étincelants de son fils.

— Elle est la reine d'Angleterre, après tout !

Prise de court, Aliénor sursauta.

— C'est absurde, Mary ! Si vous vous imaginez que je vais faire une chose pareille… Avec cette précipitation inconvenante…

Elle regardait droit devant elle, ses doigts ornés de bagues tapotant la table d'un geste irrité. Les pierres qui ornaient son diadème en filigrane d'argent scintillaient à chacun de ses gestes.

Le comte jeta à son aînée un coup d'œil furieux.

— Aliénor, cessez de traiter Giseux comme l'un de vos sujets ! Ce garçon est votre neveu, il fait partie de votre famille.

Elle le foudroya du regard. Puis son expression rigide s'adoucit et elle éclata de rire.

— C'est vrai, j'avais oublié, convint-elle.

Elle relâcha lentement son souffle avant d'ajouter :

— Il n'y a vraiment que vous, Jocelin, pour oser me parler sur ce ton !

— Eh bien, consentez-vous ?

— Oh ! très bien, allez chercher le prêtre !

Brianna s'accroupit, plongeant voluptueusement les hanches dans la chaleur réconfortante du bain. Un linge était drapé à l'intérieur du baquet en bois pour empêcher d'éventuelles échardes de lui érafler les cuisses. L'eau délicieusement tiède se referma sur ses jambes avant d'envelopper son ventre dans un léger bruit de clapot. Elle appréciait d'être enfin seule. Les murs lambrissés luisaient à la lueur du brasero de fer disposé dans un coin, où se consumaient des morceaux de charbon incandescent. Dehors, des nuages bas s'amoncelaient, annonçant de nouvelles chutes de neige, mais dans le chaud cocon de la chambre elle se sentait en sécurité et à l'aise.

Elle posa la tête à l'arrière du tub et ferma les paupières. La chaleur lui pénétrait le corps, apaisant la douleur de ses muscles, la tension nerveuse qui lui raidissait les membres.

C'était chose faite. La reine Aliénor avait accepté de donner son accord au mariage. Brianna était certaine que même sans la présence de la souveraine Giseux aurait mené les choses à bien de toute façon, et au diable les conséquences.

On frappa discrètement à la porte et Brianna tourna la tête, rouvrant les yeux pour voir qui entrait.

Lady Mary pénétra dans la pièce, portant avec précaution sur ses bras tendus une étroite tunique de soie bleue chatoyante.

Se dirigeant vers la fenêtre, elle déposa délicatement le vêtement sur la commode en chêne sculpté. En plus de la robe, elle avait apporté aussi une paire de mules en soie bleue, ornées d'une broderie de perles en forme de fleur.

Une servante la suivait, serrant contre sa poitrine un voile de tulle en soie arachnéenne et un diadème incrusté de pierreries. Elle se recula respectueusement dans l'ombre, la tête baissée, tandis que Lady Mary s'avançait pour parler avec Brianna.

— C'était ma robe de mariée, expliqua-t-elle en baissant les yeux vers la jeune femme, une expression attendrie sur le visage.

Elle pressa ses mains l'une contre l'autre et hésita, comme si elle cherchait les mots justes.

— Je suis si heureuse pour Giseux et vous… Oserai-je dire que cela ne m'étonne pas ? J'ai vu ce que vous ressentiez l'un pour l'autre, quand vous vous trouviez ici avec votre frère.

Brianna fronça les sourcils. Si elle se rappelait bien, Giseux et elle n'avaient cessé de se disputer.

— Vraiment ?

— Giseux aussi semble heureux, poursuivit Lady Mary. Je n'ai jamais… Nous n'avons jamais…

Elle se tut, incapable d'exprimer les craintes qu'elle avait éprouvées pour son fils lorsqu'il était revenu d'Orient.

Brianna saisit le rectangle d'étoffe soigneusement plié sur le bord du baquet et le trempa dans l'eau. Un sentiment de honte la submergeait, la honte du mensonge qu'allait représenter ce mariage, la honte de voir Lady Mary se réjouir autant de cette union. Elle aurait tant voulu se confier à elle, lui avouer que rien de tout cela n'était vrai, que Giseux l'aidait seulement à s'extirper d'une situation impossible !

Mais il lui suffit d'un regard sur le visage excité et empourpré de Lady Mary, sur ses yeux brillants de joie, pour comprendre que c'était tout bonnement impossible.

— Aliénor insiste pour vous escorter à l'église, continua Lady Mary, revenant aux détails concrets de la cérémonie. J'espère que vous n'y voyez pas d'inconvénient. Elle a ses façons à elle, vous savez. Elle a tenu si longtemps les rênes de l'État ! C'est à cause de cela, je pense.

— Oh ! cela ne me dérange pas du tout, la rassura Brianna.

La présence de l'irascible reine à ses côtés lui rendrait les choses plus faciles, songea-t-elle. Avec une telle compagne, elle ne risquait pas de se laisser aller à la moindre faiblesse !

Lady Mary désigna d'un geste la jeune fille brune qui se tenait dans l'ombre.

— Je vous ai amené Magdalena, ma chambrière, pour vous aider à vous habiller.

— Merci. Je suis vraiment touchée. Vous avez tant fait pour moi !

— Moins que vous n'avez fait pour mon fils, Brianna. Vous lui avez donné…

Lady Mary hésita, cherchant ses mots.

— Vous lui avez redonné la vie. Personne ne peut faire davantage.

Tandis que la porte se refermait avec un cliquetis sur la mère de Giseux, Brianna sentit l'humiliation de cette scène lui cisailler le cœur. Comment pouvait-elle tromper ainsi cette femme adorable ? Le doute croissait en elle, lui nouant la gorge.

Elle essora le linge trempé et le reposa à plat sur le rebord du tub, en cherchant des yeux de quoi s'essuyer.

Comme par magie, la servante émergea du coin de la chambre en lui tendant une grande serviette blanche.

— Voici, milady. Préférez-vous vous sécher vous-même ?

— Oui, merci, murmura Brianna.

Agrippant les côtés du baquet, elle se releva, sa peau nacrée toute ruisselante d'eau, ses longues boucles mouillées cascadant jusqu'au bas de ses reins. À l'aide de la serviette que lui tendait la chambrière, elle s'épongea avant de sortir du tub, posant les pieds sur l'épais tapis disposé sur le sol.

Une fois sèche, elle drapa la serviette autour d'elle comme une cape et se dirigea vers la pile de vêtements disposés avec soin près de la fenêtre.

Avec des gestes précautionneux, Brianna enfila les sous-vêtements, dont la soie légère bruissa contre sa peau. Puis elle effleura du bout des doigts, hésitante, l'étoffe ondoyante de la robe bleue. La tenue de mariage de Lady Mary ! Elle n'y avait pas droit. Elle n'en était pas digne !

La voix de la servante interrompit ses réflexions.

— Puis-je arranger vos cheveux, milady ?

— Oui, s'il vous plaît, acquiesça Brianna, la voix altérée par l'émotion.

Vêtue de ses sous-vêtements d'emprunt, elle se posa sur un tabouret à trois pieds disposé près du brasero, le visage bientôt tiédi par la chaleur des charbons incandescents qui montait vers elle.

Avec des mouvements vifs et précis, la fille lui épongea les cheveux, puis peigna ses boucles emmêlées, qui ne tardèrent pas à sécher dans la pièce bien chaude. Après avoir démêlé tous les nœuds, la servante tressa deux nattes, qu'elle rassembla en chignon sur la nuque de Brianna, avant de fixer la masse brillante à l'aide de longues épingles terminées par des perles.

— Les habits, à présent.

Quelques instants plus tard, le visage de Brianna émergeait du décolleté orné de perles luisantes. La jeune femme introduisit ses bras minces dans les manches moulantes. L'étoffe serrait sa taille fine avant de s'évaser en larges plis au niveau de la jupe. Le devant de la cotte, séparé en deux, s'ouvrait sur un panneau de brocart bleu entrelacé de fil d'argent.

Brianna lissa le tissu sur ses hanches, pendant que la chambrière enroulait deux fois la ceinture autour de sa taille avant de la nouer, laissant pendre les deux extrémités terminées par des glands. Pendant toute la durée de l'opération, Brianna se tut, le cœur de plus en plus lourd.

Enfin prête, elle s'apprêtait à sortir, quand la porte s'ouvrit brusquement. La reine Aliénor s'encadra sur le seuil, les sourcils arqués dans son front sillonné de rides, une expression irritée sur le visage.

— Combien de temps vous faut-il donc pour vous préparer, Brianna ? Je croyais que vous, au moins, seriez capable de mener rondement cette affaire, ne serait-ce que pour éviter de désagréables ennuis avec votre frère !

Brianna plongea dans une révérence.

— Je suis prête, Majesté.

Aliénor l'enveloppa d'un regard critique.

— Oui, cela ira, ma chère. Mais j'ai une autre chose pour vous.

Elle leva la main, claquant des doigts d'un geste impérieux, et deux gardes hors d'haleine pénétrèrent en trébuchant dans la chambre, portant un énorme coffre de cuir.

Aliénor leur désigna un point précis au milieu de la chambre.

— Déposez cela ici et laissez-nous.

Puis adressant un mince sourire à Brianna :

— Je ne suis arrivée ici qu'hier, presque au milieu de la nuit. Tous mes bagages n'ont pas encore été montés dans ma chambre. Vraiment, je ne sais pas comment Jocelin supporte la négligence de ses serviteurs.

Son regard aigu repéra Magdalena, debout dans le coin près du brasero.

— Vous ! Venez par ici et ouvrez ceci.

La jeune fille accourut en hâte et s'agenouilla près du coffre. Trois lions d'or, emblème du roi, décoraient la surface, imprimés à la feuille d'or dans le cuir raide. La servante tâtonna de ses doigts menus pour défaire les lourdes sangles et les boucles peu maniables qui fermaient le couvercle.

— Allons, ma fille, allons ! s'impatienta Aliénor, qui faisait les cent pas derrière elle.

Le couvercle se rabattit enfin, révélant l'intérieur sombre de la malle. Les sourcils froncés, Aliénor y jeta un coup d'œil pour examiner le contenu.

— Pour l'amour du ciel, ces imbéciles se sont trompés de coffre ! Celui-ci appartient à Giseux. Il l'avait laissé à Poitiers, la dernière fois qu'il est passé là-bas. Il va falloir que je descende moi-même, c'est encore le plus simple !

Et jetant un regard d'excuse à Brianna :

— Je tiens à ce que vous portiez mon diadème d'argent, mon enfant. Il vous ira très bien.

Brianna, nerveuse, se contenta de hocher la tête. Elle attendit qu'Aliénor ait disparu pour échanger un sourire contrit avec la chambrière.

— Vous feriez mieux d'aller avec elle, Magdalena, avant qu'elle ne mette tout le château sens dessus dessous pour retrouver ce seul objet !

La servante acquiesça et se glissa hors de la chambre, à la poursuite de l'imposante reine.

Restée seule, Brianna tourna les yeux vers le coffre demeuré ouvert — le coffre de Giseux, avec son contenu offert devant elle, fragile lien avec la vie passée de son futur époux. Voilà qui était trop tentant !

En prenant garde à ne pas froisser la soie délicate de sa robe de mariée, elle s'agenouilla sur le plancher, sa jupe évasée en cercle autour d'elle, et fouilla du regard l'intérieur de la malle, d'où montait un capiteux parfum d'épices. Elle ne savait pas vraiment ce qu'elle cherchait ainsi. Quelque indice, peut-être. Une clé qui lui en dirait un peu plus sur l'homme qu'elle s'apprêtait à épouser…

Un sourire lui retroussa les lèvres lorsqu'elle découvrit des livres empilés de chaque côté du coffre. Pas étonnant que les deux gardes aient semblé si accablés par le poids !

D'un geste précautionneux, elle souleva l'un des volumes reliés de cuir, feuilletant les pages en parchemin couverts de mots soigneusement tracés à l'encre. Du latin. Elle n'avait jamais appris le langage de Rome, n'en ayant pas eu l'occasion. En tant que chevalier, Giseux avait eu plus de chance qu'elle. Il avait bénéficié du privilège de l'éducation.

Au milieu des livres s'entassaient des vêtements

masculins, tuniques et braies — rien qui puisse revêtir une quelconque signification.

Elle examina encore l'intérieur. Un coin brillant et doré, qui dépassait sous la pile des cotonnades bleues et vertes, attira soudain son regard. Brianna enfonça des doigts fureteurs dans le tas, tirant l'étoffe à la lumière.

Un corsage… Un corsage richement brodé et bordé de minuscules cercles d'or cousus ensemble, qui tintaient l'un contre l'autre.

Brianna sentit ses paumes devenir moites, tandis qu'elle palpait l'étoffe étincelante au décolleté profond, conçu pour dévoiler une poitrine au galbe parfait. Le corsage s'écartait en deux pans au niveau de la taille, pour découvrir un ventre plat et hâlé de danseuse ou de sultane.

Jamais elle n'avait vu un vêtement de ce genre, mais elle avait entendu bien des récits et des contes, et connaissait l'existence de ces somptueux habits d'Orient, taillés pour montrer et mettre en valeur le corps des femmes de là-bas.

Un parfum exotique montait du tissu, flottant dans la tiédeur de la chambre.

Sensuel, capiteux.

Un parfum qui semblait la narguer…

Son cœur se brisa en mille morceaux.

D'un geste brusque, elle renfonça le vêtement dans le coffre, dont elle fit claquer le couvercle.

Un désespoir glacé déferla en elle, la pénétrant jusqu'à la moelle des os.

Que s'apprêtait-elle à faire, au nom du ciel ?

Elle allait épouser un homme qui n'éprouvait rien d'autre pour elle qu'un désir passager. Pendant tout ce temps, Giseux avait gardé l'un des vêtements de Nadia dissimulé dans les tréfonds de sa malle, souvenir concret de la femme qu'il avait aimée. Qu'il aimerait toujours.

Elle ne pouvait pas lutter contre cela.
Oh ! comment avait-elle pu ?
Comment avait-elle pu oser espérer qu'il l'aimerait un jour, elle, au lieu de cette femme-là ?

Chapitre 17

Dans la pénombre de la sacristie, séparée du corps de l'église par un rideau de velours, le prêtre essuya de sa main charnue la sueur qui lui perlait sur le front. Agrippant le col du pichet de terre cuite, il porta le récipient à ses lèvres et but à longs traits. Il n'était pas dans ses habitudes de s'enivrer, mais par Dieu les circonstances l'y obligeaient, non ?

Un mariage, rien de moins, et pas même le temps de se préparer ! Il détestait être bousculé, mais déjà le seigneur et sa dame, ainsi que d'autres membres de leur maisonnée, se tenaient assis sur de simples chaises de bois, en face de l'autel. Pas de doute, Lord Jocelin tapotait déjà son genou d'un geste impatient. Cet homme détestait attendre.

Le rideau s'écarta soudain, d'un mouvement si brusque que l'un des lacets de cuir qui l'attachaient à la colonne du seuil alla choir sur les dalles.

Le beau visage de Lord Giseux s'avança pour scruter la pénombre, les yeux scintillants de vitalité et les joues rougies par le froid.

— Eh bien, êtes-vous prêt ?

Apeuré, le prêtre recula contre le mur de pierre et acquiesça en lissant nerveusement sa soutane brune, ses gros doigts cherchant la présence réconfortante de son crucifix et du rosaire qui pendait à sa ceinture.

Giseux pénétra dans la sacristie et le saisit amicalement par l'épaule.

— Alors venez. Dieu sait que nous n'avons pas toute la journée devant nous !

— Oui, milord. Laissez-moi seulement prendre ceci, murmura le prêtre.

Saisissant la lourde bible reliée de cuir entre ses bras, il suivit Giseux dans l'église.

Dehors, la neige avait cessé de tomber et le soleil brillait dans un ciel lumineux couleur de pervenche. La lumière qui filtrait à travers les hautes fenêtres gothiques se déversait sur les grandes dalles rectangulaires, réchauffant l'assistance toute bruissante de murmures.

Conscient du regard farouche que le comte dardait sur lui, le prêtre plaça avec soin le livre sur le haut pupitre sculpté et tourna les pages avec une lenteur méticuleuse pour retrouver le passage approprié. Lord Giseux occupait l'un des sièges du premier rang, son grand corps puissant moulé dans une tunique de brocart vert.

À l'extrémité sud de l'édifice, le loquet de fer se leva soudain avec un cliquetis et la porte bascula avec lenteur en grinçant sur ses gonds. Les têtes se tournèrent et l'assemblée se leva, tandis que des murmures de surprise et d'admiration montaient de la foule, éveillant les échos de l'immense plafond voûté.

— Dieu du ciel, mais c'est une vraie beauté ! chuchota Lady Mary à son époux.

Des larmes brûlantes lui montèrent aux yeux, embrumant sa vision. Elle s'accrocha au bras de Lord Jocelin, étouffant l'exclamation qui lui montait à la gorge.

À côté d'elle, Giseux se leva d'un bond, son regard gris étincelant fixé sur sa promise, le visage rayonnant de fierté et de désir.

La reine Aliénor sur les talons, Brianna se tenait

debout sur le seuil, dans l'encadrement de l'arche sculptée. Pendant que la fiancée se préparait pour la cérémonie, Lady Mary avait parcouru en hâte les jardins, suivie par ses servantes, inspectant les plates-bandes enneigées à la recherche de verdure pour décorer l'église. Et elle avait réussi ! D'immenses guirlandes de lierre, parsemées de boules noires qui luisaient telles des perles sur le vert du feuillage, ornaient les murs de pierre, scintillant dans le soleil. Des branches de houx étaient attachées à tous les sièges qui bordaient l'aile, formant un couloir de verdure où les baies rouges étincelaient, pareilles à des rubis.

Moulée dans la robe de soie bleue, avec son visage d'une pâleur nacrée, Brianna ressemblait à un ange, une créature venue d'un lointain pays magique, un lieu de délices et de lumière.

Les mains serrées contre ses flancs, Giseux retenait son souffle, luttant contre l'envie folle de bondir vers elle pour la saisir dans ses bras et chasser par ses baisers ce voile de tristesse qu'il décelait dans ses yeux.

Un sentiment de honte l'envahit à cette vue. Après tout, c'était sa faute ! Il l'avait séduite, forcée à ce mariage, avec la promesse qu'elle y gagnerait un peu plus de liberté. À présent, devant le spectacle éblouissant qui s'offrait à lui, il doutait de pouvoir tenir ce serment. Plus que jamais, il voulait cette jeune femme à ses côtés, pour toujours. Mais le visage fermé de Brianna, son expression hésitante ne lui laissaient pas de doute sur la difficulté de la tâche qui l'attendait. Il allait devoir avancer prudemment !

La voix autoritaire de la reine Aliénor résonna soudain dans l'église, arrachant d'imperceptibles sourires à quelques-uns des assistants.

— Allons, ma fille, dépêchons ! Je me gèle ici.

Brianna sursauta, faisant cliqueter les perles de son

diadème d'emprunt. D'une démarche gracieuse, elle s'avança vers Giseux, son voile léger voletant sur ses épaules.

Lady Mary baissa les yeux vers le petit bouquet de perce-neige tremblants qu'elle tenait à la main, se rappelant soudain à qui elle le destinait. Quand Brianna arriva à sa hauteur, elle pressa les délicates fleurs dans les mains glacées de la mariée.

— Que Dieu soit avec vous, mon enfant.

Brianna lui adressa un léger sourire avant de lever vers Giseux ses grands yeux bleus empreints de gravité. Un rayon de soleil tombait obliquement de la fenêtre la plus proche de l'autel, éclairant la haute et imposante silhouette du fiancé, sa crinière luisante et les fils d'argent étincelant tels des cristaux de neige sur sa tunique de brocart.

Brianna déglutit avec peine. Le doute s'empara d'elle devant l'expression indéchiffrable de Giseux et elle sentit sa gorge se nouer. En viendrait-il un jour à regretter sa décision ?

Le cœur étreint de tristesse, elle alla se placer à côté de lui. Au moins, elle garderait le souvenir de ces derniers jours passés ensemble. Cela au moins lui appartenait, à défaut du cœur de Giseux. Elle sentait encore sur ses doigts le contact râpeux du corsage emperlé de Nadia.

— Brianna ?

Le chuchotement rauque de Giseux résonna soudain auprès d'elle, la tirant de ses pensées erratiques. Le prêtre était en train de lui poser une question. Sa voix bourdonnait dans l'église, monotone et nasale. Aussi impatiente que son frère, Aliénor s'agitait sur son étroite chaise de bois.

— Consentez-vous à ce mariage ? interrogea le prêtre.

— Oui, répondit Brianna à voix basse.

Le chapelain examina le visage blême de la jeune femme et haussa ses sourcils broussailleux.

— Vous êtes certaine ?

Brianna releva les yeux, le visage soudain assombri. Giseux aimait une autre femme, c'était une évidence. Cette femme était morte, et c'était comme si le cœur de Giseux l'avait suivie dans la tombe.

L'amour qu'elle ressentait pour lui serait-il jamais assez fort pour lutter contre une passion aussi immuable ?

Excédé, le comte bondit soudain de son siège.

— Pour l'amour du ciel, c'est ce qu'elle vient de dire ! Seriez-vous sourd par hasard ?

Inquiète, Lady Mary tira son époux par la manche, essayant de le calmer.

Le prêtre tourna une autre page en faisant craquer le vélin sous ses doigts.

— Et qui donne cette jeune fille en mariage ? interrogea-t-il après s'être raclé la gorge.

— Moi ! cria la reine Aliénor, qui se tenait à la gauche de Brianna.

Le chapelain la dévisagea.

— Puis-je vous demander qui vous êtes, madame ?

Le comte, qui s'était rassis, se leva de nouveau d'un bond.

— Êtes-vous complètement stupide ? tonna-t-il.

Et pointant le doigt vers Aliénor :

— Cette dame est votre souveraine, la reine d'Angleterre et de France ! Faites attention à ce que vous dites si vous ne voulez pas vous attirer d'ennuis.

Anéanti, le prêtre baissa la tête sur son livre en marmonnant des excuses, dans un vain effort pour dissimuler sa forte personne derrière le lutrin. Comme pour faire amende honorable, il accéléra son débit, prononçant les vœux de mariage à toute vitesse, sans même reprendre son souffle.

Le corps raidi par l'angoisse, Brianna contemplait fixement les lèvres charnues d'où coulaient précipitamment les paroles qui devaient la lier à Giseux pour toujours. Avec un sursaut, elle entendit la foule derrière elle pousser des cris de joie, au moment où le prêtre les déclarait enfin mari et femme.

Giseux inclina la tête vers elle et elle sentit ses lèvres froides frôler les siennes en un baiser sommaire.

La main de Brianna délicatement posée sur le bras de Giseux, ils descendirent ensemble l'allée latérale sous une pluie de pétales de roses séchées, soigneusement conservées depuis l'été précédent, que la foule en liesse jetait sur eux à foison. Lady Mary les contemplait sans pouvoir retenir ses sanglots, à côté de son époux souriant. La reine Aliénor elle-même, gagnée par l'euphorie générale, s'essuya furtivement les yeux avec un minuscule mouchoir blanc.

Sur tout le trajet du couple, de l'église à la cour intérieure du château, les gens se pressaient pour serrer la main de Giseux et saluer Brianna d'une courbette, en leur criant vivats et félicitations.

Les teintes roses du crépuscule commençaient à envahir le ciel et le croissant argenté de la nouvelle lune se levait déjà au-dessus des tours crénelées du château. Cela aurait pu être une journée idéale. Mais, quand Brianna leva les yeux pour capter le regard de Giseux, un vertige s'empara d'elle et son cœur se gonfla d'une indicible tristesse. Il semblait si distant, si lointain. C'était comme si elle venait de le perdre en l'épousant !

Les vitres des fenêtres de la grande salle reflétaient les derniers rayons du soleil hivernal, comme pour leur souhaiter la bienvenue.

Flanqué de trois soldats, un homme se tenait au pied des marches donnant accès à la porte principale — un noble, à la chevelure cuivrée, vêtu de braies noires et d'une cape verte, dont les pans flottaient autour de son corps maigre.

Brianna poussa une exclamation de surprise.

— Oh ! mon Dieu, c'est Hugh !

Giseux la regarda, tandis qu'elle levait vers lui son

petit visage effrayé. La soie diaphane de son voile flottait derrière elle, révélant la radieuse beauté de sa chevelure, le bleu insondable de ses yeux.

Il fronça les sourcils devant l'expression d'effroi qui lui altérait les traits.

— Je vois, fit-il sèchement. Au nom du ciel, Brianna, il ne peut plus rien contre vous à présent que nous sommes mariés. Il ne détient plus aucun pouvoir sur votre personne.

D'un geste rassurant, il resserra son étreinte autour d'elle, tandis qu'ils s'avançaient côte à côte. Brianna se blottit contre lui, réconfortée par la puissance musculaire de son corps.

— Restez près de moi, lui intima-t-il dans un murmure tandis qu'ils se dirigeaient vers Hugh.

Transportée par la note possessive qui vibrait dans sa voix, Brianna sentit son cœur s'embraser.

Une lueur étrange traversa le regard bleu de Hugh à leur approche.

— Non, ce n'est pas vrai. Dites-moi que je rêve !

D'un mouvement soudain, il s'élança vers eux et empoigna Brianna par l'épaule. Mais Giseux plaqua sa grande main contre le torse de Hugh et le repoussa brutalement en arrière, l'obligeant à lâcher prise.

— Brianna est ma femme désormais.

— Comment osez-vous ? cria Hugh. Comment osez-vous épouser ma sœur sans mon consentement ? Vous allez me le payer. J'aurai votre peau pour cela ! menaça-t-il en agitant un doigt en l'air, les joues empourprées.

Giseux secoua la tête et l'enveloppa d'un regard de pitié.

— Je pourrais vous laisser sur le carreau pour ce que vous avez fait à votre sœur, mais vous n'en valez même pas la peine.

Et désignant d'un signe de tête les trois soldats qui se tenaient aux côtés de Hugh :

— Emmenez vos sbires avec vous et disparaissez.

Les yeux de Hugh s'étrécirent de fureur.

— J'aurais dû vous tuer quand j'en avais l'occasion. Un coup sur la tête, c'était trop bon pour vous !

— Vous avez perdu, Hugh, il vous faut l'accepter, rétorqua Giseux d'un ton calme. Matilda…

— À disparu, grâce à toi, coupa Hugh, en jetant un regard de reproche à sa sœur. Et Walter en a tellement assez de toute cette histoire qu'il m'a pratiquement jeté dehors ce matin, quand je lui ai dit que tu restais introuvable. Il ne me reste plus rien. Rien !

Son ton se fit soudain cajoleur, tandis qu'il implorait sa sœur des yeux.

— Pourquoi m'as-tu fait cela, sœurette ? Pourquoi m'as-tu trahi ainsi ?

Brianna ne répondit pas, incapable d'articuler un mot. Une profonde tristesse lui étreignait le cœur. Le frère qui lui avait été jadis si cher était devenu un étranger pour elle.

— Vous l'avez obligée, n'est-ce pas ? reprit Hugh, repoussant la mèche graisseuse qui lui retombait sur le front. Brianna n'aurait jamais accepté de se marier de son plein gré, je le sais !

Redressant le dos, il se campa devant eux de toute sa hauteur.

— Le mariage n'ayant pas été consommé, je vais demander sur-le-champ une annulation.

— Trop tard, murmura Giseux.

Brianna s'empourpra à ces mots. Elle baissa les yeux vers le sol, soudain intéressée par les petites touffes de mousse veloutée qui croissaient entre les marches.

Les yeux de son frère, exorbités et injectés de sang, jetèrent soudain des éclairs de rage. Le tour de sa bouche était devenu livide.

— Toi, tu vas venir ici ! rugit-il.

Il plongea sur Brianna, tout en tirant son épée pour pourfendre Giseux. Mais la jeune femme fut plus prompte que lui. Preste et légère, elle esquiva cet assaut maladroit et mal coordonné. En cet instant, elle se sentait comme une danseuse de corde. L'émotion qui n'avait cessé de croître en elle pendant la cérémonie du mariage menaçait à présent de la submerger, accrue par le souvenir de ce corsage doré, au contact froid et reptilien sous ses doigts. Elle avait l'impression de se mouvoir au bord d'un abîme, les pieds glissant sans cesse sur un rebord en train de s'effriter. Bientôt, ce serait la chute…

— Tu es ma sœur, j'ai tous les droits sur toi !

Giseux sortit son épée.

— Non, rugit-il à l'intention de Hugh. C'est à *moi* qu'elle appartient !

— Si tu restes avec cet homme, Brianna, tu ne me reverras jamais, lui lança Hugh par-dessus la large épaule de Giseux. Je partirai à l'étranger. Je ne supporterai pas de rester ici et de te voir tout gâcher de nouveau !

— Partez donc ! lui ordonna Giseux. Je vous fournirai une escorte personnelle jusqu'à la côte.

— Arrêtez ! leur cria soudain Brianna. Arrêtez, tous les deux !

Les larmes qu'elle avait contenues tout le jour se répandirent brusquement sur ses joues.

— Je n'appartiens à personne, hoqueta-t-elle. À personne. Ce mariage… Ce mariage…

Elle avisa soudain Lady Mary, qui observait la scène avec inquiétude, au premier rang d'un cercle de spectateurs alarmés, et les mots moururent sur ses lèvres.

Son regard croisa celui de Giseux à travers la brume de ses larmes.

— Il faut que je vous parle, balbutia-t-elle entre deux sanglots. Il faut que je vous parle maintenant. *Tout de suite.*

Giseux rengaina sur-le-champ son épée. Il lui suffit de lancer un coup d'œil à son père pour savoir que ce dernier allait s'occuper de Hugh.

Saisissant Brianna par le bras, il gravit les marches à toute allure avec elle, et l'entraînant loin de la foule bienveillante, enfila le long couloir sombre jusqu'à une petite chambre au rez-de-chaussée, qu'éclairaient les derniers rayons du soleil couchant.

— Alors, murmura-t-il doucement, de quoi s'agit-il ?

D'un geste tendre, il tendit la main vers elle pour lisser une mèche de cheveux cuivrée échappée de son chignon et l'écarta doucement de sa joue.

Brianna croisa les bras, dans un effort pour arrêter le tremblement incessant de son corps. Puis elle fit un pas en arrière, fuyant la proximité dévastatrice de cet homme, dont la seule présence avait le pouvoir de la bouleverser.

— Je ne peux pas faire cela, s'écria-t-elle enfin, les épaules secouées de sanglots. Je ne peux pas être votre épouse. Ce serait trop… trop douloureux pour moi.

Il fronça les sourcils et ses yeux s'assombrirent, devenant gris foncé pailleté d'argent.

— Mais je vous l'ai dit, Brianna, je vous laisserai en paix. Vous jouirez de cette liberté que vous désirez si désespérément. La liberté dans la sécurité du mariage, voilà ce que je vous offre.

Elle tendit la main pour lui effleurer la manche.

— Oh ! Giseux, pardonnez-moi, fit-elle d'une voix tremblante, son voile de soie arachnéen frémissant sur son épaule. Je croyais que je pourrais faire cela, je pensais que j'étais assez forte. Mais je ne peux pas, je suis désolée. Je vous aime trop !

Il la dévisagea, visiblement stupéfait, sa bouche entrouverte dévoilant une double rangée de dents régulière à la blancheur éclatante.

— Qu'avez-vous dit ?

Prise dans le tourbillon de ses propres pensées, elle n'entendit pas la question.

— J'ai trouvé le corsage de Nadia, sanglota-t-elle. Je suis si navrée. La reine Aliénor a fait monter par erreur votre coffre dans ma chambre. J'ai regardé à l'intérieur et c'est là que je l'ai trouvé.

Elle laissa retomber sa main.

Giseux plissa le front, essayant de se souvenir.

— Le corsage de Nadia ?

Brianna leva vers lui son regard limpide noyé de larmes.

— Votre cœur lui appartiendra toujours. Je n'ai pas pu le supporter.

Giseux se rappela enfin.

— Mais non, Brianna, vous faites erreur. Ce corsage était… Il est destiné à ma mère. Un remarquable ouvrage de broderie orientale. Même si je ne suis pas sûr qu'elle le portera ici… Ce vêtement n'a jamais appartenu à Nadia. Pourquoi êtes-vous allée vous imaginer cela ?

— Parce que vous l'aimez encore ? Parce que vous pensez tous les jours à elle ? chuchota Brianna, le cœur fendu de douleur et d'angoisse. Je croyais que je pourrais vivre en sachant cela, je pensais même que j'arriverais à vous convaincre de m'aimer. C'est tellement ridicule, n'est-ce pas ?

Elle s'interrompit, les joues empourprées.

— Ce n'est pas ridicule du tout, affirma Giseux.

Il sourit en lui caressant la joue, de ses longs doigts puissants.

— Brianna, j'ai aimé Nadia, c'est vrai, mais elle appartient à mon passé. Avec vous, j'ai trouvé un avenir tout neuf.

— C'est vrai ?

Elle lui dédia un sourire tremblant, effleurant sans y

penser son voile et son diadème d'argent, comme pour s'assurer de la réalité de cet instant.

— Et vous aussi, j'en suis sûr.

D'un geste assuré, possessif, il lui enlaça la taille.

— Giseux… Que dites-vous là ? murmura-t-elle, le cœur inondé d'une joie nouvelle, inespérée.

— Brianna, lorsque je suis revenu de la croisade, j'étais furieux, dévasté… Bref, j'étais un homme brisé. Mais j'ai eu beaucoup de chance. Je vous ai rencontrée…

Les yeux de Brianna rayonnaient de bonheur. Le nœud de détresse qui lui étouffait le cœur se relâcha soudain, tandis que les affres de l'anxiété et du chagrin desserraient enfin leur étreinte.

Giseux la contemplait, émerveillé. Les rayons du soleil vespéral brillaient à travers le verre inégal de la fenêtre, illuminant l'ovale du visage nacré de Brianna, la courbe généreuse de sa bouche, si semblable à un bouton de rose.

— Je vous aime, Brianna. Je crois que je vous ai aimée dès le premier instant où je vous ai vue.

Elle vacilla, consciente de l'implication solennelle de ces mots. Une onde de pur délice se diffusa dans son corps, chassant le doute et la souffrance qu'elle avait ressentis à l'idée qu'il n'y aurait plus rien pour eux au-delà de ces instants bénis dans la cabane.

— Quoi ? Alors que je gisais inconsciente, assommée par les sbires du comte Jean ?

Elle éclata de rire, le cœur soudain léger, si léger…

Il lui sourit.

— Oui, même alors. Je vous ai aimée dès ce jour-là. Mais c'est vous, et vous seule, qui m'avez fait découvrir à quel point…

Des mèches châtaines, striées de reflets d'or, lui retombèrent sur le front tandis qu'il secouait la tête.

— Votre bonté, votre sollicitude, votre… Oui, votre amour…

Ses pupilles se dilatèrent — presque noires sur l'iris argenté de ses yeux.

— Votre amour a chassé l'obscurité de mon âme et guéri mon esprit.

— Oh ! Giseux ! s'exclama Brianna.

Jetant les bras autour de son cou, elle l'attira vers elle, le cœur débordant de joie et de bonheur.

— Je ne croyais pas que ce serait possible… Je le désirais, je le voulais passionnément, mais je n'ai jamais pensé que cela pouvait arriver.

Le rire de Giseux résonna, bas et profond — un rire de plaisir. Puis il inclina la tête vers elle et s'empara de ses lèvres, scellant d'un baiser leur union, pour toujours.

Vous avez aimé ce livre ?
Découvrez la série « Les chevaliers du roi »
de Ella Matthews, dans votre collection Les Historiques

Retrouvez prochainement, dans votre collection

Les Historiques

Éveillée par le chevalier, d'Ella Matthews - N°992

ANGLETERRE, XIVe SIÈCLE

SÉRIE : LES CHEVALIERS DU ROI - TOME 4

Un tout nouveau monde s'ouvre à Adela alors qu'elle rejoint la cour de Windsor, ses jeux de pouvoir et ses intrigues, pour épouser son promis, le chevalier de Monceaux. Si ce dernier a la réputation d'être un homme puissant, froid et austère, si les rumeurs murmurent qu'il n'est intéressé que par sa dot pour financer la guerre du roi en France, peu lui importe ! La voici enfin libérée du joug de son père qui la maintenait enfermée au château familial depuis son enfance… Seulement, Adela se sent bien vite troublée et déstabilisée. Car, même si leur union reste un mariage de convenance, les nuits passionnées que son époux lui fait vivre dans la chaleur de leur chambre à coucher l'interrogent. Son amant est-il réellement incapable d'aimer ?

Un Noël au bal, d'Annie Burrows, Lara Temple, Joanna Johnson - N°993

Une invitation à trois merveilleux bals de Noël !

Découvrez les histoires de Clara, Bella et Maria dans ce recueil festif, glamour et rempli de romance !

• Venez tout d'abord danser avec *Le lieutenant de Noël*, sur les lieux d'un incroyable mariage aristocratique, où luxe et prestige étourdiront vos sens, surtout si votre cavalier se trouve être le troublant lieutenant Hugo Warren…

• Passez ensuite les fêtes en compagnie du comte Nicholas Deverill dans *Sous la neige avec un lord*, cet ennemi chez qui vous vous retrouvez bloquée lors d'une nuit glacée…

• Enfin, terminez cette parenthèse magique par *Le baiser du bal d'hiver*, aux côtés du charmant vicomte de Stanford, qui vous protégera d'une tempête de neige et vous fera valser avec ferveur dans la salle de bal de son domaine, au cœur de l'hiver…

Les Historiques

La rebelle et le Viking, de Joanna Fulford - N°994

Northumbrie, 866

Fragilisée après la soudaine disparition de son frère, Elgiva se voit contrainte d'accepter une demande en mariage. Certes, cette union ne lui apportera pas le bonheur dont elle rêve depuis toujours, mais au moins le domaine de Ravenswood sera à l'abri des convoitises. Hélas, à peine les fiançailles prononcées, Ravenswood est pris d'assaut par une horde de Vikings sans foi ni loi dont le chef, un guerrier sombre et arrogant, s'impose comme maître des lieux. Et, pour asseoir son autorité, le ténébreux Viking exige qu'Elgiva l'épouse sur-le-champ. Bouleversée, et troublée malgré elle, la jeune femme comprend vite qu'elle n'a pas le choix : si elle veut sauver Ravenswood, elle doit se soumettre au Viking. Du moins, le lui faire croire...

La princesse d'Alhambra, de Carol Townend - N°995

Espagne, XIVe siècle

Toute sa vie, Leonor a dû se contenter d'observer le monde à travers les volets clos de sa prison dorée. Mais aujourd'hui, elle est plus que jamais résolue à fuir la tyrannie du sultan Tariq. Même si pour cela il lui faut supplier le comte Alvarez de Cordoue, son pire ennemi, de l'emmener avec lui en Castille sur les traces de son passé. Au risque de provoquer une guerre entre leurs deux pays si la nouvelle de sa fuite venait à se répandre...

VOTRE COLLECTION PRÉFÉRÉE DIRECTEMENT CHEZ VOUS

Vous souhaitez découvrir nos collections ? Une fois votre 1er colis à prix mini reçu, si vous souhaitez continuer à recevoir nos livres, cela se fera automatiquement. Vous n'avez aucune obligation d'achat et cette offre est sans engagement de durée !

Dans votre 1er colis, 2 livres au prix d'un seul
+ en cadeau le 1er tome de la saga *La couronne de Santina*.
8 tomes sont à collectionner !

☛ COCHEZ la collection choisie et renvoyez cette page au
Service Lectrices Harlequin – CS 20008 – 59718 Lille Cedex 9 – France

Collections	Prix 1er colis	Réf.	Prix abonnement (frais de port compris)
❑ **AZUR**	4,75€	AZ1406	6 livres par mois 31,49€
❑ **BLANCHE**	7,40€	BL1603	3 livres par mois 25,15€
❑ **PASSIONS**	7,90€	PS0903	3 livres par mois 26,79€
❑ **BLACK ROSE**	8,00€	BR0013	3 livres par mois 27,09€
❑ **HARMONY***	5,99€	HA0513	3 livres par mois 20,76€
❑ **LES HISTORIQUES**	7,40€	LH2202	2 livres tous les deux mois 17,69€
❑ **SAGAS***	8,10€	SG2303	3 livres tous les 2 mois, 29,46€
❑ **VICTORIA**	7,90€	VI2115	5 livres tous les 2 mois 42,59€
❑ **GENTLEMEN***	7,50€	GT2022	2 livres tous les 2 mois 17,95€
❑ **NORA ROBERTS***	7,90€	NR2402	2 livres tous les 2 mois prix variable**
❑ **HORS-SÉRIE***	7,80€	HS2812	2 livres tous les 2 mois 18,65€

*livres réédités / **entre 18,75€ et 18,95€ suivant le prix des livres

F23PDFM

N° d'abonnée Harlequin (si vous en avez un) |_|_|_|_|_|_|_|

Mme ❑ Mlle ❑ Nom : ____________________

Prénom : ____________________ Adresse : ____________________

____

Code Postal : |_|_|_|_|_| Ville : ____________________

Pays : ____________________ Tél. : |_|_|_|_|_|_|_|_|_|_|

E-mail : ____________________

Date de naissance : ____________________

Date limite : 31 décembre 2023. Vous recevrez votre colis environ 20 jours après réception de ce bon. Offre soumise à acceptation et réservée aux personnes majeures, résidant en France métropolitaine, dans la limite des stocks disponibles. Prix susceptibles de modification en cours d'année. Vous pouvez demander à accéder à vos données personnelles, à les rectifier ou à les effacer. Il vous suffit de nous écrire en nous indiquant vos nom, prénom et adresse à : Service Lectrices Harlequin CS 20008 59718 LILLE Cedex 9. Service Lectrices disponible du lundi au vendredi de 9h à 17h : 01 45 82 47 47.